KB054144

행복
시크릿
150

행복
시크릿
150

초판 1쇄 인쇄 2023년 11월 27일
초판 1쇄 발행 2023년 12월 10일

지은이 | 성기철
펴낸이 | 임종관
펴낸곳 | 미래북
편　집 | 정윤아
본문 디자인 | 디자인 [연:우]
등록 | 제 302-2003-000026호
주소 | 경기도 고양시 덕양구 삼원로73 고양원흥 한일 윈스타 1405호
전화 031)964-1227(대) | 팩스 031)964-1228
이메일 miraebook@hotmail.com

ISBN 979-11-92073-43-9 (03800)

값은 표지 뒷면에 표기되어 있습니다.
잘못된 책은 구입하신 서점에서 바꾸어 드립니다.

최고의 인생을 향한 150가지 행복론

행복 시크릿 150

성기철 지음

MIRAE BOOK

프롤로그

행복이란 무엇인가?

나는 지금 행복한가?

행복해지려면 어떻게 해야 하는가?

이 세 가지 질문은 우리 인간에게 숙명이다. 행복한 삶은 누구에게나 인생의 목표여서 끊임없이 그것을 확인하고 추구하기 때문이다. 이런 질문에 대답하는 과정이 바로 인생이라 해도 과언이 아니다.

인생관에 따라 다소 차이가 있겠지만 돈이나 권력, 명예를 얻고자 동분서주하는 것은 모두 행복을 위한 일인지도 모른다. 공부하고, 친구를 사귀고, 여행하고, 운동하고, 사랑하고, 자선하고, 종교활동을 하는 것도 마찬가지겠다. 하지만 우리는 행복에 굶주려 있다. 자신이 진정 행복하다고 생각하는 사람이 얼마나 될까? '나는 행복합니다. 나는 행복합니다. 나는 행복합니다. 정말 정말 행복합니다.' 가수 윤항기가 이처럼 특유의 반복법으로 행복을 노래하지만, 왠지 현재 행복하지 않음을 역설적으로 고백하는 것처럼 들린다.

행복에는 정답이 없어서일까, 동서고금 위인들은 각기 다른 행복론을 설파한다. 위인이 아니라도 각 분야 행복 탐구자들이 경쟁적으로 행복을 새롭게 정의하고, 자신만의 행복 비결을 전하고 싶어 한다. 설령 정답이 아닐지라도 우리가 그들의 목소리에 귀 기울이는 것은 각별한 의미가 있다.

필자는 행복에 관한 위인들의 가르침이나 행복 탐구자들의 주장을 각별히 새겨듣는 편이다. 행복에 관한 독특한 생각이나 표현, 새로운 연구 성과를 발견하면 그 배경을 추적하길 좋아한다. 그들의 평전이나 자서전, 각종 저작물을 광범위하게 찾아 읽는 이유다. 그러다 이를 한 권의 책으로 정리해보고 싶은 욕심을 갖기에 이르렀다. 행복의 파랑새를 찾지 못해 방황하는 사람들에게 조금이라도 도움이 되지 않을까 생각해서다.

이 책에 등장하는 행복론의 주인공을 크게 분류하면 사상가(철학자), 심리학자(정신의학자), 시인, 소설가, 영적 지도자 등이다. 성공한 정치인이나 기업인, 경제학자도 일부 등장한다. 책의 분량을 감안해 150명을 임의로 추렸다. 이들의 행복론을 살펴보면, 뚜렷한 경향성이 발견된다. 수만 갈래로 다른 듯하지만 일목요연하게 정돈되는 느낌을 받는다. 다음 15개 분야로 분류한 이유다.

'지금이 중요하다, 노력이 필요하다, 자기 마음속에 있다, 주인공으로 살아야 한다, 사랑해야 한다, 만족해야 한다, 감사해야 한다, 욕심부리면 안 된다, 소박한 삶이 좋다, 여유를 즐겨야 한다, 인간관계가 중요하다, 일을 해야 한다, 시련에 굴복하면 안 된다, 순리를 따라야 한다, 종교적 믿음이 있으면 좋다.'

150명의 탐구 성과와 저작물, 삶 속에서 각자의 행복 키워드를 뽑아내 그 의미와 배경, 실체를 소개하며 해설했다. 거기에 필자의 생각과 의견을 적절히 버무려 넣었다. 독자 여러분이 이 책을 끝까지 읽어도 명쾌한 행복 비결을 거머쥐지 못할 수도 있다. 그렇더라도 실망하거나 안타까워할 필요는 없다. 행복은 어차피 주관적인 영역에 속하기 때문이다. 여러분의 인생을 굳이 행복 탐구자들에게 내맡길 필요는 없다. 그들의 가르침이나 주장을 통해 뭔가 깨달음을 얻는다면 그것으로 성공이다.

미국 하버드대의 행복학 명강의로 전 세계에 행복 열풍을 불러일으킨 심리학자 탈 벤 샤하르는 말한다.

"내 강의에선 행복의 비법을 가르쳐 주지 않습니다. 대신 수강생들을 일깨워 줍니다."

행복에는 정말 비법도 정답도 공식도 없단 말인가? 진짜 그런지도 모른다. 하지만 이것 하나만은 분명해 보인다. 행복에 관한 새로운 깨달음이 중요하다는 사실 말이다.

저자 성기철

목차

PART 1

지금이 중요하다

PART 2

행복은 노력하는 자의 몫이다

PART 3

행복은 자기 마음속에 있다

PART 4

주인공으로 살아야 한다

PART 5

사랑은 가장 위대한 선물이다

PART 6

만족해야 마음에 평화가 깃든다

PART 7

감사는 최상의 미덕이다

PART 8

욕심이야말로 불행의 주범이다

PART 9

소박함이 화려함을 이긴다

PART 10

여유를 즐겨라

PART 11

모든 인간관계는 자기한테 달렸다

PART 12

일은 곧 축복이다

PART 13

시련에는 반드시 행운이 뒤따른다

PART 14

순리를 따르면 세상살이가 편하다

PART 15

종교와 양심은 두려움을 물리친다

만족은 행복의 시작이고 감사는 행복의 완성이다.
오늘의 축제가 조금 덜 흥겹더라도 만족해야 한다.
축제는 내일도 열릴 테니까. 더 멋진 축제를 기다리는 마음도
행복 찾기에 도움이 될 것이다.

PART 1

지금이
중요하다

행복은 언제나 지금 여기에 있다

요한 볼프강 폰 괴테

1749~1832

독일의 소설가, 극작가, 시인, 자연과학자. 바이마르 공국 재상 역임.
저서로 《젊은 베르테르의 슬픔》, 《파우스트》 등 다수.

너는 왜 자꾸 멀리 가려고 하느냐/
보아라 좋은 것은 가까이 있다/
다만 네가 바라볼 줄만 안다면/
행복은 언제나 여기에 있나니!

괴테의 〈충고〉라는 시다. 행복이 멀리 있는 것이 아니라 가까이 있음을 아주 짧고도 명징하게 표현했다. 멀고 가깝다는 개념은 당연히 시간과 공간을 합한 것이리라. 그의 희곡 《파우스트》에 나오는 "멈추어라 이 순간아, 너 참으로 아름답구나"라는 문장과 일맥상통하는 표현이라 여겨진다.

동서고금을 막론하고 괴테만큼 박식한 사람이 또 있을까? 문학과 철학, 과학은 말할 것도 없고 의학, 신학에까지 탁월한 경지에 이르렀던 사람이다. 그의 행복론은 60년 동안 심혈을 기울여 썼다는《파우스트》에 고스란히 녹아 있다.

행복 탐구 결과 그가 내린 결론은 '지금 바로 여기'이다. 괴테는 작품 곳곳에 현재가 중요함을 강조했다. 아마 그것은 만족과 감사를 전제로 한 것이리라.

"인간은 현재라는 가치의 중요성을 모른다. 막연하게 보다 나은 미래를 상상하거나 그렇지 않으면 헛된 과거에 집착하고 있기 때문이다. 현재에 열중하라. 오직 현재 속에서만 인간은 영원을 알 수 있다. 자기가 하고 있는 일, 이미 한 일을 마음으로부터 즐기는 사람은 행복하다."

괴테의 행복론은 구체적이기도 하다. 그는 행복을 위한 다섯 가지 방법을 다음과 같이 제시했다. ①지난 일에 연연하지 않는다 ②사람을 미워하지 않는다 ③작은 일에 화내지 않는다 ④현재를 즐긴다 ⑤미래는 신에게 맡긴다.

이를 두 가지로 축약하면 '현재에 충실하고, 남을 사랑하라'가 될 것 같다. 과거를 후회하거나 미래를 걱정해봤자 아무 소용이 없다. 현재를 긍정하며 충실히 사는 것이 행복의 지름길이다. 거기에 사랑이 보태지면 금상첨화겠다. 지금 곁에 있는 사람에게 사랑을 베풀면 자기가 행복해진다. 행복은 언제나 지금 여기에 있다.

오늘을 잘 살펴라

칼리다사

4세기 말~5세기 초

인도의 시인, 극작가. 산스크리트 문학을 부흥시킨 작가.
'인도의 셰익스피어'라 불림. 저서로《샤쿤탈라》,《계절의 순례》등 다수.

오늘을 잘 살펴라/ 오늘이 바로 인생이요 인생 중의 인생이라/
그 짧은 순간에/ 당신이라는 존재의 진실과 실체가/ 성장의 축복과/
행위의 아름다움과/ 성취의 영광이 모두 담겨있다/ 어제는 꿈일 뿐이요/
내일은 환상에 불과하나/ 오늘을 잘살면 어제는 행복한 꿈이 되고/
내일은 희망찬 환상이 된다/ 그러니 오늘을 잘 살펴라/
이것이 새벽에 바치는 인사다.

칼리다사는 인도 최고의 고전 희곡《샤쿤탈라》를 쓴 작가다. 아름다운 시문으로 구성된《샤쿤탈라》는 괴테를 감동시켜 이를 찬양하는 시를 쓰게 하고,《파우스트》구상에 큰 도움을 줬다.

첫머리에 소개한 글은 칼리다사의 행복론이 집약된 시〈새벽에 바치는 인사〉이다. 일찌감치 영어로 번역되어 서양 지식인들에게 많은 영감을 주었다. 밀리언셀러《인간관계론》과《행복론》을 쓴 데일 카네기는 매일 아침 면도할 때 이 시를 감상하려고 거울에 붙여놓고 살았다고 한다.

칼리다사는 인생이란 오직 오늘이라고 했다. 어제는 이미 지나갔기에 한낱 꿈일 뿐이며, 내일은 온통 미스터리에 휩싸여 있으니 환상에 불과하단다. 오늘을 잘 살면 어제는 행복한 꿈, 내일은 희망찬 환상이 된다고 했다.

과거나 미래가 중요하지 않은 것은 아니다. 공자는 온고이지신溫故以知新이라 했으며, 행복은 미래를 먹고 산다는 말도 있다. 하지만 과거와 미래에 발목이 잡혀 오늘을 충실하게 살지 못하는 사람에게 행복은 없다.

과거를 좋은 추억으로 떠올리는 사람도 있겠지만 후회와 원망에 휩싸인 사람이 적지 않다. 미래가 희망인 사람도 있지만 걱정으로 가슴 졸이는 사람도 있다. 지나간 일들은 모두 묻어버리는 게 좋다. 내일의 걱정은 내일에게 맡기는 것이 좋다. 과거와 미래의 짐을 오늘 함께 지고 가기엔 너무 무겁다.

현재Present는 곧 선물Present이다. 아니, 진정한 행복을 바란다면 오직 현재만이 선물이다.

인생은 현재의 축제다

라이너 마리아 릴케

1875~1926

독일의 시인, 소설가. 인간 실존의 고뇌를 문학적으로 승화시킨 작가.
저서로《두이노의 비가》,《말테의 수기》등 다수.

인생을 꼭 이해해야 할 필요는 없다/ 인생은 축제와 같은 것/
하루하루 일어나는 그대로 살아가라/
바람이 불 때 흩어지는 꽃잎을 줍는 아이들은/
그 꽃잎을 모아둘 생각은 하지 않는다/
꽃잎을 줍는 순간을 즐기고 그 순간에 만족하면 그뿐.

릴케는 시인의 대명사다. 아련한 향수와 그리움, 덧없는 인생을 연상시키는 시인이다. 아마 14세 연상 루 살로메와의 운명적인 사랑, 장미 가시에 찔려 죽었다는 슬픈 사연 때문일 것이다.

서두에 소개한 시는 릴케의 〈인생〉이다. 유럽 각국을 떠돌면서 고뇌하며 살다 불과 51세에 죽은 자기 자신에게 하고 싶었던 얘기 같다. '인생 별것 없으니 하루하루 즐기면서 살아라'라는 메시지다.

인생을 굳이 이해할 필요가 없단다. 삶과 죽음의 의미를 찾아 고뇌하는 철학자들을 비웃는 말처럼 들린다. 인생 별것도 아닌데 굳이 의미를 찾아서 뭐 하겠느냐는 투다. 그냥 물 흘러가는 대로 살면 된다는 말이겠다. 역시 '고뇌하는 시인'인 자신에게 하는 말 같다.

인생은 축제란다. 긍정적으로 평가하니 다행이다. 인생이 전쟁일 수도 있는데 말이다. 축제는 즐기기 위한 자리이다. 행복의 원천이다. 그런데 축제는 아무리 아름다워도 불과 몇 시간 후면 끝나고 만다. 그러니 지금 당장 마음껏 즐기는 것이 상책이다.

꽃잎 줍는 아이들이 그것을 모아둘 생각을 하지 않듯이, 즐거운 이 순간을 비축할 생각을 하지 말란다. 비축해봐야 별 소용없다는 뜻이다. 어른의 욕심보다 아이의 허심虛心이 낫다는 말로 이해된다.

그런데 만족은 필수다. 만족해야 감사한 마음이 생기고, 감사한 마음을 가져야 비로소 행복을 느낄 수 있기 때문이다. 만족은 행복의 시작이고 감사는 행복의 완성이다.

오늘의 축제가 조금 덜 흥겹더라도 만족해야 한다. 축제는 내일도 열릴 테니까. 더 멋진 축제를 기다리는 마음도 행복 찾기에 도움이 될 것이다.

포도주는 그만 익혀라

✤

퀸투스 호라티우스

BC65~BC8

고대 로마의 서정시인. 정치에서 밀려난 뒤 전원생활을 즐기며 시작에 몰두.
서정시집 4권과 서간집 2권을 남김.

친구여 현명하게 살게나/ 포도주는 그만 익히고 지금 거르게/
짧은 인생 먼 미래에 대한 기대는 줄이게/ 지금 이야기하는 동안에도/
인생의 시간은 우리를 비웃으며 지나가고 있다네/ 오늘을 붙잡게/
내일이라는 말은 최소한으로 믿고.

영화 〈죽은 시인의 사회〉로 유명해진 '카르페 디엠Carpe diem'이란 말의 원조는 호라티우스다. 그의 시 〈송가頌歌〉의 끝부분에 나오는 표현으로 '오늘을 붙잡게' 정도로 해석되는 라틴어다.

첫머리에 소개한 〈송가〉의 후반부 문장들을 보면, 미래에 대한 기대를 줄이고 현재를 충실하게 살라는 메시지를 담고 있다. 포도주 그만 익히고 지금 걸러서 마시라는 표현이 재미있다. 미래를 걱정하거나 준비하느라 현재를 낭비할 필요가 없다는 뜻이겠다.

영화에서 새로 부임한 키팅 선생은 전통과 규율, 주입식 교육에

찌든 기숙 고등학교 학생들에게 이렇게 외친다.

"오늘을 붙잡아라. 우리는 언젠가 죽어. 시간 있을 때 장미 꽃봉오리를 즐겨라."

카르페 디엠을 단순히 '오늘을 즐겨라'로 해석하려는 사람이 더러 있다. 미래 준비하느라 고생할 것 없이 지금 당장 먹고 마시며 놀라는 뜻으로 여긴다. 하지만 호라티우스가 그런 생각으로 이 표현을 쓴 것 같지는 않다. 그의 삶이 죽을 때까지 자못 진지했기 때문이다.

그보다는 행복이 지금 자기 곁에 와 있음에도 그걸 알아차리지 못하는 사람들에 대한 안타까움의 표시로 봐야겠다. 사실 미래의 행복은 누구에게나 불투명하다. 그럼에도 미래의 창고를 채우기 위해 오늘 밥을 굶는 것은 어리석은 일이다.

지금 이 순간을 충실하게 살되 만족하며 적절히 즐길 줄도 아는 사람이 현명하다. 행복은 절대 멀리 있지 않다. 호라티우스는 말한다.

"사람들은 행복을 찾아 헤매고, 행복은 누구나 손에 잡을 수 있는 곳에 존재한다. 그러나 마음속에서 만족을 얻지 못하면 행복을 얻을 수 없다."

우리한테 있는 것은 현재뿐이다

레프 톨스토이

1828~1910

러시아의 작가. 흔히 '인류의 스승', '예수 이후 첫 사람'이라 불림.
저서로 《전쟁과 평화》, 《안나 카레니나》 등 다수.

행복한 사람이 되고 싶은가. 우리가 원하는 행복은
이미 모두 주어졌다는 사실을 기억하라.
진정한 행복의 원천은 우리들 가슴에 있다.
다른 곳에서 행복을 찾는 것은 어리석은 일이다.
이는 마치 늘 품고 다니는 어린 양을 두리번거리며 찾는 격이다.

톨스토이는 평생 사랑과 행복을 노래했다. 수많은 소설, 우화, 논설을 통해 사랑과 행복의 참된 의미를 밝히려 했다. 특히 40대 중반 이후에는 귀족으로서의 명예와 부를 미련 없이 버렸으며, 무지한 민중을 스승으로 삼아 구도자 같은 인생을 살았다.

그는 세상을 떠나기 전 자신이 평생 터득한 삶의 지혜를 한데 모아 《살아갈 날들을 위한 공부》란 제목의 책을 썼다. 이 책에 그의 행복론이 주옥같은 문장으로 정성스럽게 새겨져 있다. 첫머리에 소개한 글은 이 책에서 발췌한 것이다.

톨스토이는 행복이란 바로 지금, 여기에 있음을 누누이 강조한다. 진정한 행복은 자기 가슴속에 이미 주어져 있다는 것이다. 자기 안에 없으면 다른 어디에도 없다고 했다. 그는 행복이란 만족하는 데 있음도 유달리 강조했다.

“행복하지 않다면 자신을 탓할 수밖에 없다. 신은 우리 모두가 행복해지도록 창조했기 때문이다. 불행은 가질 수 없는 것을 원하는 데서 찾아온다. 행복한 이는 자신이 가진 것에 만족한다.”

스스로를 불행하다고 생각하는 사람이 이런 말을 들으면 얼핏 행복을 포기하고 살라는 의미로 이해할 수도 있겠다. 그건 아니다. 톨스토이의 일생을 살펴보면 행복한 삶을 꾸리는 데 명예나 부가 결코 중요하지 않다는 점을 특별히 강조한 말로 이해된다. 어디서 무얼 하고 살든 현실에 만족하며 오늘 하루 최선을 다하는 것이 행복의 지름길이란 생각이다. 톨스토이는 현재에 충실한 삶을 살아야 행복하다고 거듭해서 강조했다.

“과거는 지나갔고, 미래는 아직 오지 않았다. 있는 것은 현재뿐이다. 현재의 삶은 매 순간이 그 어떤 것보다 더 소중하다.”

이 순간을 충만하게 장식하라

헨리 나우웬

1932~1996

네덜란드 출신의 천주교 사제, 심리학자. 페루 빈민가와 캐나다 장애인단체에서 활동. 저서로《상처 입은 치유자》등 다수.

삶의 묘미는 우리가 지금 볼 수 있는 것을 즐기고,
어둠 속에 있는 것에 대해서는 불평하지 않는 것입니다.

나우웬은 탁월한 기독 영성 작가다. 간결한 문장과 주옥같은 언어로 삶에 지친 현대인들을 위로했다. 세속적 명성을 뒤로한 채 소외된 빈민, 장애인들과 함께했기에 그의 말 한마디 한마디는 울림이 크다. 그에게 행복은 지금 이 순간이다. 우리가 찾고 있는 행복의 보물은 저 멀리 있는 것이 아니라 현재 서 있는 땅 바로 밑에 감추어져 있다고 했다.

"순간순간을 최대한 충만하게 살고, 지금 이 순간에 온전히 존재하며, 지금 여기 이 순간을 맛보며, 그리고 우리가 지금 있는 곳에

주의를 기울이면 행복할 것입니다."

그는 미래를 내다보되 5년이나 10년 멀리 볼 것이 아니라 앞으로 한두 시간 동안, 혹은 내일 당장 무엇을 해야 할지 생각하라고 했다.

"우리가 가지고 있는 작은 빛 속에서 기뻐하십시오. 모든 그림자를 빼앗아 가는 강한 빛을 요구하지 마십시오."

나우웬은 죽음 이후까지를 안내하는 성직자이면서도 현재의 삶을 부단히 강조했다. 기쁨과 슬픔이 결코 멀리 있지 않으며, 매일같이 우리한테 찾아온다고 했다. 그리고 그것을 두려워하지 말고 조용히 받아들이라고 조언했다. 그에게 행복은 곧 사랑이다. 그것도 자그마한 사랑이다.

"우리는 기회가 있을 때마다 사랑을 선택할 수 있습니다. 미소, 악수, 격려의 말, 친절한 인사, 도움의 손길…. 이 모든 것이 사랑을 향해 내딛는 작은 발걸음입니다."

이런 종류의 사랑이라면 마음만 먹으면 누구나 할 수 있다. 일상에서 이런 사랑을 자주 실천하면 기쁜 나날을 보낼 수 있을 것이다. 거창한 기쁨을 찾으려다 길을 잃기보다 작은 기쁨이라도 자주 만나는 것이 나을 수 있다. 행복이란 이 순간, 바로 자기 곁에 있는 여러 자그마한 기쁨의 총합이다.

마음의 눈을 닦아라

✲

앤드류 카네기

1835~1919

미국의 기업가, 자선 사업가. 강철 산업을 크게 일으켜 '철강왕'이라 불림.
저서로 《부의 복음》, 《승리하는 민주주의》 등 다수.

어느 곳에 돈이 떨어져 있다면 길이 멀어도 주우러 가면서
제 발 밑에 있는 일거리는 그냥 지나치는 사람이 있다.
눈을 떠라. 행복의 열쇠는 어디에나 떨어져 있다.
그것을 찾아 기웃거리고 다니기 전에 먼저 마음의 눈을 닦아라.

카네기는 스코틀랜드에서 태어나 가난한 부모를 따라 미국으로 이민 와서 자수성가한 기업가다. 초등학교를 졸업하자마자 생활 전선에 뛰어들어야 했다. 그는 무슨 일이든 닥치는 대로 열심히 했다.

전보 배달원, 철도 전신기사로 일하다 펜실베이니아 철도회사 간부의 눈에 들었으며, 그의 도움으로 영국에서 최신 제강법을 공부하게 되었다. 미국에서 제강소를 차려 질 좋은 철강을 생산하자 세계 각지에서 주문이 쇄도했고, 얼마 안 가 세계 제일의 철강회사로 성장했다. 그의 성공 행로엔 많은 행운이 따랐다. 근면 성실하고, 대

인관계가 좋았던 것도 큰 몫을 했다. 카네기는 자신감과 긍정 마인드로 똘똘 뭉쳐진 사람이다. 그는 이런 말을 즐겨 했다.

"밝은 성격은 어떤 재산보다도 귀하다."

첫머리에 소개한 카네기의 말을 보면, 행복은 어디에나 있단다. 눈을 뜨고, 마음의 눈을 닦는 것이 중요하다고 했다. 그는 사업 확장에 분주했던 33세 때 이미 은퇴 후 자선사업 계획을 세웠다. 생활비 연 5만 달러를 제외한 나머지 수입은 모두 자선사업에 쓰겠다는 생각이었다.

돈 많이 벌어 자선사업할 계획으로 일을 했으니 얼마나 신나고 행복했을까. 실제로 그는 66세 때 철강회사를 매각한 뒤 매각대금 상당 부분을 투입해 공공도시관 2,800개를 지어 사회에 헌납했다. 나머지 돈으로는 카네기 재단을 만들어 국제사회에 기여하도록 조치했다. 카네기처럼 자선사업을 해야 꼭 행복한 것은 아니다. 행복의 열쇠가 어디에나 떨어져 있음을 믿고 현재 주어진 삶을 성실하게 꾸려나가는 것이 중요하다. 그는 말했다.

"반드시 밀물 때는 온다. 바로 그날 나는 바다로 나갈 것이다. 때를 놓치지 말라."

행복에는 타이밍이 있다

이어령

1934~2022

충남 아산 출생. 문학평론가. 이화여대 국문학과 교수, 초대 문화부 장관 역임.
저서로《지성에서 영성으로》등 다수.

행복에는 절대의 타이밍이라는 게 있다.
누군가를 사랑할 때도, 결혼할 때도, 아이를 가질 때도 그렇다.
조금만 더 빨랐거나 더 늦었어도
그토록 행복하지 못했을 것이란 순간들이 있다.

이어령의 에세이《딸에게 보내는 굿나잇 키스》에 나오는 말이다. 장성한 딸이 어릴 적 아버지가 피아노를 사주었을 때의 기쁨을 회상하며 했던 말을 아버지가 대신 전하는 문장이다. 이 에세이는 훌륭하게 키웠으나 암으로 먼저 세상을 떠난 딸을 그리워하며 쓴 책이다. 좋은 피아노를 사주었지만 아버지는 마음이 아프다. 사랑을 듬뿍 전하지 못한 것이 아쉽단다. 더 어렸을 때였을 것이다.

"글을 쓰느라 어린 딸의 인사를 외면했던, 그 후회의 순간들을, 만약 그 순간의 작은 따뜻함을 알아차리고 몸을 돌려 딸을 안고 눈을 맞추고 또 볼에 입을 맞추었다면 얼마나 행복한 순간이었을까."

시기를 놓쳐버렸으니 안타까움이 밀려올 뿐이다.

"나는 어리석게도 좋은 피아노를 사주고 좋은 승용차에 태워 사립학교에 보내는 것이 아빠의 행복이자 능력이라고 믿었다."

한 시대 최고의 지성이 사랑과 행복의 타이밍을 놓쳐버린 것을 뒤늦게 후회하는 모습이 안쓰럽다. 평범한 일상에 관심을 갖고 애틋하게 사랑을 주고받는 것이 얼마나 소중한지 새삼 깨닫게 한다. 아버지는 병을 얻고 죽음을 생각하고서야 과거가 아련하게 떠오른다. 하지만 사랑하고픈 사람은 멀리 떠나버리고 곁에 없다.

정말 그렇다. 행복에는 타이밍이 있다. 저마다 행복을 찾겠다며 전심전력으로 내달리다 아무것도 붙잡지 못하고 낭패를 경험하는 것이 우리들의 현주소다. 미래 청사진이 중요한 것은 틀림없다. 하지만 그것을 위해 현재를 몽땅 희생하는 것은 어리석은 일이다.

누구에게나 시간과 자원은 한정되어 있다. 미루지 말고 적절히 베풀고 향유하는 것이 무엇보다 중요하다. 행복이란 각자 삶 속에 깃들어 있는 '바로 지금'이다.

✤

행복이란 누가 가져다주는 것이 아니라
스스로 찾아야 하는 것이다.
자그마한 것에도 만족할 수 있는 마음가짐이 중요하다.
행복은 마음먹기 나름이라는 말이 생겨난 이유다.

PART 2

행복은 노력하는 자의 몫이다

행복은 스스로 찾아야 한다

✻

표도르 도스토옙스키

1821~1881

러시아의 소설가. 톨스토이와 함께 러시아 문학의 양대 산맥으로 불림.
저서로 《죄와 벌》, 《카라마조프가의 형제들》 등 다수.

어떤 사람은 자기가 늘 불행하다고 한탄한다.
이것은 자신이 행복감을 깨닫지 못하기 때문이다.
행복이란 누가 주는 것이 아니라 스스로 찾는 것이다.

도스토옙스키는 세계 문학사에 위대한 족적을 남겼지만 자신의 인생은 고난 고통의 연속이었다. 가난, 사형선고, 시베리아 유배, 두 자녀의 죽음, 도박 중독, 간질병…. 하지만 그는 고난 속에서도 행복을 찾으려고 부단히 노력했다. 서두에 소개한 문장처럼 자신이 행복감을 깨달으면 행복하고, 깨닫지 못하면 불행하다는 생각을 갖고 살았다. 괴로움조차도 긍정적으로 받아들이고자 했다.

"괴로움이야말로 인생이다. 인생에 괴로움이 없다면 무엇으로 만족을 얻을 것인가."

그는 소설《카라마조프가의 형제들》을 통해 자신의 이런 생각을 전하려 했다는 느낌이 든다. 소설에서 신실한 청년인 셋째 아들 알렉세이는 두 형과 달리 불행의 원천인 아버지를 원망하지 않았다. 방탕한 아버지 때문에 형들과 똑같이 유년 시절을 불행하게 보냈지만, 분노와 혐오를 억누를 줄 알았다.

알렉세이는 대신 기억조차 잘 나지 않는 작은 행복의 조각을 찾아내려고 애썼다. 어머니의 따뜻한 손길을 기억해내며 현재의 삶에 감사하고자 했다. 그는 사랑의 가치를 내면화하면 만족을 통해 감사하는 마음을 가질 수 있다는 사실을 알고 있었던 것이다.

그렇다. 행복이란 누가 가져다주는 것이 아니라 스스로 찾아야 하는 것이다. 크고 번지르르한 겉모양이 중요한 게 아니라 자그마한 것에도 만족할 수 있는 마음가짐이 중요하다. 행복은 마음먹기 나름이라는 말이 생겨난 이유다. 도스토옙스키는 주변 사람들에게 결혼과 출산을 권하는 발언을 즐겨 했다. 평범함 가운데서 행복을 찾아야 한다는 생각이었다. 그는 이런 말도 남겼다.

"마음이 비뚤어진 사람은 불행하다. 행복이란 인생에 대한 밝은 견해와 맑은 마음속에 깃드는 것이며 외면적인 것에 있지 않다."

만들어진 행복을 찾지 말고 직접 만들어라

✲

알랭

1868~1951

프랑스의 철학자, 문필가. 낙관주의와 이성주의 철학 주창.
저서로《행복론》,《예술론집》등 다수.

우리는 행복이라는 물건을 만들 수 있는 재료와 능력을 가지고 있다.
하지만 그것을 돌보지 않고 만들어져 있는 행복을 찾고 있다.
그러나 행복이란 파는 물건이 아닌 이상 살 수 없다는 것을 알아야 한다.

알랭은 고등학교 철학 교사였다. 학생들을 가르치고 책을 읽고 쓰는 학자였지만 문약文弱에 머물지 않는 '행동하는 양심'이었다. 1차 세계대전이 발발하자 46세 나이에 지원병으로 참전한 데서 그의 담대한 성격을 읽을 수 있다. 그가 쓴《행복론》에는 '행동'이란 단어가 줄을 잇는다. 행복해지고 싶다면 생각이나 말에 머물지 말고 직접 행동에 나서라고 주문했다.

"상상력은 무엇이든 만들어 낼 수 있다. 그러나 무언가를 만들어 내는 것은 행동이다. 상상력이 아니라 행동을 따르라."

"행복은 본질적으로 행동을 통해 얻어진다. 스스로 자기 안에서 그 무엇을 찾아내려고 하지 않는 한 결코 행복을 구할 수 없다."

서두에 소개한 문장은 또 어떤가. 남이 만들어 놓은, 혹은 만들어 주는 행복을 찾으려 하지 말고 직접 만들라고 조언한다. 누구나 행복을 만들 재료와 능력을 갖고 있음에도 만들려고 나서지 않는 태도를 꼬집는다. 행복은 절대 거저 주어지지 않는다. 사소한 일이라도 자신을 행복하게 만드는 데 도움이 될 거라 생각되면 곧바로 행동에 나서야 한다.

"현재에 전념하라. 시시각각 전진하고 있는 자신의 인생에 전념하라."

알랭이 말하는 행동은 외부를 향한 것이기도 하지만 자기 자신을 가리키고 있다. 자기 마음 안에서 스스로 기쁨의 물질을 찾아내야 진정한 행복에 이를 수 있다는 생각이다. 그것은 바로 만족이다. 그가 한 말이다.

"행복은 스스로 만족하는 데 있다. 주어진 조건이 남보다 좋은데도 더 구한다면 영원히 행복하지 못할 것이다. 누구나 남보다 나은 점이 한두 가지는 있지만 열 가지가 다 뛰어난 사람은 없다."

애써 지혜를 습득하라

소크라테스

BC469~BC399

고대 그리스의 철학자. 문답법을 통한 깨달음, 무지에 대한 자각 중시.
청년들에게 해악을 끼친다는 이유로 사형당함.

잘되겠다고 노력하는 것 이상으로 더 잘 사는 방법은 없다.
또 잘되어 간다고 느끼는 것 이상으로 더 큰 만족은 없다.

위대한 철학자 소크라테스는 최초의 행복학자라 할 수 있다. 인간 스스로의 노력으로 행복을 배우고 익힐 수 있다고 생각한 최초의 인물이다. 세상사 관심의 대상이 오로지 신과 자연이었던 2400년 전 당시로선 혁명적인 발상이었다. 그는 저마다 지혜를 갖추고 정의롭게 살아야 행복해진다고 보았다.

'너 자신을 알라'란 말을 모토로 평생 아테네 시민, 특히 청년들에게 공부하라고 독려한 것은 지혜 습득을 통한 행복 추구를 염두에 두었기 때문이리라. 지혜로워야 사회나 국가에 기여할 수 있고, 그럴 때라야 비로소 행복해진다고 생각한 듯하다.

소크라테스의 정의감은 족탈불급이다. 사형 여부가 가려지는 재판정에서 오로지 옳고 그름만을 따지며 타협을 거부한 데 이어, 사형 집행을 앞두고는 친구의 국외 탈출 제안을 단호히 거절하며 국법을 지키는 것이 옳다고 강조했다.

"우리는 단순히 사는 것을 소중히 여길 것이 아니라 잘 사는 것을 가장 가치 있는 것으로 여겨야 한다네."

소크라테스를 세상에서 '가장 잘 살다간 사람'이라고 칭하는 이유다. 그가 죽음을 맞이하면서도 초연했던 것은 특유의 정의감 덕분이라 여겨진다.

"이제 떠나야 할 시간이 되었습니다. 우리는 각자 우리의 길을 가야 합니다. 나는 죽음으로, 여러분은 삶으로. 어느 쪽이 더 좋은지는 신만이 알고 계십니다."

이런 소크라테스이기에 아마 독배를 드는 순간에도 불행하지 않았을 것이다. 소크라테스는 이런 행복론을 남겼다.

"인간은 자기가 가장 잘 아는, 가장 잘할 수 있는 곳에서, 해야 할 일을 할 때 가장 행복하다."

그런데 행복은 거저 주어지지 않는다. 부단히 노력해야 손에 잡힌다. 나만 왜 불행하냐고 푸념하기에 앞서 행복을 구하고자 최선을 다하고 있는지 자기 자신을 점검해봐야 한다.

행복을 얻기 위해 싸우고 노력하라

✲

엘리자베스 길버트

1969~

미국의 여류 소설가. 국내외 여행 경험을 작품으로 꾸미는 탁월한 문장가.
저서로 《먹고 기도하고 사랑하라》, 《스턴맨》 등 다수.

우리의 보물, 우리의 완벽한 행복은 이미 우리 내면에 있다.
하지만 그것을 우리의 것으로 만들기 위해서는
마음의 분주한 소란에서 벗어나, 자아의 욕망을 버리고
가슴의 침묵 속으로 들어가야 한다.

길버트가 2006년 펴낸 자전적 에세이 《먹고 기도하고 사랑하라》는 전 세계에 수천만 부가 판매된 초베스트셀러다. 이탈리아와 인도, 인도네시아를 여행하며 느끼고 경험한 명상 기록물이다. 지성과 재치, 생동감 넘치는 문장력이 배합된 걸작이다. 줄리아 로버츠가 주연한 영화로도 제작되었다. 이 책이 크게 사랑받는 것은 단순히 패러디물이 넘쳐난다거나 유명 배우가 출연한 영화로 제작되어서가 아니라 사랑과 행복에 대한 깊은 성찰, 그리고 남다른 영적 통찰이 녹아 있기 때문이다. 첫머리에 소개한 글은 이 책에 나오는 말이다. 완벽한 행복은 이미 우리 내면에 들어있다고 했다.

"우리는 행복을 찾아 사방을 뒤지고 다니지만 사실은 톨스토이의 우화에 나오는, 금 달린 항아리 위에 앉아 있는 거지와 같다. 자기 엉덩이 바로 밑에 금덩어리가 깔린 줄도 모른 채 지나가는 사람들에게 푼돈이나 구걸하는 거지."

하지만 손 놓고 가만히 있어서는 절대 안 된다고 길버트는 말한다. "행복은 개인적 노력의 결과이다. 행복을 얻기 위해 싸우고 노력하라. 행복을 달라고 강하게 요구하라. 때로는 행복을 찾기 위해 온 세계를 누벼야 한다."

행복은 자기 품에 안겨있는 아기여서 애써 잘 키워야 한다는 뜻으로도 이해된다. 아직 아무것도 모르는 연약한 아기일 뿐이기에 방치하면 제대로 자라지도 않을뿐더러 언제 바깥으로 뛰쳐나가 버릴지도 모른다.

그렇다. 행복은 가꾸기 나름이다. 자신의 행복을 방해하는 생각이나 습관을 바꾸도록 노력해야 한다. 눈에 보이는 돈이나 권력, 명성을 탐낼 것이 아니라 진정으로 행복해지려고 욕심부려야 한다.

행복의 40%는 자기 노력에 달렸다

❁

소냐 류보머스키

1966~

구 소련 출신의 미국 심리학자. 실험을 통한 행복연구 전문가.
저서로《행복도 연습이 필요하다》,《행복의 신화》등 다수.

행복은 그냥 오는 것이 아니라 노력한 만큼 쟁취할 수 있다.
개인의 행복에는 유전적 요소 50%, 환경적 요소 10%,
본인 의지와 실천 능력 40%가 영향을 미친다.

여성 심리학자 류보머스키는 아홉 살 때 부모를 따라 구 소련에서 미국으로 이주해 문화적 충격을 경험해야 했다. 그러나 이를 잘 극복하고 하버드대에 진학해 수석으로 졸업했다. 현재 긍정심리학의 권위자로 '행복 석학'이라 불린다. 그의 행복론은 베스트셀러《행복도 연습이 필요하다》에 잘 정리되어 있다. 누구나 행복해지겠다고 스스로 결심하고 노력하면 얼마든지 가능하다는 것이다. 반대로 노력하지 않으면 행복은 없다고 했다.

"행복의 원천은 당신이 어떻게 행동하며, 무엇을 생각하고, 매일 어떤 목표를 세우는가에서 찾을 수 있다."

"당신이 오늘 행복하지 않은데도 스스로 행동을 취하지 않으면 내일도 행복하지 못할 것이다."

그는 행복에 유전적 요소가 50% 정도 영향을 미친다고 본다. 행복을 타고난다는 말을 어느 정도 인정하는 셈이다. 하지만 그는 유전적으로 타고나지 못하고 환경이 좋지 않더라도 자기 의지와 노력으로 얼마든지 행복을 찾을 수 있다고 말한다. 40%는 의지와 노력에 달렸다는 것이다. 그는 행복 증진 방법으로 다음 12가지를 제시했다.

①목표에의 매진 ②몰입 체험 ③삶의 기쁨 음미 ④감사 표현 ⑤낙관주의 ⑥사회적 비교 회피 ⑦친절 ⑧돈독한 인간관계 ⑨스트레스 대응 능력 ⑩용서 ⑪종교생활 ⑫명상

뻔한 방법 같지만 하나하나가 중요하다. 류보머스키는 이 가운데 자신의 취향이나 기질, 가치관에 맞는 방법을 전략적으로 선택해서 연습하길 권한다. 성격이나 능력에 따라 남들보다 실천하기 쉬운 방법이 있을 것이다.

당장 서너 개라도 선택해서 실천에 옮겨보면 어떨까. 실천하자마자 행복이 샘솟을 수도 있다.

게으름뱅이가 행복할 순 없다

✻

윌리엄 블레이크

1757~1827

영국의 시인, 화가, 조각가, 급진적 사상가.
저서로 시집《순수의 노래》,《경험의 노래》등 다수.

대개 행복하게 사는 사람은 노력가이다.
게으름뱅이가 행복하게 사는 것을 보았는가.
노력의 결과로써 얻는 성과 없이는 참된 행복을 누릴 수 없다.
수확의 기쁨은 흘린 땀에 정비례한다.

블레이크는 에너지가 철철 넘치는 작가였다. 엄청나게 많은 시를 쓰면서 그림과 조각에도 죽는 날까지 열정을 보였다. 서정시에 깊이 발을 들여놓으면서도 사회와 교회를 신랄하게 비판하는 시도 서슴없이 썼다. 그를 사상가에 포함하는 이유다. 그는 상상력과 창의력을 바탕으로 하는 에너지에 인생의 각별한 의미를 부여했다. 누구나 에너지를 가져야 자발적으로 성장하고 행복을 찾아갈 수 있다는 생각이었다.

첫머리에 소개한 글에서 그의 이런 생각을 쉽게 읽을 수 있다. 행복하려면 무조건 노력해서 성과를 내야 한다는 것이다. 게으름으로 순간의 쾌락을 누릴 수는 있겠지만, 참된 행복은 미래를 설계하고 노력하는 사람의 몫임을 분명히 했다.

그렇다. 가만히 앉아서 행복을 기다리는 건 아무래도 욕심이다. 어리석은 일이기도 하다. 애써 불행한 요소를 줄이고 행복한 요소를 늘려 나가야 비로소 행복이 찾아온다. 블레이크는 기쁨과 슬픔은 공존한다고 했다. 그가 쓴 멋진 시 구절이다.

"우리의 순수한 영혼은/ 기쁨의 씨줄과 슬픔의 날줄로/ 잘 직조된 옷을 입고 있다/ 슬픔과 고통의 골짜기 아래에는/ 반드시/ 두 겹 비단천 같은 기쁨의 강이/ 세차게 흐르고 있다."

그러니 지금 당장 슬픔이 크다고 실의에 빠질 필요가 없으며, 기쁨이 충만하다고 흥분의 도가니에 휩싸일 이유도 없다. 다만 크든 작든 슬픔을 기쁨으로 돌릴 수 있도록 천천히, 그러나 끊임없이 노력해야 한다. 애써 슬픔을 극복해서 얻는 기쁨이 더 큰 행복일 수 있다. 행복은 노력이자 행동이다. 블레이크는 이런 말을 남겼다.

"바쁜 벌은 슬퍼할 시간이 없다."

마음 수련 기술을 익혀라

❋

마티유 리카르

1946~

프랑스 출신 승려. 유전공학자이자 사진작가. 달라이 라마의 프랑스어 통역관 역임.
저서로《승려와 철학자》,《행복》등 다수.

사는 동안 줄곧 세속적인 목적만을 추구한다면
행복에 도달할 가능성이 없습니다. 마치 물이 모두 말라버린 강에
그물을 던지는 것과 같습니다. 행복은 마음속에서 만드는 것입니다.

리카르는 '세상에서 가장 행복한 사람'으로 공인된 사람이다. 미국 위스콘신대 임상시험 결과 긍정적 감정과 관련된 뇌의 전전두피질prefrontal cortex 활동 수치가 일반인보다 훨씬 높은 것으로 확인되었다. 위스콘신대는 그에게 현대 과학으로 증명할 수 있는 '가장 행복한 사람'이라는 수식어를 부여했다.

리카르는 저명한 철학자를 아버지로 둔 촉망받는 유전공학자였으나 삶의 진리를 찾겠다며 집안의 반대를 무릅쓰고 불교에 귀의했다. 네팔에서 수행하며 틈틈이 각종 저술과 강연으로 행복 비법을

전하고 있다. 그는 누구든지 노력하면 행복을 찾을 수 있다는 확신을 갖고 있다.

"행복은 기술이다. 다른 기술과 마찬가지로 연마해서 습득할 수 있다. 그러나 지식 탐구로는 해결되지 않는다. 인간 존재 차원에서 마음을 수련해야 한다. 외적 조건을 행복이나 고통으로 해석하는 것이 우리 마음이기 때문에 그 마음을 바꾸면 얼마든지 행복할 수 있다."

리카르 마음 수련법의 핵심은 명상이다. 마음은 최고의 친구가 될 수도 있고 최악의 적이 될 수도 있으므로 명상을 통해 마음속으로 행복을 초대하라고 가르친다. 그에게 마음 수련의 최종 목적지는 세속적 욕망을 줄이고 단순하게 사는 것이다.

"단순한 사람에게는 세상이 그의 왕국이요, 현재가 영원이다. 남에게 어떻게 보일지 마음을 쓰지 않기 때문에 거리낌이 없다. 단순함은 현자들의 미덕이요, 성인들의 지혜다."

단순한 삶이 아름다운 것은 분명하다. 하지만 그런 삶을 가꾸려면 쓸모없는 것을 걷어내는 비움의 마음이 필요하다. 저마다 마음을 수련해야 하는 이유다.

인문학은 시련의 피난처다

❊

프란체스코 페트라르카

1304~1374

이탈리아의 시인, 철학자. 르네상스 시대를 연 최초의 인문주의자.
저서로《칸초니에레》,《고독한 생활에 대하여》등 다수.

인문학은 젊음을 유지하며, 노후를 즐기고 번영을 증가시키며,
시련의 피난처가 되거나 위안을 제공하는 학문이다.
또 우리가 시골로 여행하는 밤중에 함께 하며,
거친 세상의 방해를 받지 않고 집에서처럼 편안한
즐거움을 주는 학문이다.

인문학 열풍이 여전하다. 대학에서는 홀대받지만 사회에서는 최상급의 대우를 받는다. 출판 시장이나 독서 현장, 기업 강연에 인문학은 빠질 수 없는 분야다. 문학, 사학, 철학, 종교를 포괄하는 인문학은 학문의 기본이며 행복 찾기의 원천이다.

인문주의 운동의 아버지라 불리는 페트라르카는 서두에 인문학의 효능을 일목요연하게 설명하고 있다. 세상살이에 이토록 큰 도움을 주는 공부를 어찌 아니할 수 있겠는가. 행복의 지름길이라 해도 틀리지 않다. 페트라르카는 단순한 기쁨이나 쾌락의 한계를 지

적하며 이성의 회복을 주창했다.

"너는 교황의 지위나 제국, 또는 권력과 부가 사람에게 행복을 가져다 준다고 생각하겠지만 그런 것들은 행복이 아니라 오히려 불행을 가져올 뿐이다."

그는 고대 스토아 철학에 영향을 받아 감정의 불합리한 충동에 굴복하지 않고 이성에 따라 살면 고결한 미덕을 유지하면서 행복의 상태에 도달할 수 있다고 보았다. 인문학을 익혀 몸소 실천하지 않고는 도달하기 힘든 경지다.

페트라르카는 평생 읽고 쓰는 즐거움에서 행복을 찾으려 했다. 고대 인문고전에 심취해 인간과 자연의 아름다움을 찬미하는 일에 몰두했다. 짝사랑 연인을 두고 사랑과 행복을 노래한 서정시집《칸초니에레》를 남겼으며, 연인 사후에는 고전 연구에 모든 정력을 쏟았다. 그가 서재에서 죽을 땐 로마 시인 베르길리우스 관련 원고 더미에 머리를 박고 있었다고 한다.

다들 삶이 팍팍하겠지만 조금은 여유를 갖고 인문학에 눈을 돌려야겠다. 노자 철학자 최진석도 "인문학적 통찰의 궁극적 목적은 행복이다"라고 말했다.

자아실현 욕구를 키워라

에이브러햄 매슬로우

1908~1970

미국의 심리학자. 인본주의 심리학 주창. 동기화 이론과 욕구 5단계 이론 정립.
저서로《존재의 심리학》등 다수.

미래에 대한 계획성과 전망은 삶의 중심적 본질이거나
건전한 인간 본질이다. 자아실현의 욕구와 꿈에 대한
희망을 포기한다면 아이에서 어른으로 성장할 수 없다.

매슬로우는 욕구 5단계 이론으로 유명한 심리학자다. 사람이 행동하는 동기는 다섯 단계로 나뉘는데, 단계에 따라 순차적으로 욕구가 일어난다는 이론이다. 생리적 욕구, 안정의 욕구, 사랑 및 소속의 욕구, 존중의 욕구, 자아실현의 욕구가 그것이다.

매슬로우는 이를 성장의 단계로 규정하면서 모든 사람이 마지막 자아실현의 단계에까지 가지는 않는다고 보았다. 하지만 자아실현의 단계에 이르는 사람이 가장 성공한 사람이고, 행복한 사람이라고 생각했다. 자아실현의 욕구가 강하면 생리적 욕구를 포기하는 사람도 있다고 보았다. 그만큼 자아실현이 중요하다는 뜻이겠다.

자아실현이란, 개인이 가진 소질과 역량을 스스로 찾아내어 그것을 충분히 발휘하고 계발하여 자기가 목적한 이상을 실현하는 것이다. 매슬로우는 이를 단순화시켜 '자기 본성에 진실되게 살아가는 것'이라고 정의했다. 누구나 자아를 실현하면 더없이 행복하다. 긍정적 요소가 한두 가지가 아니다. 하루하루 생활에 만족감을 느낌으로써 심리적 자유를 누릴 수 있으며, 자율적 독립적 사고를 할 수 있다. 높은 윤리의식을 갖고 이웃과 세상에 헌신할 수도 있다. 또 매사에 현실적인 사고를 하고, 유머 있는 사람이 된다.

하지만 자아실현은 욕구 수준에 그칠 뿐 완성 단계에 이르기는 쉽지 않다. 아니, 당상의 삶이 팍팍하고 힘들어 그런 욕구조차 가질 수 없는 사람도 많다. 자신이 바라는 이상적 가치를 발견하고 그것을 실현하기 위해 사는 삶이 쉬울 리 없다. 그럼에도 우리는 자아실현을 삶의 목표로 삼을 필요가 있다. 가급적 이른 시기에 자기만의 가치를 발견하고, 그것을 실현하고자 열정적인 삶을 사는 것이 좋다. 그 과정이 곧 행복이기 때문이다.

진정한 행복은 눈물과 땀이 함께 한다

마윈(馬雲)

1964~

중국의 사업가. 전자상거래 기업 알리바바를 설립했으며,
회장을 거쳐 현재 주석직을 맡고 있음. 세계 부자 20위권임.

인생은 즐기러 온 것이다.
고통과 실패의 경험도 자세히 보면 별것 아니다.
떠날 때 후회가 없도록 살자.
무엇보다 인간성이 좋은 사람이 되어야 한다.
진실을 말하고 이익을 독식하려 하지 말라. 다 돌아온다.
긍정적으로 생각하고 일하며 행복을 찾아라.

마윈은 흙수저로 태어나 이름 없는 지방대학을 나왔다. 161센티미터의 작은 키에 외모는 볼품이 없다. 하지만 영어를 잘해 일찌감치 인터넷을 터득한 덕분에 세계 1위 전자상거래 기업을 키워냈다. 그의 삶은 도전의 연속이었다. 하지만 수많은 실수와 잘못, 그리고 넘어졌다 일어서기를 반복하는 과정에서 행복을 느꼈다고 한다.

"진정한 행복은 항상 눈물과 땀이 함께 한다. 만일 여러분이 대학을 이런 노력 없이 다닌다면 성공하지 못한다고 확신한다."

어느 대학 강연에서 한 말이다. 마윈은 열정적 노력이 주는 행복

을 즐기라고 했다.

"편하게 일하고 많은 노력을 하지 않는 게 비판받을 일은 아니지만, 분투가 가져다주는 행복과 보상은 얻을 수 없을 것이다."

그는 행복이란 결과가 아니라 과정임을 분명하게 깨달은 것 같다. 사업에 관한 한 최정상에 선 지금 마윈은 그다지 행복하지 않다고 고백한다.

"오늘 우리 주가가 오르면 나에 대한 사람들의 기대가 높아지므로 나는 미래에 대해 생각하고 걱정할 것이 많아진다."

"세상에 존재하는 희극의 80%는 돈과 관계가 없다. 하지만 비극의 80%는 돈과 관계가 있다. 억만장자도 괴로울 때가 있고 거지도 즐거울 때가 있다. 행복과 돈의 많고 적음은 직접적인 관계가 없다. 부를 모으는 것이 인생의 최종 목표가 될 필요는 없다."

마윈은 지방에서 월급 12달러를 받으면서 영어 선생으로 일할 때가 가장 행복했다고 말한다. 인생에서 뭔가 이루려고 최선을 다했다면 그 자체가 훌륭한 삶이다. 인생에서 행복은 성공보다 더 중요하다.

자기 행복은 자기가 만들어야 한다

법륜

1953~

승려. 불교수행공동체인 정토회 설립. 사회운동가, 구호운동가. 막사이사이상 수상.
저서로 《행복》, 《스님의 주례사》 등 다수.

온전한 행복의 길로 들어서기 위해서는
이제부터라도 내 삶의 주인이자 이 세상의 주인으로서
내 행복은 누가 가져다주는 게 아니라
내가 만든다는 생각으로 살면 좋겠습니다.

법륜은 국민 행복 멘토다. 20년 이상 진행 중인 즉문즉설卽問卽說 대화 프로그램은 인생사 온갖 고민거리를 대중과 공유하며 삶의 위안을 주고 있다. 사람은 태어난 이상 누구나 행복하게 살 권리가 있다며 용기를 북돋워준다. 주인의식을 갖고 사는 게 무엇보다 중요하다고 말한다.

첫머리에 소개한 글은 그의 저서 《행복》에 나오는 문장이다. 우리 한 사람 한 사람은 우주의 티끌같이 작은 존재이지만 주인의식을 가질 때 나를 변화시키고 세상을 변화시키는 힘을 발휘할 수 있다고 덧붙인다. 우리는 어떤 순간에도 행복을 선택할 수 있다며 책임감을 갖고 행복을 구하라고 독려한다.

"우리가 행복하고 불행한 것은 누구 책임인가요? 모두 자기 책임입니다. 자기 인생은 자기 이외에 책임져줄 사람이 아무도 없어요. 시험에 떨어져도, 실연을 당해도, 심지어 소중한 사람이 세상을 떠나도 행복하게 살아야 합니다. 어떤 이유에서든 괴로울 수밖에 없다고 하는 것은 인생을 낭비하는 거예요."

《법구경》에 이런 말이 있다.

"행복도 내가 만드는 것이네. 불행도 내가 만드는 것이네. 진실로 그 행복과 불행 다른 사람이 만드는 것 아니네."

법륜이 대화 프로그램의 명칭을 즉문즉답이 아니라 즉문즉설로 정한 것은 인생에는 답이 없고 자기가 선택하고 책임지는 게 인생이기 때문이란다.

그렇다면 행복의 답은 자기 자신이 삶의 중심을 잡는 데 있다. 남 보기에 좋은 인생 말고, 자기 스스로 참되고 의미 있다고 생각하는 인생을 살아야 한다. 남의 욕망을 좇을 것이 아니라 자기가 진정으로 하고 싶은 일을 찾아서 해야 한다. 법륜의 이 표현이 멋지다.

"허위의식의 감옥에서 걸어 나오세요."

어떠한 상황에서도 자기 마음은 꼭 붙들고 있어야 한다.
남한테 맡길 일이 아니다.
자기 마음을 정확히 알고 그것을 붙잡고자 노력해야 한다.
남의 마음에 휘둘려 살면 행복은 없다.

PART 3

행복은 자기 마음속에 있다

행복은 자신이 마음먹는 만큼 주어진다

✻

에이브러햄 링컨

1809~1865

미국의 16대 대통령. 남북전쟁을 승리로 이끌며 흑인 노예 해방과 국가통합 달성. 게티즈버그 연설의 주인공.

대부분의 사람들은
자신이 마음먹는 만큼 행복하다.

링컨은 미국 역사상 가장 위대한 대통령이라 칭송받는다. 미국인은 물론 전 세계인으로부터 존경받는 인물 리스트에 올라있다. 그는 과연 행복했을까? 대통령이 되어 큰 명성까지 얻었으니 겉으로 보기엔 꽤 행복했을 것이란 생각이 든다. 하지만 그의 개인사를 들여다보면 결코 행복하지 못했을 것이란 느낌을 지울 수 없다.

링컨은 9세 때 어머니가 죽는 바람에 새어머니 밑에서 자랐다. 19세 땐 누나, 27세 땐 약혼녀의 죽음을 지켜봐야 했다. 성인이 되어서는 생활 전선에 나가 갖은 고초를 겪어야 했다. 사업에 두 번이나 실패하고, 각종 선거에 출마해 일곱 번이나 떨어지는 아픔을 경험했다. 아내는 사치, 히스테리, 편집증 증세가 있어 암살당하는 날까지 그를 괴롭혔다. 아들 넷을 두었지만 셋은 성인이 되기 전에 죽었다. 이러니 우울증을 피해 가기 어려웠던 모양이다. 항우울증 약을 복용하는가 하면, 자살 가능성을 염려해 스스로 칼이나 총을 몸에 지니지 않았다고 한다. 링컨은 고난 고통이 이어지는 환경에서 최소한의 행복을 얻고자 마음 다짐 훈련을 한 것으로 보인다. 서두에 소개한 말이 그것이다. 이런 말도 했다.

"나는 사람들이 행복하기로 마음먹는 순간 정말로 행복해지기 시작한다는 사실을 깨달았다."

누구에게나 인생은 행복과 불행이 교직交織되어 있다. 평생토록 행복한 사람, 평생토록 불행한 사람은 거의 없다. 희망을 잃지 않고 긍정적인 사고를 갖는 게 중요하다. 그렇게 하면 환경이나 조건이 아무리 열악해도 최소한의 행복은 얻을 수 있다. 링컨은 이런 말도 남겼다.

"이 슬픈 세상에서 슬픔은 누구에게나 찾아온다. 슬픔을 완전히 해소할 수 있는 방법은 시간밖에 없다. 사람들은 시간이 지나면 괜찮아질 것이라는 사실을 당장 깨닫지 못한다. 그러나 이것은 실수다. 우리는 반드시 다시 행복해진다."

행복의 파랑새는 마음속에서 찾아야 한다

알랭 드 보통

1969~

스위스에서 태어나 영국에서 성장한 소설가, 철학자.
저서로《왜 나는 너를 사랑하는가》,《여행의 기술》등 다수.

행복을 이웃집 담장 너머에서 찾는 것은 가장 어리석은 일이다.
누구든지 행복의 파랑새는 자신의 마음속에서 찾아야 한다.

보통은 한국인들에게 유달리 인기가 많다. 연애소설《왜 나는 너를 사랑하는가》에서부터 쓰는 책마다 한국어로 속속 번역 출간되고 있다. 신기하게도 책마다 베스트셀러에 오른다. 그래서인지 작가는 자주 우리나라를 방문한다. 그가 쓰는 글은 무겁지 않다. 그렇다고 가볍지도 않다. 우리 주변의 일상적인 소재에다 철학적 사유를 덧입히기에 누가 봐도 품격이 있다. 그의 행복론은 이런 글쓰기에서 자연스럽게 드러난다.

첫머리에 소개한 문장을 보면, 행복은 멀리 있는 것이 아니라 세상에서 가장 가까운 곳, 즉 자기 마음속에 있다는 것이다. 모든 사람이 그렇단다. 하지만 그곳에 있는 행복을 찾느냐 못 찾느냐는 자기 자신의 몫이라고 해야겠다. 마음먹기 나름이란 말이 딱 어울린다.

"행복을 더 이상 일과 사랑에서 찾으려고 하지 마라. 주관적인 기준에서 나만의 행복을 찾는다면 일과 사랑도 당신을 힘들게 하지 않을 것이다."

"우리는 적은 것을 기대하면 적은 것으로 행복할 수 있다. 반면 모든 것을 기대하도록 학습 받으면 많은 것을 가지고도 비참할 수 있다."

역시 행복이란 객관적인 것이 아니라 주관적인 것이다. 자기 마음속에 있는 행복을 붙잡기 위해서는 걱정과 불안을 극복하는 것이 선결 과제다. 보통은《불안》이란 제목의 책에서 그 해법을 제시했다.

"걱정 없는 인생을 바라지 말고 걱정에 물들지 않는 연습을 하라."

"불안에서 벗어나는 가장 좋은 방법은 지금 이 순간의 좋은 일에 감사하는 것이다."

살다 보면 수시로 걱정거리를 만나게 된다. 미래에 대한 두려움의 표현이다. 하지만 아직 도래하지도 않은 일을 미리 걱정하고 불안에 떠는 것은 어리석은 일이다. 편안한 마음으로 오로지 현재에 충실한 것이 행복의 첩경이다.

자기 마음을 모르면 불행하다

❊

마르쿠스 아우렐리우스

121~180

로마의 5현제 중 마지막 황제. 스토아 철학자.
황제 자신의 치열한 고뇌와 자기 정화 과정을 기록한《명상록》을 저술.

행복한 삶을 만들려고 애쓸 필요는 없다.
모두 당신 안에 있다. 행복은 당신이 어떻게 생각하느냐에 달려있다.
다른 사람의 마음은 잘 몰라도 그다지 불행하지는 않다.
하지만 자기 마음을 모르면 불행하다.

아우렐리우스의 역저《명상록》을 보면 행복을 구하는 데 자기 내면의 소리가 얼마나 중요한지 새삼 깨닫게 된다. 그는 천하를 호령하는 제국의 황제로서 돈과 권력, 명예를 최고로 누릴 수 있음에도 근검절약과 겸손한 자세를 견지했다. 인생사 순리를 강조하며 끊임없이 자기 자신을 성찰했다.

"황제 티를 내거나 궁전 생활에 물들지 않도록 경계하라. 늘 소박하고, 선하고, 순수하고, 진지하고, 가식 없고, 정의를 사랑하고, 신을 두려워하고, 자비롭고, 상냥하고, 용감한 사람이 되어라."

"새 모래가 밀려오면 먼젓번 모래 언덕이 묻히듯이 인생에서도 먼저의 것들은 나중 것들에 금세 가려진다는 점을 명심하라."

"미래의 일로 불안해하지 마라. 그리로 가야 한다면, 네가 지금 현재의 일에 힘쓰고 있는 바로 그 이성으로 무장하고 그리로 가게 될 것이기 때문이다."

행복한 삶을 위해서는 당연히 일정한 노력을 기울여야 한다. 아우렐리우스가 행복을 위해 애쓸 필요 없다고 말한 것은 돈이나 권력 등 외부적 조건을 갖추는 데 목숨 걸지 말라는 가르침이다. 세속적 성공이나 출세도 행복의 중요한 요소임에 틀림없다. 하지만 그것들 좇는 데 정신이 팔려 자기 자신을 잃어버리면 행복이 손에 잡히지 않는다.

어떠한 상황에서도 자기 마음은 꼭 붙들고 있어야 한다. 남한테 맡길 일이 아니다. 아우렐리우스는 "네 마음은 네가 자주 떠올리는 생각과 같아질 것이다"라고 했다. 자기 마음을 정확히 알고 그것을 붙잡고자 노력해야 한다. 남의 마음에 휘둘려 살면 행복은 없다. 누구에게나 행복은 마음먹기 나름이다.

행복은 자기 마음속에 둥지를 틀고 있다

아르투어 쇼펜하우어

1788~1860

독일의 철학자. 대표적 염세주의 사상가.
저서로 《의지와 표상으로서의 세계》, 《토론의 법칙》 등 다수.

이 세상에서 확신을 갖고 의지할 수 있는 것은 오직 자기 자신뿐이다.
다른 사람과의 교제는 혐오와 손실을 초래하는 경우가 많기 때문이다.
그러므로 자신에게 만족하면서 확신을 가지는 자는 이미 행복하다.

쇼펜하우어는 세상이 지옥 같고, 여자는 천박하다고 말하는 등 직설적 언어를 즐겼던 괴짜 철학자다. 그러나 행복에 관해서는 어느 철학자 못지않게 많이, 그리고 깊이 연구했다. 겉 이미지와는 달리 인간과 세상에 대해 따뜻한 가슴을 갖고 있었던 것 같다. 그는 행복을 내면의 풍요와 정신적 만족감의 산물이라고 보았다. 돈, 권력 같은 외부적 조건이나 환경이 아니라 자기 마음이 행복을 만들어 간다는 것이다. 그의 이런 말들은 깊은 철학적 통찰의 결과라 여겨진다.

"행복은 자기 마음속에 둥지를 틀고 있다."

"수도자들이 은둔 생활에서 행복을 느끼는 이유는 남의 눈치를 보지 않고 자기 본위의 생활로 돌아갈 수 있기 때문이다."

"인간은 다른 사람처럼 되고자 하기 때문에 자기 잠재력의 4분의 3을 상실한다."

그렇다. 행복은 남들이 만들어 주는 것이 아니어서 결국 자기 자신이 찾아 나서야 한다. 멀리 갈 것도 없다. 자기 안에 있다. 외부적으로 주어진 조건이 똑같은데도 행복을 느끼는 사람이 있는가 하면 불행을 느끼는 사람이 있다. 행복을 느끼는 사람은 내면이 충만한 사람이고, 불행을 느끼는 사람은 내면이 텅 빈 사람이다. 내면이 충만한 사람은 자신을 지탱하는 데 다른 사람의 도움이 필요 없다. 어떤 상황에서든 남한테 기대지 않고 홀로 설 수 있는 상태이다. 이런 상태라야 안정적으로 행복할 수 있다. 쇼펜하우어의 말이다.

"만약 남의 눈을 의식하는 태생적 결함에서 벗어날 수만 있다면 마음의 평화와 힘이 매우 커진다. 인간은 누구나 홀로 있지 않으면 안 된다. 결국 인간의 행복은 홀로 얼마나 잘 견딜 수 있는가에 달려있다."

자기 마음을 선한 쪽으로 정비하라

제임스 알렌

1864~1912

영국의 소설가, 자기계발 저술가. 명상 문학의 개척자라 불림.
저서로《행복의 연금술》,《원인과 결과의 법칙》등 다수.

행복은 마음으로 완벽하게 만족한 상태를 말하며,
기쁘고 평화로운 상태를 말하며,
모든 이기적인 욕망을 물리치는 것을 말한다.
결국 우리의 행복은 먼 곳에 있는 것이 아니라
바로 우리 마음속에 있는 것이다.

알렌은 청소년기를 불우하게 보냈으나 제때 결혼도 하고, 영국 거대 기업에서 촉망받는 직장인으로 성장했다. 하지만 38세가 되었을 때, 열심히 돈을 벌어 신나게 쓰는 것이 경박하고 무의미한 삶이란 사실을 깨달았다. 직장을 그만둔 알렌은 명상의 삶을 수행하기 위해 영국 남서부 바닷가 작은 마을로 들어갔다. 그곳에서 자발적인 가난, 영적인 자기 연마, 소박하고 단순한 삶을 추구했다. 그리고 동서양 고전 속 지혜를 탐닉하며 저술에 몰두했다. 핵심 연구 과제는 행복이었다.

첫머리에 소개한 글은 저서《행복의 연금술》에 나오는 말이다. 완벽하게 만족한 상태, 기쁘고 평화로운 상태, 이기적 욕망이 없는 상태가 행복이므로 당연히 그것은 자기 마음속에 있다는 것이다. 알렌에 따르면, 이런 행복의 상태를 원한다면 슬픔과 고통으로 둘러싸인 악을 제거해야 한다. 그런 악은 외부에 존재하는 추상적인 것이 아니라 자기 마음으로 느끼는 구체적인 경험이다. 자기 마음을 선한 쪽으로 꾸준히 정비해야 악을 물리칠 수 있다고 알렌은 생각했다. 마음을 선한 방향으로 정비한다는 것은 끊임없이 행복한 생각을 하는 것이다.

"당신이 지금 행복하다면 그것은 당신이 지금 행복한 생각을 하고 있기 때문이다. 당신이 지금 불행하다면 그것은 당신이 지금 불행한 생각을 하고 있기 때문이다."

생각만으로 될 리가 없다. 이웃 사랑이 필요하다. 다시 알렌의 말에 귀 기울여보자.

"타인을 사랑하면서 자신의 이기심을 완벽하게 버릴 수 있는 사람은 최고의 행복을 느낄 수 있을 뿐만 아니라 영원한 생명으로 귀환하는 것이다."

불행을 책망할 사람은 자기 자신밖에 없다

나폴레옹 보나파르트

1769~1821

프랑스의 군인, 황제. 프랑스 대혁명 격동기에 권력을 장악해 황제에 오름.
정복 전쟁을 벌여 한때 유럽을 평정함.

영광은 덧없지만 무명無名은 영원하다….
비참한 운명의 원인은 나 자신이다.
불행에 대해 책망할 사람은 나 자신밖에 없다.
내가 나 자신의 최대 적인 것이다.

나폴레옹은 역사가 인정하는 영웅이다. 탁월한 군사전략가로 35세에 황제에 올라 천하를 호령했다. 엘바섬에 유배됐다 탈출에 성공해 다시 황제에 오르는 기적의 스토리를 만들어 냈다. 뿐만 아니라 '내 사전에 불가능이란 단어는 없다'라는 말로 온 세상 젊은이들의 성공 멘토가 되었다. 그런 나폴레옹은 과연 행복했을까? 마지막 유배지 세인트헬레나섬에서 그는 이런 말을 남겼다.

"나의 일생에서 행복했던 날은 엿새에 불과하다."

화려했던 인생을 심하게 자책한 말로 들린다. 그는 누가 봐도 멋진 생을 살았다. 어린 시절은 유복했고, 군인이 되어서는 가는 곳마다 승리를 거뒀다. 세상 최고의 권력을 10년간이나 누렸다. 엄청난 명성과 돈이 따랐음은 말할 것도 없다. 하지만 말년에는 인생무상을 느꼈을 것이다. 대서양 절해고도에 유배되어 6년간 질병과 씨름하다 죽었으니 얼마나 외롭고 쓸쓸했을까. 서두에 소개한 말이 그렇다. 영광은 덧없는 것이란다. 그의 이런 말도 같은 맥락으로 이해된다.

"사치 속에서 행복을 찾는 것은 마치 태양을 그려놓고 빛이 나오기를 기다리는 것과 같다."

사치한다고 행복한 것이 아님을 분명히 한 셈이다. 나폴레옹은 더없이 호화로운 생활을 했고, 가까운 사람들이 그런 생활에 젖어 사는 모습도 흔하게 보았을 것이다. 그럼에도 크게 행복하지 않다는 생각을 한 것이다. 금전적 사치뿐만 아니라 권력과 명성의 사치를 누려도 마찬가지란 생각을 했을 것 같다. 그것은 일시적으로 행복감을 줄지언정 영원한 행복은 아니기 때문이다. 많이 가진 사람은 두려움을 안고 산다. 언제 누구한테 그것을 빼앗길지 몰라서다. 그것은 행복과 거리가 멀다.

흔한 장미 한 송이라도 내 것이면 소중하다

앙투안 드 생텍쥐페리

1900~1944

프랑스의 소설가, 비행사. 2차 세계대전 때 지중해 정찰비행 중 실종됨.
저서로《어린 왕자》,《야간 비행》등 다수.

잘 가, 내가 말한 선물은 아주 간단해.
마음으로 보아야 잘 볼 수 있다는 거야.
가장 중요한 것은 눈에 보이지 않거든.

생텍쥐페리의 소설《어린 왕자》는 남과 비교하지 않는 순수하고 소박한 마음의 중요성을 새삼 깨닫게 한다. 그런 마음을 가질 때 비로소 행복해진다는 메시지를 담고 있다.

작은 별나라에 사는 어린 왕자는 홀로 핀 장미의 변덕에 못 이겨 다시는 돌아오지 않기로 마음먹고 자기 별을 떠난다. 여섯 개 별을 거쳐 지구에 온 어린 왕자는 아프리카 사막에서 5,000송이나 핀 장미 정원을 발견하고 슬픔의 울음을 터뜨린다. 자기 별에 사는 장미가 이 세상에서 가장 아름답고 하나뿐인 줄 알았는데 똑같은 장미가 수없이 많다는 사실에 크게 실망한 것이다. 이때 여우가 나타나자 어린 왕자는 반가워하며 친구가 되어달라고 부탁한다. 그러나 여우는 "길들여지지 않았기 때문에 안 된다"라고 대답한다. 여우는 "길들임이란 시간을 갖고 서로 마음이 통하는 것"이라고 일러준다.

그 후 길들여진 여우는 어린 왕자에게 장미 정원에 다시 가보라고 했다. 그런데 웬걸, 5,000송이 장미는 한 송이 자기 장미에 비하면 아무것도 아니라는 생각이 들었다.

"나에게 있어서 내 꽃은 너희 전부보다 훨씬 소중해. 내가 직접 물도 주고 유리 덮개도 씌어주고 바람막이로 안전하게 보호해준 꽃이니까."

어린 왕자가 여우를 찾아가자 여우는 이 글 서두에 소개한 말로 작별 인사를 했다.

"가장 중요한 것은 눈에 보이지 않는다."

어린 왕자는 여우의 가르침을 통해 비로소 자기 별에 두고 온 장미가 세상에서 가장 소중하다는 사실을 깨닫게 된다. 흔한 장미 한 송이지만 자기 것이기 때문에 더없이 아름답게 느껴지는 순간이다. 자기 별로 돌아간 어린 왕자는 그 누구와도 비교하지 않고 행복하게 잘 살고 있을 것이다. 행복은 남과 비교하는 순간 사라지고 만다.

걱정의 사슬을 끊어라

푸블리우스 오비디우스

BC43~AD17

고대 로마의 시인. 사랑의 기쁨을 노래하는 연애 시로 유명.
저서로《변신 이야기》,《사랑의 기술》등 다수.

마음에 상처를 주는 사슬을 끊어버리고 더 이상
걱정하지 않는 사람은 행복하다.

걱정은 스트레스의 주범이자 행복의 적이다. 다가올 일에 대해 미리 걱정하는 사람은 마음속 불안의 쇠사슬에 얽매인 채 살아간다.

"인간은 무덤에 들어갈 때까지는 행복하다고 할 수 없다."

오비디우스의 이 말은 인간의 끝없는 걱정 심리를 염두에 둔 표현 아닐까 싶다. 걱정은 속성상 꼬리에 꼬리를 문다. 성경에서 예수 그리스도가 "내일 걱정은 내일이 할 것이다"라고 가르쳤건만 걱정을 떨쳐내기란 결코 쉬운 일이 아니다. 사실 적당한 걱정은 나쁘지 않다. 혹시 일어날지도 모르는 사고에 미리 대비하게 하는 장점이 있다. 보다 행복한 상황을 맞이하기 위해 열심히 노력하는 삶의 원동력이 될 수도 있다.

문제는 과도한 걱정이다. 일어날 가능성이 아주 희박한 문제에 대해 괜히, 쓸데없이 걱정함으로써 정신 건강을 해치게 된다. 우울증이나 불안장애, 공황장애의 주요 원인이다. 행복감을 갉아먹을 수밖에 없다. 최고의 걱정 퇴치법은 긍정과 희망 마인드를 갖는 것이다. 오비디우스는 이런 말을 남겼다.

"1년 동안 맑은 날과 흐린 날을 세어보면 맑은 날이 더 많았음을 알게 될 것이다."

"나의 희망은 항상 실현되지는 않지만 나는 항상 희망한다."

그렇다. 매사 긍정적인 마음으로 희망가를 부르는 사람에게 걱정은 없다. 걱정거리라는 게 실제보다 과장돼 있기 때문에 애써 무시하면 그만이다. 어느 심리학 연구에 따르면, 개인의 걱정거리 가운데 본인이 잘 대처하면 막을 수 있는 진짜 걱정거리는 4%밖에 안 된다고 한다. 한숨 길게 몰아 쉬며 걱정하는 대신 주어진 시간을 충실하게 보내는 것이 현명하다. 존재하는 것은 과거나 미래가 아니라 오직 현재뿐이기 때문이다. 오비디우스의 조언에서 우리는 또 다른 희망을 본다.

"기회는 항상 강력하다. 낚싯바늘을 던져두어라. 전혀 기대하지 않은 곳에도 물고기가 있을 것이다."

편견을 갖지 말라

제인 오스틴

1775~1817

영국의 여류 소설가. 영국인들이 셰익스피어 다음으로 좋아한다는 작가.
저서로 《오만과 편견》, 《이성과 감성》 등 다수.

너의 행복을 가장 잘 판단하는 사람은
너 자신인 거야.

오스틴이 40세 때 발표한 소설 《엠마》에 나오는 말이다. 행복한지, 행복하지 않은지는 자기 자신이 가장 잘 안다는 것이다. 각자 자기 마음한테 그 판단을 맡기기 때문이라고 봐야겠다.

그의 대표작으로 꼽히는 소설 《오만과 편견》에는 사랑과 행복을 찾아가는 길에 자기 내면의 판단력이 얼마나 중요한지 상세하게 묘사되어 있다. 예나 지금이나 사랑이 시작될 무렵 남자는 오만에 빠지기 쉽고, 여자는 편견에 사로잡히는 경향이 있다. 특히 여자의 편견은 눈앞에 펼쳐진 사랑과 행복을 제 발로 걷어차는 우를 범하게 한다.

《오만과 편견》에서 영리하면서도 재기발랄한 주인공 엘리자베스는 무뚝뚝해 보이는 신사 다아시가 오만하다고 판단해 그의 청혼을 단호하게 거절한다. 그가 실제로는 섬세하면서도 자상하고 도덕적으로 훌륭한 사람이라는 사실을 간과했기 때문이다. 겉으로 드러난 첫인상에 마음이 잘못 휘둘린 것이다.

오해와 편견에 휩싸여 있던 엘리자베스가 다아시의 진면목을 발견한 것은 바로 자기 자신이다. 편견에 눈이 멀었다는 사실을 후회하며 반성하자 사랑은 이내 결실을 맺게 된다. 정작 오만한 사람은 다아시가 아니라 편견에 사로잡혀 도도하게 행동한 엘리자베스인지도 모른다.

이 소설은 통속적인 연애 지침서 같지만 우리네 삶에서 편견의 무서운 독성을 경고한다. 편견을 갖고는 어떤 사랑도 할 수 없다는 것이다. "편견은 내가 다른 사람을 사랑하지 못하게 하고, 오만은 다른 사람이 나를 사랑할 수 없게 한다." 오스틴이 한 말이다.

편견이란 사전적 의미로 공정하지 못하고 한쪽으로 치우친 생각을 말한다. 매사 색안경을 끼고 보기 때문에 사랑과 행복을 내쫓는다. 사랑과 행복을 진정으로 원한다면 남을 의심하기보다 자신의 편견을 의심해야 한다. '편견 없음'이야말로 행복의 원천이라 하겠다.

행복은 날마다 천 개의 얼굴로 나타난다

✽

이해인

1945~

강원 양구 출생. 가톨릭 수녀, 시인, 수필가.
저서로 시집《서로 사랑하면 언제라도 봄》,《사계절의 기도》등 다수.

사는 게 힘들다고/ 말한다고 해서/
내가 행복하지 않다는 뜻은 아닙니다/
내가 지금 행복하다고/ 말한다고 해서/ 나에게/
고통이 없다는 뜻은 정말 아닙니다/ 마음의 문을 활짝 열면/
행복은 천 개의 얼굴로/ 아니 무한대로 오는 것을/
날마다 새롭게 경험합니다/ 어디에 숨어 있다/
고운 날개를 달고/ 살짝 나타날지 모르는 나의 행복/
행복과 숨바꼭질하는/ 설렘의 기쁨으로 사는 것이/
오늘도 행복합니다.

이해인은 단정한 외모에 잔잔한 웃음을 지닌 수도자다. 사랑과 소망, 행복을 주로 노래하는 시인이다. 몸이나 마음이 아픈 사람들을 찾아 용기를 북돋워주고, 아름다운 글로 그들을 위로한다. 그 자신이 암에 걸려 고난 고통의 시간을 보냈지만 지금은 완쾌되어 왕성하게 활동하고 있다. 이해인은 긍정 마인드로 무장된 낙관주의자다. '명랑 투병'이란 신조어를 낳을 만큼 투병 중에도 늘 밝고 쾌활했단다.

서두에 소개한 시는 그가 쓴 '행복의 얼굴'이란 작품이다. 행복과 고통은 일방적이지 않다고 시인은 말한다. 힘들다고 말하는 사람도 일정 부분 행복감을 느끼는가 하면, 행복하다고 말하는 사람에게도 고통이 있을 수 있다는 것이다.

행복은 생각하기에 달렸음을 뜻한다. 마음의 문을 활짝 열면 온갖 종류의 행복을 찾을 수 있다는 것이다. 자신의 행복이 어떤 얼굴을 하고 있는지 설레는 마음으로 숨바꼭질하는 사람은 행복하다고 시인은 말한다. 사실 이런 행복은 소소한 것일 가능성이 크다. 날마다 새롭게 경험할 수 있는 행복이라니, 작지만 확실한 행복 아닐까 싶다. 고통 속에서도 웃음 지을 수 있는 여유가 행복일 수도 있겠다. 이런 행복은 멀리 있지 않다. 가정이나 직장에서 얼마든지 만날 수 있다. 다음은 이해인의 또 다른 시 '가까운 행복' 일부다.

"그러나 내가/ 오늘 가까이/ 안아야 할 행복은/ 바로 앞의 산/ 바로 앞의 바다/ 바로 앞의 내 마음/ 바로 앞의 그 사람."

자신을 사랑하는 일을 잘하게 되면
어느새 다른 사람들을 사랑할 줄 알게 된다.
나 자신을 위해 사랑을 베풀고 배려하면서
다른 사람들을 위해서도 넉넉해질 줄 알게 된다.

PART 4

주인공으로 살아야 한다

주체적인 삶이라야 행복하다

✻

버트런드 러셀

1872~1970

영국의 철학자, 역사학자, 수학자. 기호 논리학을 집대성함. 노벨 문학상 수상.
저서로《수학원리》,《행복의 정복》등 다수.

행복한 사람은 자신이 우주를 구성하고 있는 한
구성원임을 자각하고, 우주가 베푸는 아름다운 광경과 기쁨을 누린다.
행복한 사람은 자신의 뒤를 이어 태어나는 사람들과
동떨어진 존재가 아니라고 생각하기 때문에 죽음을 생각할 때도
괴로워하지 않는다. 마음속 깊은 곳의 본능을 좇아
강물처럼 흘러가는 삶에 충분히 몸을 맡길 때,
우리는 가장 큰 행복을 발견할 수 있다.

러셀은 귀족 가문에서 태어났으나 두 살 때 어머니, 네 살 때 아버지를 잃고 할머니 손에 자랐다. 좋은 교육을 받았지만 어린 시절은 늘 외롭고 우울했다. 사랑이 고파서였을까, 그는 결혼을 네 번이나 했다. 마지막 결혼은 80세 때의 일이다. 그리고 98세까지 살았다.

러셀은 행복이라는 주제에 관심이 많았다. 첫머리에 소개한 글은 그의 저서《행복의 정복》마지막 부분이다. 책의 결론이라고 봐야겠다. 이를 한 문장으로 요약하면 '자기 삶에 중심을 잡고, 현재를

충분히 즐기며, 죽음을 마음 편하게 받아들이면 행복하다' 정도가 아닐까 싶다.

그렇다. 행복해지려면 자신의 존재 이유를 깨닫고 주체적인 삶을 사는 자세가 무엇보다 중요하다. 그래야 하루하루 온전한 기쁨을 누릴 수 있다. 남과 비교하거나 불평하는 것은 금물이다. 러셀은 이런 말을 했다.

"행복에 대한 권리는 간단하다. 불만 때문에 자기를 학대하지 않으면 삶은 즐거운 것이 된다."

러셀이야말로 주체적인 삶을 통해 행복을 찾은 대표적인 사람이다. 세 번이나 이혼해 많은 사람들로부터 손가락질을 받았지만 전혀 개의치 않았다. 노년에는 불굴의 투지로 세계 평화 운동을 전개했다. 그는 자서전 서문 첫머리를 이렇게 장식했다. 이런 열정으로 살았으니 행복했을 것이다.

"단순하지만 누를 길 없이 강렬한 세 가지 열정이 내 인생을 지배해 왔으니, 사랑에 대한 갈망, 지식에 대한 탐구욕, 인류의 고통에 대한 참기 힘든 연민이 바로 그것이다."

남과 비교하는 습관을 버려라

⁕

샤를 몽테스키외

1689~1755

프랑스의 계몽주의 정치사상가, 법률가, 역사가. 삼권분립 이론 정립.
저서로 《법의 정신》, 《페르시아인의 편지》 등 다수.

단지 행복해지려고만 한다면 쉽게 행복해질 수 있다.
그러나 우리는 다른 사람들보다 더 행복해지기를 바란다.
하지만 다른 사람들보다 더 행복해지는 것은 항상 어려운 일이다.
왜냐하면 우리는 다른 사람들이 실제보다 더 행복하다고 믿기 때문이다.

몽테스키외는 막강한 귀족 출신으로, 평생 부유하게 살았다. 수시로 유럽 각국으로 여행을 다녔으며, 교황에게 환영 받을 정도로 사상가로서의 명성이 높았다. 그런 대사상가가 '비교하지 않음'에서 행복을 찾아야 한다고 설파했다. 남과 비교하는 삶이 행복을 가로막는 이유를 설명한 몽테스키외의 통찰은 탁월하다. 다른 사람들이 실제보다 더 행복하다고 믿기 때문에 자신이 다른 사람들보다 행복해질 수 없다는 지적 말이다.

그렇다. 행복은 남과 비교하지 않는 데서 출발한다. 남이 가진 것과 비교하면 만족감을 가질 수가 없다. 또 만족하지 않으면 감사하는 마음을 가질 수 없고 그것은 곧 불행이다. 반대로 남과 비교하지 않고 살면 만족 단계, 감사 단계를 거쳐 곧장 행복이 다가온다. 나는 이를 '행복의 4단계론'이라 부른다.

우리가 행복을 생각하며 남과 비교해선 안 되는 이유는 명확하다. 행복의 세속적 기초가 되는 성공의 조건이나 삶의 환경을 남보다 항상 뛰어나게 갖추는 것이 결코 쉽지 않기 때문이다. 모두가 전교 1등, 모두가 우리나라 1등이 될 순 없지 않은가.

행복의 밥상은 진수성찬이 아니어도 된다. 흰쌀 밥 한 그릇, 따뜻한 된장국 한 그릇으로도 얼마든지 행복의 밥상을 차릴 수 있다. 매일 값비싼 호텔에서 식사하는 사람이 행복한 것은 결코 아니다. 연봉 수억 받는다고 반드시 행복한 것도 아니다. 그런 사람을 부러워할 이유는 없다. 우리가 모를 뿐 그런 사람들도 생각보다 행복하지 않을 수도 있다.

행복에 관한 한 비교는 절대 금물이다. 스스로 만족하고, 감사하면 행복은 따놓은 당상이다.

자신의 불완전함을 인정할 용기를 가져라

⁂

알프레드 아들러

1870~1937

오스트리아 출신 심리학자, 정신의학자. 개인 심리학 창시.
저서로《인간 본성의 이해》등 다수.

인간에게 열등하고 부족하고 불안하다는 느낌은
개인의 존재 목적에 결정적인 영향을 미친다.
수많은 재능과 능력은 결핍감에서 비롯된다.
인간은 자신의 불완전함을 인정할 용기를 가져야 발전한다.

사람은 누구에게나 열등감이 있다. 자신을 완전하고 완벽한 사람이라 생각하는 사람은 거의 없을 것이다. 또 누구에게나 능력에 일정한 한계가 있다. 무엇이든 끝없이 성취할 수 있는 사람이 있을 리 없다. 우리가 성공했다고, 혹은 행복하다고 평가받는 사람 중에도 남모를 열등감과 부족감을 느끼며 사는 이가 적지 않다.

아들러는 자기 능력의 한계를 인정하고 열등감을 극복함으로써 성공과 행복을 누릴 수 있는 방법을 제시한 학자다. '열등 콤플렉스'란 개념을 창안한 그는 열등감이야말로 성공과 행복의 길잡이가 될 수 있다고 했다.

“열등감은 부정적인 감정이 아니라 또 다른 성장의 원동력이다. 인간의 발달을 결정하는 것은 열등감을 극복하려는 의지와 보상 욕구라고 나는 생각한다.”

문제는 그 열등감을 성장 엔진으로 적절히 전환할 수 있어야 한다. 여기서 아들러는 용기를 강조한다. 용기를 갖고 당면 과제에 도전하고 적극적으로 극복해야만 성공할 수 있다고 했다. 무엇보다 자신이 열등하고 부족하다는 사실을 인정하는 용기를 가져야 한다고 했다.

“용기란 타인의 평가에 신경 쓰지 않고 ‘있는 그대로도 괜찮다’라고 깨닫는 것이다.”

그렇다. 누구나 지니고 있는 열등감을 극복할 수 있는 최선의 방법은 자신의 부족함을 솔직하게 인정하는 용기를 발휘하는 것이다. 아들러는 “인간에게 가장 힘들면서도 필수적인 일은 자신을 알고 자신을 변화시키는 것”이라고 했다. 자신을 아는 것도, 변화시키는 것도 용기에서 비롯된다. 그런 용기를 지녀야 행복할 수 있다.

자신의 부족함에 주눅들어 살 필요 없다. 그런 현실을 솔직히 인정하는 것이 자기 발전과 행복의 출발점이다.

자신에게 친절을 베풀어라

⁜

캐서린 샌더슨

미국의 심리학자, 작가. 행복의 과학, 몸과 마음의 상관관계를 중점 연구.
저서로《생각이 바뀌는 순간》,《방관자 효과》등 다수.

더 행복하고 건강해지고 싶다면 나를 용서하라.
나에게 친절하라. 나에게 관심과 동정심을 가져라.

여류 심리학자 샌더슨은 타고난 성격과 관계없이 자신과 세상에 대한 생각을 아주 조금만 바꿔도 지금보다 행복해질 수 있다고 말한다. 겉으로 드러나는 조건이나 환경보다 자신의 긍정적 사고방식이 무엇보다 중요하단다. 자기 주체성이 그것이다.

"남을 따라 하려는 욕망은 인간의 본성이다. 하지만 강박적으로 남의 기준에 맞추려고 하면 자신의 삶은 피폐해진다. 사회와 비교를 많이 할수록 행복은 점점 멀어지고 불안이 쌓이며 우울증이 생긴다."

남을 따라 하지 않고 남과 비교하지 않으려면 자신의 의미를 찾아야 한다. 남보다 자신이 더 소중하다는 사실을 깨달아야 한다. 모든 판단과 평가의 기준을 남이 아닌 자기로 삼을 줄 알아야 한다. 샌더슨의 조언이다.

"행복의 정답은 당신이 개인적으로 의미 있다고 생각하는 일을 하는 것이다. 직장에서든 공동체에서든 가정에서든 당신 나름의 의미를 발견해야 한다."

그렇다. 진정한 행복을 원한다면 자신이 살아가는 의미, 자신이 추구하는 가치를 발견하고 그 안에서 찾은 목표를 추구하고자 노력해야 한다. 비록 목표 지점에 이르지 못할지라도 그 과정에서 행복을 발견할 수 있을 것이다. 이런 생각과 행동을 방해하는 것이 있으니 남과의 비교 습관이 그것이다. 남과 비교하면 자기 자신의 진면목을 발견하기 어렵다. 판단의 기준이 남인데 어떻게 자신의 참모습을 찾아낼 수 있겠는가. 이 지점에서 샌더슨은 자신을 용서하고 자신에게 친절하라고 조언한다. 자신에게 관심과 동정심을 가지라고도 한다. 이런 것을 합친 것이 자기 사랑 아닐까 싶다. 남을 사랑하기에 앞서 자신을 먼저 사랑해야 행복할 수 있다. 또 자기를 진정 사랑하는 사람이라야 남을 진실로 사랑할 수 있다.

자신의 진실된 욕구를 채워라

헤르베르트 마르쿠제

1898~1979

독일 출신의 미국 철학자. 신좌파 운동의 아버지라 불림.
저서로《일차원적 인간》,《이성과 혁명》등 다수.

우리는 진실된 욕구와 거짓된 욕구를 구분할 수 있어야 한다.
거짓된 욕구란 개인을 억압하는 것이 이익이 되는
특정 사회적 세력이 개인에게 부과하는 욕구를 말한다.

마르쿠제는 작금의 고도 산업사회가 인간의 모든 욕구를 획일화시킨다고 보았다. 현대인들은 상품을 소비하는 삶을 최고의 삶, 유일한 삶으로 받아들인다는 게 마르쿠제의 진단이다.

그는 이런 인간형을《일차원적 인간》이라고 명명했다. 첫머리에 소개한 문장은 그의 대표작《일차원적 인간》에 나오는 말이다. 마르쿠제는 일차원적 인간의 욕구는 진실된 욕구가 아니라 거짓된 욕구라고 규정했다.

일차원적 인간에게 행복한 삶이란 상품을 많이 소비하는 삶과 동의어라는 게 마르쿠제의 생각이다. 그는 "일차원적 인간은 돈과 연관되지 않은 행복, 돈으로 살 수 없는 행복, 경제적 가치로 환산될 수 없는 행복을 생각하고 욕망하는 능력을 더 이상 갖고 있지 않다"라고 지적한다.

행복을 위해서는 더 많은 것을 소비해야 하는데, 그것을 위해 더 많은 돈을 벌려고 밤낮없이 일하는 것이 고도 산업사회의 전형적인 인간형이다. 마르쿠제는 이렇게 얻는 행복은 진정한 행복이 아니라고 본다. 가짜 행복일 가능성이 크다는 생각이다. "지금 나는 행복해"라고 아무리 말을 해도 대부분 가짜 행복이라는 것이다.

진실된 욕구를 가져야 진짜 행복을 얻을 수 있다. 그런데 마르쿠제는 진실된 욕구와 거짓된 욕구를 구분할 책임은 온전히 본인한테 있다고 말한다. 행복을 위해서는 본인의 각성이 필요하다는 말로 들린다. 그가 이런 말을 한 이유이기도 하다.

"행복의 역사는 스스로 행복을 탐구하고 발견하는 사람들의 역사다."

그렇다. 물질만능시대를 살아가는 우리가 진짜 행복해지려면 자신의 진실된 욕구가 무엇인지 스스로에게 끊임없이 물어봐야 한다. 돈으로 살 수 없는 진실된 욕구를 발견하고, 그것을 채워나갈 때 비로소 진정한 행복이 다가오기 때문이다.

삶의 의미를 절대 포기하지 말라

빅터 프랭클

1905~1997

오스트리아의 심리학자, 정신의학자. 정신의학의 의미치료법 창안.
저서로 《죽음의 수용소에서》, 《삶의 의미를 찾아서》 등 다수.

인간은 행복을 찾는 존재가 아니라
주어진 상황에 내재해 있는 잠재적인 의미를 실현시킴으로써
행복할 이유를 찾는 존재라고 할 수 있다.

프랭클은 2차 세계대전 당시 나치 수용소에 끌려갔다 간신히 살아 돌아온 사람이다. 그는 죽음의 문턱에서도 삶의 의미를 간직하며 인간 존엄을 지키고자 노력했다. 하루 한 컵의 물이 배급되면 반만 마시고 나머지 반으로 세수와 면도를 했다. 깨진 유리로 면도해야 하는 극한 환경임에도 깔끔하게 비친 덕에 건강하게 보여 가스실로 가는 것을 면할 수 있었다고 한다.

자살 예방 전문의사였던 그는 수용소 생활 중에 로고테라피(의미치료법)을 창안했다. 환자 스스로 삶의 의미를 찾아가도록 도와주는

치료법을 말한다. 그는 수용소에서 '왜 살아야 하는지'를 아는 사람은 잘 버티지만, 그걸 모르는 사람은 용기를 잃고 절망에 빠진 탓에 신체 저항력이 떨어져 쉽게 무너진다는 사실을 발견했다.

프랭클은 정신적 불행을 면하기 위해서는 어떤 일이 있어도 삶의 의미를 포기하지 말라고 조언한다. 그도 나치에 의해 아내와 부모, 동생을 잃었지만 살아야 할 이유만은 빼앗기지 않았다. 수시로 사랑하는 사람의 얼굴을 떠올리고, 종교적 의미를 되새기고, 석양의 아름다움을 의미 있게 감상했단다.

그렇다. 절망이 동반하는 고통에서 해방되는 것이 행복이라면 극한의 고통 상황에서도 삶의 의미를 찾고자 애써 노력해야 한다. 노력의 주체는 두말할 필요도 없이 자기 자신이다. 프랭클의 말이다.

"내면의 본질에 삶의 가치를 두고 자신에게 한 발짝 타협할 수 있는 공간을 마련해 두어라. 그대를 절벽 끝으로 내모는 것은 상황이 아니라 바로 당신 스스로이다."

인생을 살며 누구나 절망적인 고통을 만날 수 있다. 하지만 그것을 어떻게 극복하느냐는 삶의 의미를 제대로 인식하느냐 여부에 달렸다. 운명에 맞서 용기 있게 대처하는 사람이 시련을 쉽게 극복한다.

목적이 이끄는 삶을 살라

✻

릭 워렌

1954~

미국에서 '가장 영향력 있는 영적 리더'라 불림. 대형 복음주의 교회인 새들백 교회 설립.
저서로《목적이 이끄는 삶》등 다수.

목적을 가지고 사는 것이
참된 삶을 사는 유일한 방법이다.

릭 워렌의 저서《목적이 이끄는 삶》은 초대형 베스트셀러다. 50여 개 언어로 번역되어 4,000만 부 이상 팔렸다. 워렌은 누구나 삶의 목적이 분명해야 평안하고 행복하다고 강조한다. 자기 삶의 목적이 무엇인지 알려면 '나는 왜 이 세상에 존재하는가'라고 끊임없이 질문하란다. 목사인 그가 하고 싶은 말은 절대자 하느님의 뜻이다. 하느님이 계획하는 것을 정확히 알고 그것을 충실히 따르는 것이 삶의 목적이 되어야 한다는 것이다. 하느님이 계획하는 것이 한두 가지가 아니겠지만 누가 뭐래도 사랑이 첫째다.《목적이 이끄는 삶》에서 워렌은 이렇게 말한다.

“삶을 가장 아름답게 사는 방법은 사랑하는 것이다. 사랑에 대한 가장 좋은 표현은 시간이다. 그리고 사랑하기 가장 좋은 순간은 바로 지금이다.”

여기서 시간을 강조한 것은 사랑을 실천하기 위해서는 누구한테나 소중한 시간을 투자해야 한다는 뜻이다. 예를 들어, 삶이 팍팍한 이웃에게 뭔가 도움을 주려면 무엇보다 돈을 벌 수 있는 시간을 할애해 그를 만나는 것이 중요하다는 것이다. 워렌은 하느님을 따르는 것이 삶의 유일한 목적이라 했지만, 종교가 무엇이든 행복한 인생을 가꾸기 위해서는 유의미한 인생 목적이 있어야 한다. 미국 캘리포니아 주립대 디립 제스티 교수는 삶의 목적을 갖고 사는 것과 건강과의 상관관계를 연구한 결과 이런 결론을 내렸다.

“삶에 확실한 목적을 가지는 것은 삶의 만족도를 높이고 심리적 신체적 기능이 더 건강하다는 것을 의미한다. 많은 사람들이 삶의 의미를 종교나 철학적인 요소라고만 생각하지만 정신 건강과 삶의 만족, 나아가 장수와도 연관이 있다.”

그렇다. 우리가 진정한 행복을 손에 넣기 위해서는 각자 어떤 목적을 갖고 살아가야 할지 끊임없이 고민해야 한다. 또 그 목적을 향해 부단히 노력해야 한다.

행복이라는 선물은 받을 줄 아는 자의 몫이다

✻

랄프 왈도 에머슨

1803~1882

미국의 시인, 철학자. 현대 미국인들에게 가장 사랑받는 작가로 평가됨.
저서로《자연론》,《대표적 위인론》등 다수.

지금 내가 가진 행복을 눈에 보이는 대로
아무런 의심 없이 전부 끌어 모으면 아주 높게 쌓을 수 있다.
모든 행복은 삶이라는 큰길 위에 놓여 있다.
행복이라는 선물은 받을 줄 아는 자의 몫이다.

에머슨은 초월주의 사상가다. 내부의 정신적 자아가 외부의 물질적 존재보다 우월하다고 주장하는 사람이다. 그는 성공과 사랑, 행복을 위해서는 자기 자신을 신뢰하는 마음이 무엇보다 중요하다고 했다. 스스로 자신의 기둥이 될 것을 주문했다. 서두에 소개한 그의 행복론을 보면, 행복은 역시 멀리 있는 것이 아니라 가까운 곳에 있음을 알 수 있다. 또 현재 가진 행복이 얼핏 작아 보이지만 모아 보면 굉장히 크다는 것이다. 행복은 받을 줄 아는 사람에게만 주어진단다.

그렇다. 행복이 큰 바위 모양으로 갑자기 굴러들어오길 바란다면 영영 얻기 어려울지도 모른다. 행복은 한눈팔지 않고 애써 찾는 사람의 몫이다. 작지만 주어진 것을 의심하지 않고 즐기는 사람이라야 행복하다. 에머슨은 스스로 행복한 사람이 되는 것이 중요하다고 했다. 자신과 주변 사람 모두의 행복을 위한 길이란다.

"행복이란 자신의 몸에 몇 방울 떨어뜨려 주면 다른 사람들이 기분 좋게 느낄 수 있는 향수와 같다."

행복은 대체로 욕심과 반비례한다고 말할 수 있다. 하루빨리 큰 행복을 취하려고 욕심을 내면 저 멀리 달아나버린다. 작지만 지속적인 행복을 추구하는 것이 좋다고 말하는 이유다. 다음은 에머슨의 조언이다.

"사람들은 양식을 창고에 저장하듯이 행복도 비축해 두었다가 필요에 따라 조금씩 소비할 수 있는 것으로 생각한다. 그것은 착각이다. 행복은 쌓아두면 썩어버리므로 그때그때 만들어가야 한다."

비축해둘 정도로 단번에 큰 행복을 취할 경우 교만에 빠지기 쉽다. 주어진 행복을 당연하게 여길 수 있기 때문이다. 진정한 행복은 만족하고 감사하는 마음을 가질 때 주어진다. 그런 마음을 가진 사람이야말로 행복이라는 선물을 받을 자격이 있다.

아무렴 짐승보다는 행복해야지

⁕

월트 휘트먼

1819~1892

미국의 시인, 언론인. 자유시의 아버지, 미국의 국민 시인이라 불림.
저서로 시집《풀잎》,《북소리》등 다수.

한 마리 짐승이 되어 그들과 함께 살고 싶다/
저렇게 평화롭고 만족스러운 삶이 있는 것을/
나는 선 채로 오랫동안 짐승들을 바라본다/
그들은 자신이 처한 상황을 걱정하거나 불평하지 않는다/
어둠 속에 깨어 자신의 죄를 뉘우치며 눈물짓지도 않고/
하느님에 대한 의무를 들먹여 나를 역겹게 하지도 않는다/
불만을 드러내는 놈도 없고/ 소유욕에 혼을 빼앗기는 놈도 없다/
다른 놈이나 먼먼 조상에게 무릎 꿇는 놈도 없다/
이 지구를 통틀어 보아도 어느 한 마리/
점잔 빼는 놈도 불행한 놈도 없다.

마치 대관령 목장에 온 듯 편안하면서도 마음을 아프게 하는 시다. 휘트먼이 쓴 〈나 자신의 노래〉 일부다. 버트런드 러셀은 저서《행복의 정복》첫머리에 이 시를 내걸었다. 짐승만큼이라도 행복하길 바란다는 철학자의 염원을 담은듯하다. 사람과 짐승의 행복도를 비교한 시인의 통찰이 놀랍다. 아무렴 사람이 짐승보다 불행할까? 철학자 존 스튜어트 밀은 "배부른 돼지보다 불만족한 사람이 되는 것이 낫다"라고 했는데…. 아무튼 휘트먼은 짐승들을 유심히 관찰한 결과 이 세상에 불행한 짐승은 한 마리도 없다고 단정했다.

첫째, 걱정하거나 불평하지 않는단다. 불안증, 우울증 환자가 있을 리 없다. 둘째, 자신의 죄 때문에 울 일이 없단다. 죄책감 느끼며 살 필요가 없다. 셋째, 소유욕이 적단다. 매사에 만족하며 살 수 있다. 넷째, 다른 이에게 무릎 꿇는 게 없단다. 당당한 삶을 살 수 있다. 다섯째, 점잔 빼는 놈이 없단다. 소탈하게 잘 어울리는 모습이다.

설령 짐승이 사람보다 행복하다 해도 사람이 짐승이 될 순 없다. 그런데 사람으로 살면서 불만족만큼은 애써 줄이는 것이 좋겠다. 불만족은 행복의 최대 장애물이기 때문이다. 불만족을 줄이려면 내면의 근육을 길러 주체적인 삶을 살아야 한다. 다음은 휘트먼이 한 말이다.

"우주의 모든 이치는 한 치의 오차도 없이 오직 한 사람, 바로 당신에게로 향해 있다."

이웃보다 자기 자신을 더 사랑하라

*

웨인 다이어

1940~2015

미국의 심리학자, 작가, 자기계발 전문가.
저서로《행복한 이기주의자》,《마음의 연금술》등 다수.

사회는 다른 사람들을 배려하라고 가르친다.
교회는 이웃을 사랑하라고 설교한다. 어느 누구도
자기 자신을 사랑하는 일은 안중에 없는 듯 보인다.
하지만 진정 현재 순간들의 행복을 알고자 한다면
자신을 사랑하는 법부터 배워야 한다.

웨인 다이어는 1976년《행복한 이기주의자》란 제목의 책을 출간해 폭발적인 인기를 얻었다. 그는 행복한 이기주의자가 되기 위한 10가지 마음가짐을 다음과 같이 규정했다.

①먼저 나를 사랑한다 ②다른 사람의 시선에서 벗어난다 ③과거에 얽매이지 않는다 ④자책도 걱정도 하지 않는다 ⑤새로운 경험을 즐긴다 ⑥모든 선택의 기준은 나다 ⑦다른 사람과 비교하지 않는다 ⑧미루지 않고 행동한다 ⑨다른 사람에게 의존하지 않는다 ⑩내 안의 화에 휩쓸리지 않는다.

다이어는 이 가운데서도 첫 번째 자기 사랑을 특별히 중시했다. 행복하고 싶다면 가장 먼저 자기 자신을 사랑하는 법부터 배우라고 했다.

"자신을 사랑하는 일을 잘하게 되면 어느새 다른 사람들을 사랑할 줄 알게 된다. 나 자신을 위해 사랑을 베풀고 배려하면서 다른 사람들을 위해서도 넉넉해질 줄 알게 된다."

여기서 중요한 사실은 자신의 가치를 소중하게 여기는 것이다. 그것이 자기 사랑의 핵심이다.

"나의 가치는 다른 사람에 의해 검증될 수 없다. 내가 소중한 이유는 내가 그렇다고 믿기 때문이다. 다른 사람으로부터 나의 가치를 구하려 든다면 그것은 다른 사람의 가치가 될 뿐이다."

이는 곧 자기 주체성을 뜻한다. 다른 사람들의 시선이나 평가에 관심을 갖지 말라는 뜻이다.

"자기 사랑은 다른 사람들의 사랑을 반드시 필요로 하지 않는다. 다른 사람들의 눈치를 살필 필요도 없다. 자기 인정만으로 충분하다. 다른 사람들의 눈을 의식하지 말라."

행복을 찾는 데는 이기주의자라도 괜찮다. 자기 행복은 자기 자신이 만들어가야 한다. 그 과정에서 조금 밉상으로 비친들 어떠랴.

동심을 회복하라

⁂

이탁오

1527~1602

중국의 명나라 사상가. 유교사상의 굴레에서 벗어나고자 이단임을 자처했으며,
사문난적과 혹세무민을 이유로 감옥에 갇혔다가 자결.

나이 50 이전까지 나는 참으로 한 마리 개였다.
앞에 있는 개가 그림자를 보고 소리 내어 짖으면 나도 따라서 짖었다.
만약 누가 나더러 짖는 이유를 물어본다면
아무 말도 하지 못하고 벙어리처럼 마냥 웃을 뿐이었다.

이탁오는 중국 역사에서 아주 기이한 지식인이다. 질식할 것 같은 성리학의 교조적 가르침을 목숨 걸고 뿌리친 사상적 이단아다. 서두에 소개한 문장은 그의 대표작《분서》에 나오는 말이다. 삶에 대한 처절한 자기반성이다. 공자, 노자 등 옛 성인들의 가르침이 위대하지만 후세 학자나 선비들이 맹목적으로 따르거나 곡학아세하는 모습에 염증을 느낀 것이다. 이탁오는 나이 50을 넘기면서 인생을 새롭게 자각하고 더 이상 개 같은 삶을 살지 않기로 다짐했다. 이제 남의 생각을 따르는 삶이 아니라 자신의 눈으로 세상을 바라

보겠다고 선언한 것이다.

보통 사람들은 나이가 들면 그때까지 얻은 지식이나 지혜를 더 견고하게 다지려고 할 터인데, 이탁오는 반대로 새로운 길을 모색했다. 순수함을 되찾아 주체성을 꽃피우지 않고는 진리와 행복을 얻을 수 없다고 자각한 것이다. 이때 그가 주목한 것은 어린아이의 마음, 즉 동심童心이었다.

"동심이란 거짓이 없고 순수하고 참된 것으로 가장 먼저 갖는 본래 마음이다. 사회의 견문으로 오염되면 연극을 직접 보지 못한 채 군중에게 떠밀려 저 뒤쪽으로 쫓겨나는 난쟁이가 되어 진리에 도달하지 못하고 남의 평가를 절대적인 것으로 믿어버리기 일쑤다."

누구든지 진리와 행복을 원한다면 동심으로 돌아가야 한다는 간절한 외침이다. 동심은 진실과 순수, 주체성을 포괄하고 있다. 그가 당시로써는 상상하기 힘든 개인 행복이나 남녀평등을 대놓고 주장한 것은 이런 사상적 배경 덕분이다. 21세기 지금도 마찬가지다. 진리와 행복은 세상에 오염되기 전, 즉 원래 갖고 있던 '자기다움'을 되찾을 때 손쉽게 얻을 수 있다. 동심 회복이 그것이다.

자신이 무엇을 위해 사는지 알아야 한다

이병철

1910~1987

경남 의령 출생. 일본 와세다대 중퇴.
삼성그룹 창업. 삼성전자 초대 회장, 전경련 초대 회장 역임.

사람은 누구나 자기가 과연 무엇을 위해
살아가고 있는지를 알고 있을 때 가장 행복한 것이 아닌가 생각한다.
다행히 나는 기업을 인생의 전부로 알고 살아왔고,
나의 갈 길이 사업보국에 있다는 신념에 흔들림이 없다.

이병철의 행복론은 명쾌하다. 자기가 무엇을 위해 살아가고 있는지 알아야 행복하다는 것이다. 살아가는 이유, 인생의 목적이 뚜렷해야 된다는 말이다. 간단한 문제는 아니다. 우리들 상당수는 이걸 아예 모른 채 살아가고 있다.

첫머리에 소개한 문장은 이병철이 1976년 전경련 회보에 쓴 글이다. 사업보국事業報國이 살아가는 이유이자 목적이라고 했다. 기업 활동을 열심히 해서 나라를 이롭게 한다는 자기 나름의 신념이 뚜렷했다. 평생을 누구보다 열정적으로 산 것은 이런 신념이 확고했기 때문이라고 해야겠다.

"나는 세상 사람들이 어렵다고 고개를 돌려버리는 일에 굳이 손을 대서 기획하고 도전할 때에야말로 가슴속에 타오르는 의욕과 정열을 느낄 수 있었다."

"나는 원래 가만히 앉아 있는 성격이 아니었을 뿐 아니라 무슨 일을 하더라도 첫째, 최고, 최대가 아니면 직성이 풀리지 않는 성격이었다. 그래서 평생 새로운 일, 어려운 일을 찾아 생각하고 이루어내면서 살아왔다."

사업가로서, 행복의 핵심 요소인 돈에 대해 확고한 철학을 갖고 있었다.

"돈은 거짓말을 하지 않는다. 돈 앞에서 진실하라."

"돈을 마음대로 쓰지 말라. 돈에게 물어보고 사용하라."

"돈의 노예로 살지 말라. 돈의 주인으로 기쁘게 살아라."

최고 부자 이병철도 마음대로 되지 않는 것이 세 가지나 있었다.

"자녀들을 서울대에 보내고 싶었지만 한 명도 보내지 못했다. 미풍이 미원을 이기지 못했다. 귀밑에 나는 흰 털을 어찌할 수가 없다."

그래도 그는 기쁜 마음으로 살았기에 행복했을 것이다.

"힘들어도 웃어라. 절대자도 웃는 사람을 좋아한다."

그가 즐겨 했던 말이다.

행복한 사람은 의미 중심 프레임으로 산다

※

최인철

서울대 심리학과 교수. 서울대 행복연구센터 센터장.
저서로《프레임》,《아주 보통의 행복》등 다수.

책 한 권을 읽더라도 진리에 한 걸음씩 다가가고 있다고 생각하고,
청소를 할 때도 지구의 한 모퉁이를 깨끗하게 만든다고
의미를 부여하면 삶이 훨씬 행복해진다.

최인철이 쓴 책《프레임》에 이런 이야기가 나온다.

평생 환경미화원으로 일해온 아저씨가 있다. 매일 새벽 악취와 먼지를 뒤집어쓴 채 거리를 청소하면서도 신기하게 표정은 늘 밝았다. 이를 궁금하게 여긴 한 젊은이가 물었다.

"아저씨는 월급은 적을 테고 일이 힘든데 어떻게 항상 그렇게 행복한 표정을 짓습니까?"

미화원 아저씨의 대답이 걸작이다.

"나는 지금 지구의 한 모퉁이를 청소하고 있다네!"

최인철은 이런 마음이 바로 행복한 사람의 프레임이라고 했다. 여기서 프레임이란 '세상을 바라보는 마음의 창'을 뜻한다. 미화원 아저씨는 자신의 일을 '거리 청소'가 아니라 '지구를 청소하는 일'로 프레임 하고 있다는 것이다.

"지구를 청소하고 있다는 프레임은 단순한 돈벌이나 거리 청소의 프레임보다 훨씬 상위 수준이고 의미 중심의 프레임이다. 행복한 사람은 바로 이런 의미 중심의 프레임으로 세상을 바라본다."

그는 누구나 절차 중심의 프레임이 아니라 의미 중심의 프레임을 하고 살면 자기가 하는 일에 감사하는 마음이 생기기 때문에 행복하다고 규정한다. 의미 중심의 프레임이야말로 우리가 죽는 순간까지 견지해야 할 삶의 태도이며, 자손들에게 물려줘야 할 가장 위대한 유산이란다.

그렇다. 자기가 하는 일에 좋은 의미, 멋진 의미를 부여하는 사람은 행복하다. 바로 이런 사람이 아닐까?

"내가 좋아서 하는 일이니 당연히 최선을 다해야지."

"지금 내가 하는 일은 누군가에게 도움이 될 거야."

세상을 향해 마음의 문을 활짝 열고 사는 사람이다. 자기 자신뿐만 아니라 더불어 사는 모든 사람들에게 평안을 주는 사람이다. 반대로 이런 말을 하는 사람은 행복할 리 없다.

"어쩌겠나, 월급 받고 있으니 그만큼은 일해 줘야지."

"남들 다 하니 나도 하긴 해야겠지."

사랑하거나 사랑했다는 것, 그것으로 충분하다.
그다음엔 아무것도 바라지 마라.
인생의 어두운 주름살 속에서 찾아낼 진주는 그것밖에 없다.
사랑하는 것은 하나의 완성이다.

PART 5

사랑은
가장 위대한
선물이다

행복을 경험하는 데 사랑만 한 것이 없다

헤르만 헤세

1877~1962

독일 출신의 스위스 소설가, 시인. 노벨 문학상 수상. 나치 독일에 저항한 실천적 지식인. 저서로《데미안》,《유리알 유희》등 다수.

우리는 행복하기 위해 이 세상에 왔다네.
그런데 사람들은 온갖 도덕, 온갖 계명을 갖고도
그다지 행복하지 못하다네. 그것은 사람들이 스스로
행복을 만들지 않기 때문이라네. 사람들은 선을 행하는 한
누구나 행복에 이른다네. 스스로 행복하고 마음속에 조화를 찾는 한.
그러니까 사랑을 하는 한….

헤세는 행복의 가치를 누구보다 중시했던 작가다. 소설《데미안》에서 자아 발견과 자기 사랑, 또 다른 소설《싯다르타》에서 깨달음을 통한 지혜를 강조한 것은 모두 행복한 삶을 염두에 둔 것이다. 그 자신도 어린 시절부터 스스로 행복한 인생을 가꾸고자 부단히 노력했다. 독실한 기독교 집안에서 태어나 부모 권유로 신학교에 진학했으나 적성에 맞지 않는다는 이유로 서슴없이 탈출한 점, '시인이 아니면 아무것도 되지 않겠다'라며 문학 열정을 불태운 것이 대표적이다.

첫머리에 소개한 글은 헤세의 행복론을 축약한 것이라고 할 수 있다. 사람이 도덕과 계명을 열심히 배우고 익히더라도 그다지 행복하지 않은 이유는 남에게 필요한 선을 행하지 않기 때문이란다. 그런데 선은 바로 사랑이라고 했다. 그는 저서《선, 나의 신앙》에서 이렇게 말했다.

"행복이란 다름 아니라 바로 사랑이다. 그러므로 사랑할 수 있는 사람은 행복하다. 인생이란 오직 사랑을 통해서만 의미를 지닌다. 이를테면 우리가 남을 더 사랑하고 남을 위해 자신을 헌신할 능력이 있으면 우리 인생의 의미가 더욱 깊어진다."

헤세는 행복을 경험하는 데 사랑만 한 것이 없다는 확신을 갖고 살았다. 인간은 누군가와 더불어 살아야 하는 사회적 동물이기 때문에 다른 사람을 배려하고 사랑하지 않으면 안 된다는 생각이었다. 그런데 헤세는 사랑의 주체가 반드시 자신이 되어야 행복하다고 했다.

"사랑을 받는 것은 행복이 아니다. 사랑하는 것이야말로 행복이다."

세상에서 진실한 것은 사랑뿐이다

✻

스탕달

1783~1842

프랑스의 소설가, 평론가. 근대 심리소설의 개척자이자 낭만주의 운동의 대변자. 저서로《적과 흑》,《파르마의 수도원》등 다수.

이 세상에서 진실한 것은
오직 사랑과 사랑이 가져다주는 행복뿐이다.

스탕달은 평생 사랑을 통해 행복을 찾으려 했던 작가다. 파리와 로마, 밀라노의 고급 사교계를 출입하며 한껏 사랑을 즐겼다. 자신의 실패한 사랑을 주제로 '연애론'이란 제목의 수필을 쓰기도 했다. 그는 "사람은 사랑을 해야 비로소 어린아이를 벗어날 수 있다"라고 말했다.

서두에 소개한 문장처럼 스탕달에게 행복은 오직 사랑에서 비롯된다. 불멸의 대표작《적과 흑》은 한 젊은이의 사랑과 야망을 노래하며 사랑의 가치를 한껏 끌어올리고자 했다. 사랑이 주는 행복이야말로 진실하다는 메시지를 담고 있다.

목수의 아들로 태어난 주인공 쥘리엥은 신분 상승을 꿈꾸며 시골 도시의 시장 집 가정교사로 들어간다. 그곳에서 시장 아내인 레날 부인을 유혹하는 데 성공한다. 하지만 염문설에 휩싸인 쥘리엥은 도망쳐 신학교로 피신했으며, 그곳에서 성직을 얻자 이번에는 어느 후작의 개인 비서로 변신한다. 이곳에서 후작의 딸 마틸드를 유혹해 결혼까지 하게 된다. 후작의 도움으로 기병대 중위로 임관되어 출세가도에 진입할 즈음, 사랑에 눈이 먼 레날 부인이 마틸드와 헤어질 것을 요구하며 그를 고발한다. 분노에 찬 쥘리엥은 레날 부인을 찾아가 권총을 발사한다. 부인이 죽지는 않았지만 이 사건으로 쥘리엥은 사형신고를 받고 참수형을 당한다. 비극으로 끝나지만, 죽기 전까지 쥘리엥을 향한 두 여인의 사랑은 계속된다. 쥘리엥은 사형집행 전 감옥에 있을 때 큰 행복감을 느낀다. 야망을 버리자 타인의 시선에서 자유로워지고, 위선을 부릴 필요가 없기 때문이다. 감옥 안에서 그는 '진정한 나'를 발견한다. 그리고 두 여인과의 사랑이 진실했음을 확인하게 된다. 사랑이든 행복이든 그걸 찾기 위해 최선의 노력을 다해야 한다. 쥘리엥은 감옥에서 이런 말을 했다.

"가파른 산에 기어오른 여행자만이 산꼭대기에 앉아 휴식하는 완전한 기쁨을 맛볼 수 있다."

사랑은 육천 살의 어린이다

빅토르 위고

1802~1885

프랑스의 소설가. 정치적 소신을 굽히지 않아 해외에서 망명 생활을 함.
저서로《레 미제라블》,《파리의 노트르담》등 다수.

인생에서 최고의 행복은
자기가 사랑받고 있다는 확신이다.

위고는 바람둥이였다. 자녀를 넷이나 낳아준 아내를 제쳐두고 수많은 여성과 염문을 뿌렸다. 여배우와의 간통 혐의를 받아 감옥살이까지 했다. 그들로부터 사랑받아서일까? 분명한 것은 위고가 프랑스 국민들로부터 엄청난 사랑을 받았다는 사실이다. 작품 활동과 일상생활 속에서 가난한 사람들을 대변하고, 정치적 핍박을 받아 해외로 망명가는 모습에 국민들은 아낌없는 사랑을 전했다. 국장으로 치러진 그의 장례식 행차에 무려 200만 명이 뒤따랐다.

위고는 각종 저작물을 통해 사랑에 관한 금언을 많이 남겼다. 서두에 소개한 문장은 그의 대표작 '레 미제라블'에 나오는 표현이다. 사랑이 뭐기에 사랑받고 있다는 확신을 가질 때 가장 행복하단다. 사랑에 대한 위고의 생각은 심오하다.

"우주를 사람으로 축소시키고, 그 사람을 다시 신으로 확대시키는 것이 바로 사랑이다. 사랑은 육천 살의 어린이다. 사랑은 기다란 흰 수염을 가질 권리가 있다."

사랑은 다른 어떤 베풂보다 위대하며, 전지전능하다. 사랑은 욕심이 없으며, 그 무엇보다 생명력이 강하다. 사랑이야말로 행복의 제1 요건이라고 말하는 이유다. 그런데 우리가 사랑을 받는다고 해서 반드시 행복한 것은 아니다. 사랑받는 사람의 마음이 중요하다. 사람들은 흔히 주어진 사랑의 양을 따지지만 그 사랑에 만족하고 감사하는 마음을 갖는 것이 더 중요하다.

사랑과 행복의 상관관계를 안다면 남을 사랑할 줄 알아야 한다. 누군가에게 사랑을 듬뿍 줘야 그 사람이 행복할 수 있기 때문이다. 그 사람의 행복이 곧 자신의 행복일 수도 있다. 위고는 이런 멋진 말도 남겼다.

"사랑하거나 사랑했다는 것, 그것으로 충분하다. 그다음엔 아무것도 바라지 마라. 인생의 어두운 주름살 속에서 찾아낼 진주는 그것밖에 없다. 사랑하는 것은 하나의 완성이다."

사랑이야말로 행복의 원천이다

⁕

알퐁스 도데

1840~1897

프랑스의 시인, 소설가, 극작가. 서정적 감수성으로 연민과 사랑을 노래한 작품을 많이 남김.
저서로 《별》, 《방앗간 소식》 등 다수.

그대가 나의 사랑이 되어 준다면/ 내 인생을 모두 걸고서라도/
그대와 함께 이 길을 가겠습니다/ 외롭고 힘겨운 이 길/
그러나 그대가 내 곁에 있기에/ 언제나 행복한 길/
그대의 사람이 되어 영원히 저 무덤 속까지.

알퐁스 도데 하면, 누구나 학창 시절 교과서에서 접했던 단편소설 《별》이 떠오를 것이다. 양치는 목동이 주인집 딸을 짝사랑하는 모습을 잔잔하게 그린 작품이다.

산에 홀로 지내는 목동은 주인집 딸 스테파네트를 무척 그리워한다. 어느 날 그녀가 산에 심부름을 왔다가 돌아가는 길이 막혀 하룻밤을 함께 보내게 된다. 둘은 불을 쬐며 길게 별 이야기를 나눈다. 그러다 스테파네트는 목동의 어깨에 기대어 깊은 잠에 빠져든다. 순박한 목동에게 이런 생각이 스쳐 간다.

"저 많은 별들 가운데 가장 아름답고 가장 찬란한 별 하나가 길을 잃고 내 어깨에 기대어 잠들어 있구나."

이 소설, 플라토닉 러브의 백미다. 사랑하는 소녀와 단둘이 함께 한 그날 밤 목동은 얼마나 행복했을까? 사랑은 행복의 문을 여는 열쇠라 했다. 《별》을 쓴 도데는 시 한 편으로 사랑과 행복의 모든 것을 말하고자 했다. 서두에 소개한 작품이 그것이다.

시인은 사랑만 받아준다면 자기 인생의 모든 것을 걸겠다고 말한다. 함께 걷는 길이 아무리 힘겨워도 사랑하는 사람이 곁에 있기에 그저 행복하단다. 행복한 길이기에 죽을 때까지 영원히 함께할 수 있다고 장담한다. 사랑은 위대한 것이다. 목숨까지 걸 수 있는 거룩한 성정이다. 인류 최고의 발명품이라 해도 지나친 말이 아니다. 사랑이 위대한 것은 행복의 원천이기 때문이다. 누구에게나 진정한 사랑이 있다면 행복하지 않을 수 없다.

돈과 권력과 명예를 다 가졌다 해도 사랑이 없으면 행복은 반쪽일 뿐이다. 반대로 그런 것 제대로 갖추지 못했더라도 사랑이 충만하면 얼마든지 행복할 수 있다. 사랑이 곧 행복이다.

사랑받을 자격이 있다는 사실을 알 때 진정 행복하다

애덤 스미스

1723~1790

영국의 정치경제학자, 도덕철학자. 경제학의 아버지라 불림.
저서로 《국부론》, 《도덕감정론》 등 다수.

내가 사랑받고 있고, 사랑받을 자격이 있다는 사실을 알면
진정한 행복을 느낄 수 있다. 반대로 내가 미움받고 있고,
미움받아 마땅하다는 사실을 알면 깊은 불행을 느낀다.

'보이지 않는 손'으로 유명한 애덤 스미스. 그는 자유방임주의와 물질주의를 다룬 《국부론》의 저자로, 불세출의 경제학자이지만 위대한 도덕철학자이기도 하다. 스미스를 생각하면 이기심이나 자유경쟁이란 단어가 가장 먼저 떠오르겠지만 정작 그는 재산이나 명예를 추구하는 삶에 열광하지 않았다. 그보다는 사랑과 행복에 더 관심이 많았다. 믿기지 않겠지만 사실이다.

그는 국부론 저술에 앞서 《도덕감정론》이란 책을 먼저 썼다. 《국부론》으로 엄청난 명성을 얻은 뒤에도 죽는 날까지 《도덕감정론》

을 몇 차례 수정해서 발표했다. 살아생전에 《국부론》보다 《도덕감정론》에 더 애착을 가졌다. 스미스는 《도덕감정론》에서, 행복하기 위해서는 진정으로 원하는 것에 집중하라고 조언했다. 그러고는 사랑을 지목했다. 야심이나 물질적 부에 대한 욕망은 영혼을 갉아먹을 수 있다고 했다.

"인간은 선천적으로 사랑받기를 원할 뿐만 아니라 사랑스러운 사람이 되기를 원한다."

여기서 말하는 사랑이란 남녀 간 애정과 같은 좁은 의미가 아니라 칭찬, 존중, 관심, 평판, 명성 따위를 포괄한다. 스미스는 이런 감정이야말로 인간의 본성이라고 했다.

그렇다. 우리가 남에게 칭찬받고, 존경받고, 명성까지 얻으면 당연히 행복할 것이다. 여기서 중요한 점은 그럴만한 자격이 있다는 사실을 본인이 알 때 진정한 행복을 느낄 수 있다는 것이다. 본인이 사랑받을 자격이 없다고 생각하는데 사랑받는다면 진정한 행복을 느끼기 어렵다는 게 스미스의 판단이다.

역시 사랑과 행복은 노력의 산물인가 보다. 노력해서 사랑받을 만한 자격을 갖추는 것이 무엇보다 중요하다. 그래야 사랑받고 있다는 사실을 알게 되어 행복해지지 않겠는가.

사랑하고 일하라, 그것이 삶의 전부다

⁕

지그문트 프로이트

1856~1939

오스트리아의 심리학자, 정신의학자, 철학자, 생리학자. 정신분석학의 창시자.
저서로《꿈의 해석》,《정신분석 강의》등 다수.

사랑하고 일하라, 일하고 사랑하라,
그것이 삶의 전부다.

2015년 개봉된 미국 영화 〈인턴〉에 이런 대사가 나온다.

"사랑하고 일하라, 일하고 사랑하라, 그것이 전부다."

70세 은퇴 직장인이 일 중독인 30대 여성이 경영하는 인터넷 의류 쇼핑몰에 시니어 인턴으로 취업해 적응해 나가는 내용의 코미디 영화다. 영화는 오랜 경험과 문제 해결 능력을 갖춘 남자 주인공 벤(로버트 드 니로)이 프로이트가 했던 이 말을 인용하며 시작된다. 벤은 금방 능력과 책임감을 발휘했고, CEO인 여자 주인공 줄스(앤 헤서웨이)의 신임을 얻게 된다.

하지만 줄스가 일에 몰두하는 사이 남편은 바람을 피우게 된다. 줄스가 사랑과 가정을 지키기 위해 일을 그만둘지 고민에 빠지면서 줄스와 벤은 각자 남편 외도와 부인 사별을 소재로 사랑에 대해 속 깊은 대화를 나눈다. 인생의 의미를 새삼 깨닫게 해주는 잔잔한 영화다.

프로이트가 사랑을 특별히 강조한 이유는 뭘까. 프로이트는 행복에 관한 한 비관론자다.

"인간을 행복하게 만들겠다는 의도 따위는 애초에 창조자의 계획에 없었다고 말하는 편이 솔직하다고 생각한다."

쾌락과 욕망을 충족하는 것이 행복인데, 사회가 절제를 요구하기 때문에 행복하기 힘들다는 것이다. 그럼에도 프로이트는 성적 사랑이야말로 강한 만족감을 주는 모든 행복의 원형이라고 규정했다. 다만 늘 행복해야 한다는 강박 관념에서 벗어나야 행복할 수 있다고 했다. 슬픔과 고통의 느낌도 알아야 진정한 행복을 느낄 수 있다고도 했다. 프로이트가 리비도(성본능, 성충동) 이론을 깊이 연구했다고 해서 정신적 사랑에 무관심했던 것은 아니다. 그는 가족 사랑의 중요성을 강조했다.

"가족에 의해 사랑받는 사람은 일생 동안 성공한 기분으로 살아가고, 이 성공에 대한 자신감은 그를 정말 성공하게 만든다."

당신을 불행하게 하는 일을 남에게 하지 말라

✱

힐렐

BC70~AD10 추정

바빌로니아에서 태어나 이스라엘에서 활동한 유대교 율법학자.
유대교의 각종 규범을 집대성한 인물.

당신을 불행하게 하는 일을 남에게 하지 마시오.
유대교의 가르침은 이것이 전부이고, 나머지는 그것에 대한
해설일 뿐이오. 그러니 어서 가서 배우시오.

예수 그리스도가 태어날 무렵이겠다. 율법학자 힐렐에게 이방인 한 사람이 찾아와서 말했다.

"제가 한 발로 서 있는 동안 유대 학문을 모두 가르쳐 주시오."

이에 힐렐은 서슴없이 첫머리에 소개한 문장대로 일러주었다. 이방인은 아무 말도 하지 못하고 돌아섰단다. 탈무드에 나오는 이야기이다. 힐렐의 이 말은 논어에 나오는 공자의 가르침 '기소불욕 물시어인(己所不欲 勿施於人)'과 똑같은 의미다. 성경에 기록된 예수 그리스도의 말 "남이 너희에게 해 주기를 바라는 그대로 너희도 남에

게 해 주어라"라는 구절도 같은 뜻이다. 그래서 이를 황금률이라 부른다. 유대인들이 즐겨 사용하는 카발라 기도서는 이렇게 시작된다.

"저는 이로써 '네 이웃을 네 몸같이 사랑하라'는 계명을 받아들이겠습니다."

결국 힐렐의 가르침은 남을 도우며 그들과 더불어 잘사는 사람이 행복하다는 것이다. 힐렐이 이런 말을 남긴 이유이기도 하겠다.

"자신의 일만을 생각하고 있는 사람은 그 자신도 될 자격이 없다."

"인생 최대의 목표는 평화를 사랑하고, 평화를 찾고, 평화를 가져오는 일이다."

그렇다. 행복에는 여러 종류가 있고, 각기 그 수준이 다르다. 나 혼자 좋을 때 누릴 수 있는 행복이 있는가 하면, 나로 인해 다른 사람들이 함께 좋아서 누릴 수 있는 행복이 있다. 전자가 작은 행복이라면 후자는 큰 행복이다. 누구나 큰 행복을 누리려면 남을 사랑해야 한다. 사랑받는 남이 행복을 느낄 때 비로소 내가 큰 행복을 느낄 수 있는 것이다. 더불어 누리는 큰 행복이라야 지속 가능성이 있다. 나 혼자 행복한 작은 행복은 자신과 주변의 환경 변화에 쉽게 흔들릴 수 있다. 영적 지도자들이 이구동성으로 남을 사랑하라고 가르치는 이유다.

사랑받기보다 사랑하라

아시시의 성 프란치스코

1181~1226

이탈리아 출신의 기독교 수도사. 가톨릭 성인.
프란치스코회 창설. '하느님의 음유시인'이라 불림.

위로받기보다는 위로하고, 이해받기보다는 이해하며,
사랑받기보다는 사랑하게 해 주소서.

프란치스코는 평생 청빈하게 살며 가난하고 헐벗은 사람들을 보살핀 성직자다. 부유한 가정에서 태어나 안락한 삶이 보장되었지만 이를 마다하고 소외된 이들과 더불어 살았다. 비록 45년 짧은 생을 살았지만 오로지 남을 위한 인생이었으니 진실로 행복했을 것이다. 그는 무엇이든 받을 생각하지 말고 건네주라고 했다. 첫머리에 소개한 문장은 '프란치스코의 기도문' 일부다. 기도문은 이렇게 이어진다.

"우리는 줌으로써 받고, 용서함으로써 용서받으며, 자기를 버리고 죽음으로써 영생을 얻기 때문입니다."

이런 마음가짐으로 살면 누구나 행복하지 않을까? 자기 것이라고 움켜쥐고 행여나 빼앗길까 노심초사하면 마음이 편할 리 없다. 반대로 너그러운 생각으로 가진 것을 이웃에게 내어줄 때 마음이 편안할 것이다. 우리 주변에는 여전히 가난한 사람이 적지 않다. 물질이 가난한 사람이 있는가 하면, 마음이 궁핍한 사람도 많다. 그들에게 건네는 따뜻한 식사 한 끼, 다정한 위로 한 마디가 큰 힘이 될 수 있을 것이다.

프란치스코의 가르침은 지혜롭고 현명해 보인다. 위로든, 이해든, 사랑이든, 용서든 내가 먼저 건네는 것이 자기 행복을 앞당기는 길이기 때문이다. 일상에서 내가 먼저 내어주면 십중팔구 돌아올 것이기 때문에 별로 손해 볼 것도 없다. 이럴진대 먼저 나서지 않을 이유가 없다. 예를 들어, 지인 경조사를 맞아 축의나 부의를 할까 말까 망설여질 때가 있다. 이럴 때 되받을 생각하지 말고 봉투를 건네는 것이 자기 마음이 편해서 좋다. 이것도 자그마한 행복이라 해야겠다. 반대로 봉투를 건네지 않으면 두고두고 마음에 짐이 된다.

프란치스코의 가르침을 따르기가 쉽지 않겠지만 흉내라도 조금 내면서 살면 자못 행복할 것이다.

자기보다 가난한 사람을 사랑하라

마더 테레사

1910~1997

알바니아 출신의 가톨릭 수녀이자 성녀. 인도에서 사회운동가로 활동.
'사랑의 선교회' 설립자이며 노벨 평화상 수상.

순간에 행복하십시오. 그것으로 족합니다.
우리에게 필요한 것은 오직 매 순간뿐, 그 이상도 그 이하도 아닙니다.
지금 행복하십시오. 그리고 당신이 행동을 통해
당신보다 가난한 이들을 포함하여 다른 사람들을 사랑한다는 것을
보여주면 당신은 그들에게 또한 행복을 주는 것입니다.

마더 테레사는 '극빈자의 어머니'라 불렸다. 어린 나이에 가톨릭 수녀가 되어 먼 나라 빈민촌으로 들어가 가난한 사람, 아픈 사람들과 일생을 함께했다. 사랑이 무엇인지를 행동으로 보여준 위인이다. 평생 사랑을 통한 행복을 갈구하고, 실천하고, 전파했다.

"강렬한 사랑은 재지 않습니다. 그냥 줍니다."

"사랑의 반대는 증오가 아니라 무관심입니다."

"사랑은 가장 가까운 사람을 돌보는 데서 시작합니다."

"누군가에게 얼마나 많이 주느냐보다 거기에 얼마나 많은 사랑을

담았느냐가 더 중요합니다.”

“누구나 위대한 일을 할 수는 없습니다. 그러나 위대한 사랑으로 작은 일들은 할 수 있습니다.”

천상에서 울려 퍼지는 듯한 사랑 노래들이다. 이런 마음, 이런 자세로 서로 사랑하면 세상이 얼마나 평화로워질까. 테레사는 현재 이 순간의 행복에 만족하고 즐기라고 했다. 남을 사랑하는 이 순간, 사랑하는 내가 좋고, 사랑받는 그도 좋으니 우리 모두가 함께 행복을 즐길 수 있는 것이다. 그녀는 특히 자기보다 가난한 사람에게 더 많은 사랑을 주라고 당부했다. 그러면 주고받는 행복의 크기가 더 커진다고 했다. 가난한 사람은 아무래도 사랑에 더 굶주리고 있을 가능성이 크기 때문이다. 테레사가 금전적인 사랑만을 말한 것은 아니다.

“많은 것이 필요하지 않습니다. 그것은 한번 웃어주는 것일 수도 있습니다.”

실제로 가난하고 소외된 사람들은 재물보다 관심과 위로를 더 바랄지도 모른다. 그들에게 손이라도 꼭 잡아주며 행복한 세상을 향해 동행해야겠다.

남을 섬기는 방법을 탐구하라

알베르트 슈바이처

1875~1965

독일 출신 의사, 목사. '밀림의 성자', '흑인의 아버지'라 불리며 노벨 평화상 수상.
저서로《물과 원시림 사이에서》등 다수.

정말로 행복할 수 있는 사람은 오직 섬김이란
어떻게 해야 하는지를 끊임없이 탐구하여 깨달은 사람이다.

슈바이처는 참으로 행복했을 것이다. 일평생 진정으로 하고 싶은 일을 열심히 하고 죽었기 때문이다. 청년기에는 좋아하는 공부를 실컷 했다. 신학과 철학으로 박사학위를 받았으며, 음악 공부도 했다. 오르간 연주는 전문가 수준이었다. 나이 서른 즈음에 돈과 명예가 보장되는 대학 교수직을 뿌리치고 아프리카 봉사를 생각하게 된다. 의과대학에 입학해 7년 만에 의학박사 학위를 받고는 곧바로 아프리카 밀림 속 흑인들을 상대로 의료 봉사 활동을 시작한다. 사랑하는 아내도 간호사 자격증을 따 동행했다.

사람에 대한 연민과 동정심이 많았던 슈바이처는 자기 자신만이 아니라 모든 사람이 함께 안락한 생활을 해야 비로소 행복해질 수 있다는 사실을 일찍 깨달은 듯하다. 서두에 소개한 말은 그의 자서전에 나오는 말이다. 다른 사람들을 어떻게 돕고 섬길지 끊임없이 연구하고 깨달아야 진정으로 행복할 수 있다는 것이다.

그렇다. 행복은 섬김의 습관에서 생기는 아름다운 축복이다. 행복은 섬김을 통해 내가 얻을 수 있는 최고의 보답이자 값진 선물이다. 섬김은 나에게 줄 행복을 품고 있기 때문에 내가 행복하려면 섬김을 실천해야 한다. 슈바이처는 평소 생명에 대한 외경심을 품고 살았다.

"삶에 대한 외경심은 체념의 음울한 골짜기를 지나 내면의 필연성으로부터 비롯된 윤리적 세계 긍정과 인생 긍정의 밝은 산 위로 우리를 인도한다."

그는 이런 마음으로 거룩한 봉사를 실천한 사람이다. 노벨 평화상을 받게 된 이유다. 진정 하고 싶은 일이 있다면 슈바이처처럼 행동으로 옮겨야겠다.

"성공이 행복의 열쇠가 아니다. 행복이 성공의 열쇠다. 만약 당신이 지금 하고 있는 일을 사랑한다면 당신은 성공한 것이다."

슈바이처의 말이다. 남을 섬기는 일이면 더 좋겠다.

남에게 행복을 나눠주면 자신이 더 행복해진다

피터 드러커

1909~2005

오스트리아 출신의 미국 경영학자, 작가. 현대 경영학의 창시자라 불림.
저서로《경영의 실제》,《단절의 시대》등 다수.

나는 세상에서 가장 행복한 사람이다.
인간은 타인의 행복에 기여함으로써 행복해질 수 있다.
나의 친구들은 내가 그들의 경력이나 사업을
보다 좋게 해 주었기 때문에 나를 소중하게 여긴다.

우리가 잘 아는, 유명한 사람 중엔 자기 인생을 회고하며 그다지 행복하지 못했다고 말하는 사람이 적지 않다. 미국의 억만장자 브라이언 더글러스는 "나는 평생 한 번도 행복해 본 적이 없다"라고 고백했다. 재미교포 백만장자 백영중은 "행복을 누린 날은 봄날 모란이 피어있는 동안만큼이나 잠깐이었다"라고 했다.

이런 사람들에 비하면, 경영학자 드러커는 명성만큼이나 행복한 인생을 살았다고 할 수 있다. 첫머리에 소개한 글이 말해준다. 노년에 기자가 "당신의 인생을 어떻게 평가하느냐"라고 묻자 그는 세상에서 가장 행복한 사람이라고 대답했다. 지나간 자기 인생을 스스로 칭송했던 윈스턴 처칠을 떠올리게 하는 대목이다.

행복한 이유로 드러커는 남의 행복에 기여했기 때문이라고 회고했다. 친구들을 도왔고, 도움받은 친구들이 자기를 소중하게 여기므로 행복하단다. 행복 나눔의 결실이라고 해야겠다. 남을 행복하게 만들었으니 자신이 행복하다고 말하는 드러커, 석가모니의 이런 가르침을 따른 것일까?

"한 자루의 촛불로 수천 개의 초를 밝힌다고 해서 그 수명이 줄지 않듯이, 행복을 나눈다고 해서 그 행복이 결코 줄어들지 않는다."

드러커는 행복한 인생을 가꾸려면 자신이 무엇으로 기억되고 싶은지 생각하라고 조언했다. 죽음을 앞둔 시점의 자기 현주소를 상상해 보는 것이 좋겠다. 자기 행복의 길이기에 그 답은 당연히 스스로 찾아야겠다. 드러커는 말했다.

"어느 누구도 무엇이 당신을 행복하게 만드는지 알려줄 수 없고, 어느 누구도 무엇이 당신에게 의미 있는 것인지 말해줄 수 없다. 해답은 각자의 가슴속에서 나와야 한다."

사랑받는 것보다 사랑하는 것이 더 행복하다

유치환

1908~1967

경남 통영 출생. 아호는 청마(靑馬). 서정주, 김동리와 함께 생명파 시인으로 활동.
시집으로《청마 시초》,《생명의 서》등 다수.

사랑하는 것은/ 사랑을 받느니보다 행복하느니라/
오늘도 나는 너에게 편지를 쓰나니/ 그리운 이여, 그러면 안녕!/
설령 이것이 이 세상 마지막 인사가 될지라도/
사랑하였으므로 나는 진정 행복하였네라.

유치환의 시 〈행복〉의 마지막 부분이다. 〈행복〉은 그의 또 다른 시 〈깃발〉만큼이나 많이 읽히는 대표적 연시(戀詩)이다.

1947년, 통영여중 국어 교사이던 유치환은 가사 교사로 부임해 온 이영도에게 연정을 느끼며 사랑의 편지를 쓰기 시작한다. 당시 유치환은 39세 유부남, 이영도는 10년 전 남편과 사별한 31세 시조 시인이었다. 거의 매일 편지를 쓰다시피 한 유치환은 3년 만에 이영도의 마음을 얻었으나 현실은 플라토닉 사랑에 머물러야 했다. 유치환이 보낸 편지는 1967년 교통사고로 사망할 때까지 무려 5,000

통에 이르렀다. 이를 보관해오던 이영도는 200여 통을 골라 서간집 '사랑하였으므로 행복하였네라'를 펴냈다.

유치환은 이영도를 사랑한 만큼이나 심적 고통 또한 컸을 것이다. 남들은 감성적 언어로 플라토닉 사랑이라고들 하지만 사실은 정신적 불륜을 저지른 셈이다. 주변 사람들의 손가락질과 눈치챈 자기 아내의 가슴앓이가 작지 않았을 것이다. 또 결혼으로까지 이어갈 수 없는 사랑의 한계를 마냥 안타까워했으리라 짐작된다. 그럼에도 유치환은 아마 행복했을 것이다. 사랑하는 사람을 위해 시를 짓고, 편지를 쓰고, 그걸 부치려고 우체국을 오가는 순간순간이 행복에 겨웠으리라 생각된다. 혹시나 하는 심정으로 답장을 기다리는 마음 또한 큰 행복이었을 것이다.

시인은 사랑을 받는 것보다 사랑하는 것이 더 행복하다는 점을 특별히 강조한다. 그렇다. 사랑은 원래 받는 것이 아니라 주는 것이다. 남녀 사이뿐만 아니라 가족 간, 친구 간, 이웃 간에도 사랑의 손을 먼저 내밀 때 진정으로 행복하다.

사랑이 있는 고생은 더 큰 행복을 안겨준다

⁕

김형석

1920~

평북 운산 출생. 대한민국 1세대 철학자로 분류됨. 연세대 철학과 교수 역임.
저서로《영원과 사랑의 대화》,《행복 예습》등 다수.

사랑이 있는 곳에는 행복이 머문다.
사랑의 척도가 그대로 행복의 기준이 된다.
그 사랑이 어려움을 동반한다고 해서 포기하면 사랑의 꿈은 사라진다.
사랑이 있는 고생은 더 큰 행복을 안겨준다.

철학자 김형석은 행복학 저술가이자 강연자다. 그가 1961년에 펴낸 수필집《영원과 사랑의 대화》는 60만 부 판매라는 경이적인 기록을 갖고 있다. 100세가 넘은 지금도 행복을 전도하러 다닌다. 김형석 행복론의 핵심은 사랑이다. 사랑이 있는 곳에는 언제나 행복이 머문다고 했다. 사랑의 척도가 바로 행복의 기준이 된다고도 했다. 98세 때 쓴 수필집《행복 예습》에서 그는 이렇게 말했다. 마치 인생 작별 인사처럼 들린다.

"나에게는 두 별이 있었다. 진리에 대한 그리움과 겨레를 위한 마음이었다. 그 짐은 무거웠으나 사랑이 있었기에 행복했다."

그가 말하는 사랑은 광범위한 것이다. 진리, 겨레, 배우자, 부모, 자녀, 이웃, 조국, 하느님. 그러니 사랑은 우리 삶 전체에 녹아 있다고 봐야겠다. 삶 자체에서 사랑과 행복을 발견하지 않으면 안 된다. 그는 이렇게 말했다.

"행복은 어디에 있었는가. 행복은 주어지거나 찾아가는 것이 아니다. 언제나 우리들의 생활과 삶 속에 있었다. 고통과 시련이 있을 때는 희망과 함께했다. 좌절과 절망에 처했을 때는 믿음을 안겨주었다."

그렇다. 고난 고통이라는 불행이 닥쳤을 때 사랑의 힘은 얼마나 큰지 모른다. 희망과 믿음이라는 든든한 버팀목을 제공해주기 때문이다. 김형석은 고난 고통에 대해 "흔들리지 않고 피는 꽃은 없다"라며 격려해준다. 고생 끝에 얻은 행복이 더 큰 행복이라는 생각이다.

"행복은 케이블카를 타고 산 정상에 올라가는 것과는 다르다. 산 밑에서 등산하는 등산객과 같은 것이다. 그렇게 힘들게 올라가는 과정이 행복의 장소이다. 바위를 넘고 계곡을 건너는 일 자체가 등산이다."

선택 과정에서 웬만하면 만족하고,
일단 선택을 했으면 후회하지 않아야 한다.
되돌릴 수 없는 선택에 대해서는 미련을 버리고
최선을 다하는 것이 행복으로 가는 길이다.

PART 6

만족해야 마음에 평화가 깃든다

현재에 만족하라

⁕

루키우스 세네카

BC4~AD65

로마의 시인, 철학자, 정치인. 네로 황제의 스승이었으나 반역 혐의를 받고 자결.
저서로《인생론》,《행복한 삶》등 다수.

만일 당신이 현재 소유하고 있는 것에 만족하지 못한다면
온 세상을 소유하더라도 행복해질 수 없을 것이다.

세네카는 당대 최고의 권력자요, 재산가였다. 황제의 총애를 받았으며, 고리대금업으로 엄청난 부를 획득했다. 하지만 행복에 충만한 삶을 산 것 같지는 않다.《인생론》등 그의 저서를 살펴보면, 마치 행복하게 살지 못했음을 후회하며 쓴 반성문 같다는 느낌이 든다. 그럼에도 행복에 대한 세네카의 메시지는 분명해서 좋다. 자신의 삶에 만족하고 마음의 평정을 가져야 행복하다는 것이다. 로마 최고 부자였음에도 절제를 중시하는 스토아 철학에 심취한 것은 만족하는 삶이 얼마나 중요한지 누구보다 잘 알고 있었기 때문일

것이다.

“행복한 자는 올바른 판단력을 소유한 사람을 뜻한다. 행복한 자는 현재에 만족하는 사람, 그것이 무엇이건 간에 고유한 자신만의 선을 벗으로 삼는 사람이다. 그래서 행복한 자는 이성이 모든 상황을 증명하고 충고하는 사람이다.”

자신이 소유한 것에 만족하려면 기본 욕망을 줄여야 한다. 세네카는 말했다.

“욕망이란 겉으로는 저마다 다르게 보이지만 허상에 불과하다는 사실을 기억해야 한다. 저만치 높은 곳에 있는 사람을 시기 질투하지 마라. 그들이 서 있는 곳이 바로 낭떠러지인지도 모른다.”

욕망을 적절히 조절하지 못하는 자는 마음이 가난한 사람이다.

“진정으로 가난한 자는 적게 가지고 있는 사람이 아니라 더 많은 것을 가지려고 갈망하는 사람이다.”

역시 세네카가 한 말이다. 사실 인간의 욕망은 끝이 없다. 그것을 줄이지 않고는 참 행복을 누리기 어렵다. 세네카는 마음의 평정도 행복의 중요한 조건으로 삼았다. 일상의 여유와 한가로운 삶을 유난히 강조한 이유다. 그는 철학자답게 죽음을 초연하게 받아들였다.

“죽어야 한다는 연락을 다시 받고도 나는 침착할 수 있었다. 나는 삶과 죽음의 경계를 마음으로 넘어섰다.”

조금 부족해도 괜찮다

✱

플라톤

BC427~BC347

고대 그리스의 철학자. 소크라테스의 제자로, 이데아론과 철인정치 주창.
저서로 《소크라테스의 변명》, 《국가》 등 다수.

〈행복한 삶의 조건〉

1. 먹고 입고 자고 싶은 수준에서 조금 부족한 듯한 재산
2. 모든 사람이 칭찬하기에 약간 부족한 용모
3. 자기가 생각하는 것의 절반 정도밖에 인정받지 못하는 명예
4. 겨루어서 한 사람에게는 이기고 두 사람에게 질 정도의 체력
5. 연설했을 때 청중의 절반만 손뼉 칠 정도의 말솜씨

플라톤이 제시한 '행복한 삶의 조건' 다섯 가지의 해학적 표현이 재미있다. 귀족 집안에서 태어나 평생 풍족하게 살았던 플라톤 자신의 모습과는 거리가 먼 조건들이다. 기록에 따르면, 그는 문학적 재능과 말솜씨가 뛰어났으며, 소크라테스와 달리 외모도 준수했다. 그가 무엇이든 조금 부족한 사람이 오히려 행복하다는 의견을 제시했다는 사실은 우리에게 많은 것을 생각하게 만든다. 행복은 세속적인 여러 조건을 완벽하게 갖출 때 오는 것이 아니라 다소 모자랄 때 주어진다는 메시지 아닌가.

아마도 플라톤은 모자람이 없이 모든 걸 갖추고 살 경우 그걸 잃어버리지 않을까 불안에 떨 수 있다고 생각했던 것 같다. 그보다는 적당히 부족한 상태에서 부족한 부분을 메우려고 노력하는 과정에 행복이 있음을 말하고 싶었을 것이다. 이 지점에서 술잔이 7할 이상 차면 흘러넘치게 만드는 계영배의 가르침을 되새겨보면 어떨까? 과욕을 경계하고 평범하게 사는 것이 참행복의 지름길일 터이다.

어쩌면 플라톤에게 재산, 용모, 명예, 체력, 말솜씨 따위는 행복의 하찮은 조건인지도 모른다. 위대한 철학자는 이성에 바탕을 둔 지혜를 행복의 가장 중요한 조건으로 삼았을 것이다. 그는 소크라테스의 제자로서 28세 때 스승의 사형선고 및 집행 과정을 지켜보고 그 모습을 기록으로 남겼다. 그리고 40세 무렵 '아카데미아'란 학당을 세워 학문과 교육에 전념했다. 그는 최고의 지혜를 갖고 살았기에 행복했을 것이다. 80세까지 장수했다.

이성이 가리키는 것을 실행하라

※

르네 데카르트

1596~1650

프랑스의 철학자, 수학자, 물리학자, 생리학자. 근대 철학의 아버지라 불림.
저서로 《방법서설》, 《인간론》 등 다수.

행복은 완전히 만족한 마음을 갖는 것이다.
내면의 만족을 얻기 위해서는 열정에 휘둘리지 않고
이성이 권하는 것은 무엇이든 실행하겠다는
단호하고 한결같은 결심이 필요하다.

'나는 생각한다, 고로 나는 존재한다'라는 말로 유명한 데카르트는 이성의 철학자다. 르네상스 인문주의자들이 시작한 정신 혁명을 마무리하고 근대 철학의 아버지가 되었다. 그는 이성의 능력으로 신이 창조한 세상의 지식에 도달할 수 있다고 주장했다.

그의 행복론도 이런 사상을 바탕에 깔고 있다. 50대 중반까지 살다 간 데카르트는 40대 중반까지만 해도 로마 시인이자 철학자인 세네카의 《행복한 인생에 대하여》에 심취해 있었다. 절제와 금욕을 중시했던 스토아 철학을 지지한 것이다. 하지만 그것으로는 행복 찾기에 한계가 있다고 판단했다.

데카르트는 개인의 행복을 위해서는 내적 만족을 얻어야 하는데 그것은 끓어오르는 열정과 욕망을 통제해야 가능하다고 생각했다. 그런데 그 열정을 통제하는 최고의 수단이 이성에 근거한 과학적 지식이라는 것이다. 고대의 관념적 도덕철학이나 기독교 신앙으로는 진정한 행복을 얻을 수 없다는 게 데카르트의 결론이다.

데카르트는 철학자이면서도 뼛속까지 자연과학자다. 행복을 판단하고 구하는 데도 과학의 거울을 들이대야 한다고 보았다. 그를 합리주의 철학자라 부르는 이유다. 욕심은 반드시 버려야 하고, 신은 무조건 믿어야 행복이 온다는 당시의 시대 조류에 정면으로 반기를 든 셈이다. 데카르트는 "하느님을 믿습니까?"라는 물음에 한 순간의 머뭇거림도 없이 "믿습니다"라고 대답하는 기독교 신자들을 보면 아마 고개를 가로저을 것이다.

행복을 생각할 때 이성의 잣대를 적용해볼 필요는 충분히 있다. 합리적 행복 요건이 결핍된 상태에서 맹목적 믿음으로만 구축된 행복은 쉽게 흔들릴 수도 있다. 자신의 마음을 정복하되 이성적 판단의 근거가 분명해야 좋다는 말이다.

행복은 웅장한 것이 아니다

✱

올더스 헉슬리

1894~1963

영국의 소설가, 시인, 비평가. 넘치는 지성과 자유분방한 상상력의 소유자.
저서로 《멋진 신세계》, 《연애 대위법》 등 다수.

만족한 상태는 불우한 환경에 대한 멋진 투쟁의 찬란함도 없고,
유혹에 대한 저항과 걱정이나 회의가 소용돌이치는
숙명적인 패배의 화려함도 전혀 없습니다.
행복이란 전혀 웅장하지 못하니까요.

헉슬리의 대표작 《멋진 신세계》는 1932년에 발표한 미래 공상과학 소설이다. 인류 문명이 최고도로 발달한 덕에 아주 행복해 보이는 유토피아를 풍자적으로 그린 작품이다. 그가 묘사한 멋진 신세계는 모두가 만족하는 안정적 계급사회이며, 안락함이 그지없는 곳이다. 임신과 출산, 늙음, 악한 생각, 고통, 비만, 걱정이 전혀 없다. 인간은 공장에서 만들어지며, 가정에 얽매일 필요가 없으니 누구나 자유로운 연애와 섹스를 즐길 수 있다. '소마'라 불리는 최면제를 배급받아 먹으면 스트레스와 우울감이 사라진다. 이런 세상은 과연

행복할까? 소설에서 섹스를 통해 출생한 예외적 야만인 존은 불만을 토로한다.

"나는 안락함을 원하지 않습니다. 나는 신을 원하고, 시를 원하고, 참된 위험을 원하고, 자유를 원하고, 그리고 선을 원합니다. 또 나는 죄악을 원합니다."

서두에 소개한 글도 《멋진 신세계》에 나오는 문장이다. 불우한 환경을 극복하기 위한 노력, 온갖 유혹에 저항할 기회가 없는 만족의 상태가 행복하지 않다는 것이다. 패배가 없는 것도 불만이란다. 얼핏 배부른 소리라고 치부할 수도 있겠다. 삶에 아무런 고통이 없고, 소마를 배급 받아 먹으면 편안하기 그지없을 텐데 말이다. 불행을 제대로 경험해보지 않은 사람의 넋두리일 수도 있겠다.

하지만 인간은 사회적 동물이기에 더불어 살며 희로애락을 함께 즐기는 과정에서 진정한 행복을 맛볼 수 있다. 무얼 하든 스스로 선택할 수 있는 자유의지가 더없이 중요하다. 모든 것이 만족스럽고 웅장한 행복을 찾기보다 현재 주어진 상황에서 작지만 자기만의 참된 행복을 구하는 것이 지혜로운 선택이다.

행복은 반복의 욕구이다

✱

밀란 쿤데라

1929~2023

체코 출신 소설가, 극작가. 반정부 활동을 전개하다 프랑스로 망명.
저서로《참을 수 없는 존재의 가벼움》,《농담》등 다수.

인간의 시간은 원형으로 돌지 않고 직선으로 나아간다.
행복은 반복의 욕구이기에,
인간이 행복할 수 없는 것도 이런 이유 때문이다.

쿤데라의 대표작《참을 수 없는 존재의 가벼움》은 단 한 번뿐인 우리네 인생에서 사랑과 행복이 얼마나 소중한지 새삼 깨닫게 해주는 소설이다.

외과 의사인 토마시는 삶의 무게와 획일성에서 벗어나 끊임없이 자유를 추구한다. 많은 여성들과 애정 행각을 벌이는 특급 바람둥이다. 호텔 종업원 출신인 그의 아내 테레사는 매사 진지한 자세로 운명적인 사랑을 믿는 사람이다. 삶의 태도가 한없이 가벼운 남편과 한없이 무거운 아내의 관계가 순탄할 리 없다. 서로 사랑은 하면서도 가벼움과 무거움 사이의 균형점을 좀체 찾지 못한다. 테레사는 행여 사랑이 깨질까 불안에 떨고, 급기야 자살 충동까지 겪게 된다. 행복한 부부와는 거리가 멀다.

첫머리에 소개한 글은 작가의 통찰이 빛나는 진단이다. 행복은 반복의 욕구이기에 누구나 원형을 도는 시간을 보내면 행복을 쉽게 찾을 수 있을 텐데 현실은 그렇지 않다는 것이다. 이 부부처럼 더 크고 아름다운 것을 찾고자 계속 직선으로 나아가기에 행복하기 어렵다는 생각이다.

토마시와 테레사는 시골 전원생활을 시작하면서 비로소 사랑의 균형을 만나게 된다. 시간의 영원 회귀가 작동하는 목가적인 생활이기에 가능한 일이다. 하지만 너무 늦었다. 부부는 어이없는 교통사고로 목숨을 잃고 만다. 작가는 이들 부부보다 그들이 키우는 개 카레닌이 더 행복하다고 말한다. 개는 반복의 욕구를 충족시킬 수 있기 때문이란다. 카레닌은 매일 아침 똑같은 종류의 크루아상을 줘도 마냥 행복해한다.

사람은 개가 아니기에 원형을 뱅뱅 돌며 살 수는 없다. 더 풍성한 성공과 행복을 위해 앞으로 나아가고 싶을 때는 당연히 그렇게 해야 한다. 하지만 가끔은 멈추거나 뒤돌아서서 현재에 만족하며 즐길 줄 아는 것도 중요한 지혜이다.

평균적인 사람이 못 되어도 잘살 수 있다

✱

데이비드 번스

1942~

미국의 정신의학자. 인지행동 치료의 세계적 권위자.
저서로 《필링 굿》, 《패닉에서 벗어나기》 등 다수.

평균적인 사람이 되려고 노력해보라.
그러면 다음 두 가지 사실을 발견하게 될 것이다.
평균적인 사람이 되는 것은 굉장히 어려운 일이라는 사실과
평균적인 사람이 되지 못해도 얼마든지 만족하면서
인생을 살아갈 수 있다는 사실이 그것이다.

번스는 우울증 치료 권위자다. 우울증을 치료하는 인지행동요법 개발에 크게 공헌했다. 그에게는 우울증 치료가 곧 행복 찾기이다. 자살까지 생각하게 만드는 우울감은 행복감과 공존할 수 없는 감정이기 때문이다. 번스는 오랜 임상 경험을 토대로 우울증 환자들에게 큰 용기를 준다.

"아무리 극심한 불안과 우울에 시달려도 회복할 가능성은 얼마든지 있다."

"우울증 환자가 자살을 해야 할 정도로 전혀 해결할 수 없는 문제

를 안고 있는 경우를 나는 본 적이 없다."

우울해지는 이유는 수없이 많겠지만 번스는 완벽주의의 문제점을 특별히 중시한다. 남에게 뛰어난 사람이라는 걸 보여주기 위해 완벽한 모습을 취하려다 엄청난 스트레스를 받게 된다며 이렇게 조언한다.

"그냥 80%, 60%, 아니면 40% 정도만 만족하려고 노력해보라. 그렇게 하면 일이 더 즐거워지고 생산성도 증가할 것이다."

그는 완전하고 가치 있는 사람이 되어야 한다는 압박에서 벗어나 평범한 삶의 매력을 알게 되면 저절로 행복해진다고 말한다.

"가치 있는 사람이 되어야 한다는 그 어떤 요구도 즉시 떨쳐버리자. 그래야 다시는 그것을 기준으로 스스로를 평가하는 일도 없을 것이며, 가치 없는 사람이 될까 봐 두려워할 필요도 없을 것이다."

인생에서 평균적인 사람이 되지 못해도 얼마든지 행복할 수 있다는 것은 번스의 놀라운 통찰이다. 사실 평균이라는 잣대는 세상이 정한 것이어서 자기 자신에게 들이댈 필요조차 없을지도 모른다. 남이야 어떻게 생각하든 내가 만든 잣대로 내 인생을 스스로 측정하는 것이 중요하다.

자신의 선택에 만족할 줄 알아야 한다

✱

배리 슈워츠

1946~

미국의 사회심리학자. 인간의 선택 심리를 경제학과 심리학 측면에서 비교 연구.
저서로《선택의 패러독스》,《삶의 비용》등 다수.

행복의 필수 조건은 자유와 자율이며,
자유와 자율의 필수 조건은 선택이다.
행복하려면 자신이 선택한 '적당히 좋은 것'에 만족할 줄 알아야 한다.
더 좋은 것이 있으면 어쩌나 하고 염려하지 않아야 한다.

인간사는 모든 것이 선택이다. 옷을 살 때도, 식사 메뉴를 정할 때도, 직장을 구할 때도, 결혼 상대를 정할 때도 선택은 필수다. 어떤 행동을 할 때 선택의 여지가 있다는 것은 행복이다. 자유와 자율을 통해 만족감을 주기 때문이다. 현대 사회에선 선택의 자유가 거의 무제한적이다. 세상이 풍요로워지면서 고를 수 있는 대상이 아주 많아서다. 현대인에게 선택의 폭이 넓어졌다고 그만큼 만족도가 높고 행복할까? 그렇지 않다는 것이 슈워츠의 생각이다. 선택의 패러독스다. 슈워츠가 보기엔 선택지가 넓을수록 치러야 하는 대가가 커진다. 선택에 과부하가 걸려 선택에서 제외된 것에 대한 미련과 후회, 자기 책망이 적지 않다는 것이다.

"우리는 예전보다 훨씬 많은 선택을 처리하고 평가하고 또 경우에 따라서는 후회해야 한다. 그리고 선택을 처리하는 데 들어가는 시간만큼 좋은 친구, 좋은 배우자, 좋은 부모로서 보낼 시간이 줄어든다."

슈워츠는 선택의 과부하 시대를 지혜롭게 헤쳐나가려면 절대적 최선을 고집하지 말고 적당히 좋은 것에 만족할 줄 알아야 한다고 조언한다.

그렇다. 중요한 선택 사항에 대해서는 당연히 관심을 집중해야겠지만, 일상적인 선택에선 관심을 적당히 내려놓을 줄 알아야 한다. 또 선택 과정에서 웬만하면 만족하고, 일단 선택을 했으면 후회하지 않아야 한다. 되돌릴 수 없는 선택에 대해서는 미련을 버리고 현재 상황을 개선하는 데 최선을 다하는 것이 행복으로 가는 길이다.

여름 블라우스 하나 사려고 여러 백화점 매장을 순례하는 것은 어리석은 일이다. 완벽한 결정이란 세상에 없기도 하다.

안분지족, 안빈낙도

윤선도

1587~1671

조선 중기 문신, 시조시인. 호는 고산. 정철과 더불어 조선 시가에 쌍벽을 이룸.
저서로 《어부사시사》, 《오우가》 등 다수.

산수간 바위 아래 띠집을 짓는다 하니
그 모르는 남들은 비웃는다 한다마는
어리석은 내 뜻에는 분수인가 하노라.
보리밥 풋나물을 알맞추 먹은 뒤에
바위 끝 물가에서 실컷 노니노라.
여남은 일이야 부러울 줄 있으랴.

윤선도는 남인 계열 선비로서, 일평생 집권 서인 세력에 맞서는 '야당' 정객이었다. 모함과 탄핵이 난무하는 가운데 20년 이상 유배 생활을 하고, 19년 동안 은거 생활을 했다. 은거 기간 대부분은 고향인 전라도 해남에서 보냈다.

첫머리에 소개한 글은 〈만흥(漫興)〉이란 제목의 연시조로, 전체 6수 중 전반부 2수다. 만흥이란 흥겨움이 마음속에 가득 차 있다는 뜻이므로 행복과 유사한 의미를 지닌다. 편안한 마음으로 제 분수를 지키며 만족할 줄 알고(안분지족), 가난한 생활을 하면서도 편안한 마음으로 도를 즐기는(안빈낙도) 삶이니 행복하지 않을 수 없겠다.

윤선도가 이 시를 지은 것은 경상도 영덕에서 유배생활을 마치고 해남 금쇄동에 은거하던 56세 때다. 인생무상을 뼈저리게 느낀 나머지 돈이나 권력과 무관하게 살겠다는 각오가 엿보인다. 그러나 조상 잘 만나 부귀영화를 타고난 그에게 세속적인 삶을 포기하는 건 쉽지 않았던 것 같다. 그 이후에도, 아니 71세 때도 벼슬길에 나섰다가 정쟁에 휘말려 또 한 번 귀양살이를 했다. 이렇듯 안분지족, 안빈낙도의 삶은 말처럼 쉽지 않다.

해남 땅끝을 지나 보길도에 가보면 알 수 있다. 윤선도가 제주도 가는 길에 들렀다가 워낙 경치가 아름다워 정착했다는 곳이다. 그는 이곳에 여러 개의 건물과 정자를 짓고 연못을 파서 예쁘게 꾸몄다. 물려받은 유산으로 부용동 전체를 자기 정원으로 꾸민 것이다. 이곳에서 13년을 살다 갔다. 윤선도는 안분지족, 안빈낙도를 노래했지만 마음이 편하진 않았을 것이다. 낯선 곳, 머나먼 길 유배생활을 상상해보라. 행복해서가 아니라 행복이 마냥 그리웠기에 그렇게 노래 불렀을 것이다.

불평불만이 제로인 사람

⁕

천상병

1930~1993

일본 출생. 마지막 순수시인이라 불림. 동백림 간첩단 사건에 연루돼 고문을 당했다.
저서로 시집 《새》, 《귀천》 등 다수.

나는 세계에서 제일 행복한 사나이다/
아내가 찻집을 경영해서 생활의 걱정이 없고/
대학을 다녔으니 배움의 부족도 없고/ 시인이니 명예욕도 충분하고/
이쁜 아내니 여자 생각도 없고/ 아이가 없으니 뒤를 걱정할 필요도 없고/
집도 있으니 얼마나 편안한가/ 막걸리를 좋아하는데 아내가 다 사주니/
무슨 불평이 있겠는가/ 더구나 하느님을 굳게 믿으니/
이 우주에서 가장 강력한 분이/
나의 백이시니 무슨 불행이 온단 말인가!

천상병 시인 하면 천진무구한 기인으로 기억된다. 간첩단 사건에 연루돼 모진 고문을 받아 폐인이 되다시피 했다. 인생 후반기를 무직, 가난, 주벽으로 장식했다. 친구한테 막걸리 값으로 천 원짜리 한 장 받아 들고 활짝 웃는 사람으로 각인돼 있다.

그는 과연 행복했을까? 보통 사람들의 시선으로 보면 행복할 수가 없다. 고문 후유증으로 아이마저 가질 수 없게 되었으며, 정신병력 등으로 돈 벌 능력이 없었기에 평생 아내에게 의식주를 의지해야 했다.

하지만 그가 남긴 〈행복〉이란 시를 보면 자신이 처한 상황을 무한 긍정하며 살았다는 느낌을 준다. 아마 불평불만은 티끌만큼도 없었을 것이다. 서두에 소개한 시가 그것이다. 더 이상의 재물욕, 지식욕, 명예욕도 없단다. 자식 없는 것에 대해 국가 고문을 탓하지 않고 노후 걱정이 없어 좋단다. 아내가 사주는 막걸리 한 잔에 마냥 흡족해하는 모습이다.

천상병은 능력이 탁월한 문인이지만 건전한 세계 시민이었다고 평가하긴 어렵다. 그러나 시 한 편을 통해 사람이 행복하려면 무엇보다 만족하고 감사할 수 있어야 한다는 메시지를 던진 것은 업적이다. 그는 가톨릭 신자였다. 하느님 백을 가졌으니 불행하지 않다고 노래한 이유다. 그는 〈귀천〉이란 시에서 인생을 아름다운 소풍이라고 묘사했다. 시 끝부분이다. 역시 긍정 마인드다.

"나 하늘로 돌아가리라/ 아름다운 이 세상 소풍 끝내는 날/ 가서 아름다웠더라고 말하리라."

감사는 간소함, 단순함, 비움과 함께 한다.
남이 가진 것과 비교하지 않고
매사에 만족할 때 생기는 마음이기 때문이다.
욕심을 적절히 제어하지 못하면 감사하는 마음을 갖기 어렵다.

PART 7

감사는
최상의 미덕이다

감사는 모든 덕목의 아버지다

*

마르쿠스 키케로

BC106~BC43

고대 로마의 철학자, 정치가, 웅변가. 공화정 말기를 대표하는 정치가.
저서로 《우정에 관하여》, 《최고 선악론》 등 다수.

감사는 가장 위대한 덕목인 동시에
다른 모든 덕목들의 어버이다.

키케로는 로마 공화정을 지키고자 목숨까지 바친 소신의 정치가였다. 비록 뜻을 이루지 못했지만 당시 로마 시민들의 열렬한 지지를 받았다.

그는 여러 면에서 호감 가는 인물이었다. 《플루타르코스 영웅전》에 따르면, 남과 이야기하기를 좋아하고 항상 웃는 얼굴을 하고 다녔다. 시기 질투하는 일이 없고 칭찬에 후했다. 또 재물에 욕심부리지 않았으며 어질고 너그러운 성품의 소유자였다. 이런 사람을 누가 싫어하겠는가. 폭넓은 지식을 갖춘 데다 언변까지 탁월했으니 주변에 사람들이 모여들 수밖에 없었다. 그러니 평생 행복감을 느끼며 살았을 것이라 짐작된다. 키케로는 철학자답게 행복의 의미를 찾는 데 각별한 관심을 가졌다. 그는 사람의 마음속에서 행복을 찾아야 한다는 점을 강조했다.

"마음 편한 것이 행복한 삶이다."

"자기 자신에게 영혼을 바쳐 의지하고, 자기 자신 속에 모든 것을 소유하는 자가 행복하지 않은 법은 없다."

"행복한 생활이 없는 미덕은 존재할 수 없고, 미덕 없이는 행복한 생활이 존재할 수 없다."

키케로는 감사하는 마음을 최고의 덕목이라고 봤다. 감사야말로 행복을 이끄는 최고의 길잡이이자 가장 강력한 촉매제이기 때문이다. 누구나 감사하는 마음이 없으면 행복감을 갖기 어렵다. 행복하려면 감사를 생활화하지 않으면 안 된다.

유대인들은 감사하는 마음을 특별히 중시했다. 《탈무드》를 보면 알 수 있다. 사실 우리네 일상의 모든 일이 감사거리인지도 모른다. 아침에 별 탈 없이 일어나는 것부터 식사하고 출근할 수 있는 것, 친구를 만날 수 있는 것, 자녀와 다정하게 대화할 수 있는 것, 편히 잠들 수 있는 것…. 감사를 생각으로만 할 것이 아니라 말로 그리고 행동으로 옮기면 행복이 더 가까워질 것이다. 감사편지나 감사일기가 좋다고 말하는 이유다.

아침에 눈뜰 수 있는 것도 고마운 일이다

*

쥘 르나르

1864~1910

프랑스의 소설가, 극작가, 시인. 사실주의, 자연주의 소설 쓰기에 몰두.
저서로《홍당무》,《포도밭의 포도 재배자》등 다수.

눈이 보인다. 귀가 즐겁다. 몸이 움직인다.
기분도 괜찮다. 고맙다. 인생은 참 아름답다.

이 문장은 성장소설《홍당무》작가로 유명한 르나르의 아침 기도문이다. 병약했던 그가 실제로 매일 아침 침대에서 되뇌었다는 기도 문구이다.

르나르는 어린 시절을 불우하게 보냈다. 일찍 아버지를 여의고 어머니에게 배척당해 애정 결핍을 겪어야 했다. 가난으로 대학 진학을 포기하고 생활 전선에 나가야 했으며, 30세 무렵에는 거의 번아웃 상태였다. 이후 작가의 길을 걸었으며, 프랑스 최고 훈장인 레종 도뇌르를 수상하는 영예를 안았으나 편두통이 평생 그를 괴롭혔다. 결국 46세 젊은 나이에 동맥경화로 세상을 떠났다. 이 때문일까, 그의 작품들은 흔히 비평가들에게 '우울증'이란 평가를 받는다.

르나르 기도문의 주제는 만족과 감사이다. 아침에 일어나 보니 눈이 보이고, 귀가 들린단다. 몸이 정상적으로 움직이고 기분도 나쁘지 않단다. 그래서 고맙고 인생이 아름답다는 생각이 든다고 했다. 밤사이에 죽지 않고 벌떡 일어나 또 다른 하루를 시작할 수 있음에 감사하는 기도이다. 매일 이런 마음가짐으로, 이런 기도를 하고 사는 사람이라면 불행할 리가 없다. 르나르라고 왜 욕심이 없었겠는가. 자기가 쓴 책이 더 많이 팔리고, 문단에서 더 큰 인정을 받고 싶었을 것이다. 하지만 그는 단지 살아있음에 감사하는 지극히 겸손한 마음을 지니고 살았다.

그에게 명성을 안겨준 소설《홍당무》에 이런 표현이 나온다.

"그렇다면 말이야 홍당무, 행복은 단념하거라. 미리 말해두지만 지금보다 더 행복해지지는 않을 거야."

가정 안에서 삶이 너무 고단해 자살하고 싶다고 말하는 어린 아들 홍당무에게 아버지가 조언이랍시고 해준 말이다. 이해하기 힘든 아버지이지만 주어진 현실에 만족하고 감사하라는 메시지를 담고 있는 듯하다. 르나르가 자기 자신에게 하고 싶은 말일 수도 있겠다.

행복은 이성으로 따지면 안 된다

*

길버트 체스터턴

1874~1936

영국의 소설가, 비평가, 철학자. 탐정 문학의 거장, 역설의 대가라 불림.
저서로《브라운 신부의 순진》,《레판토》등 다수.

행복은 종교와 마찬가지로 신비의 영역에 속하기 때문에
이성적으로 따지면 안 된다.

추리 소설《브라운 신부의 순진》은 체스터턴을 탐정 문학의 거장으로 불리게 만든 작품이다. 성직자인 가톨릭 신부를 매력적인 탐정으로 내세운 상상력이 돋보인다. 주인공인 브라운 신부는 평범하고 소박한 외모에다 착하고 순진한 성품의 소유자이지만 모험과 활약상은 셜록 홈스 못지않게 탁월한 문제 해결사다.

체스터턴 자신도 문제 해결사의 인생을 살았다. 소설가, 시인으로 이름을 날리면서 사회비평가로도 맹활약했다. 철학적 사유가 깊은 저널리스트로서 날카롭게 사회를 비평했다. 남아프리카 보어전쟁에 대해서는 자기 나라 영국을 서슴없이 비판하기도 했다. 호방한 성격에다 언행을 거침없이 했기에 내면적으로 불행하지는 않았을 것이라 짐작된다. 그가 생각하는 행복은 이성적으로 따지지 않고 그냥 감사하는 마음을 갖는 것이다. 특별한 장애가 없다면 무조건 만족하는 삶의 자세를 뜻한다.

"감사는 가장 높은 형태의 생각이며 경이로움이 배가되는 행복이다."

"인생에서 중요한 것은 당신이 어떤 일을 당연하게 생각하는지, 아니면 감사하게 생각하는지에 달렸다."

감사를 특별히 강조한 이유는 그의 종교적 신념을 반영한 것으로 보인다. 종교 문학을 개척해나가면서 곧잘 감사를 통한 행복을 주제로 삼곤 했다. 종교를 영국 국교인 성공회에서 로마 가톨릭으로 개종하며 이런 생각은 더욱 깊어진 것으로 파악된다. 감사는 간소함, 단순함, 비움과 함께 한다. 남이 가진 것과 비교하지 않고 매사에 만족할 때 생기는 마음이기 때문이다. 많이 소유하려는 욕심을 적절히 제어하지 못하면 감사하는 마음을 갖기 어렵다. 체스터턴이 한 말이다.

"천사는 자신의 무게를 가볍게 하기 때문에 날 수 있다. 그와 달리 악마는 자신의 무게를 무겁게 하기 때문에 추락하고 만다."

소확행을 즐겨라

*

무라카미 하루키

1949~

일본의 소설가, 수필가. 21세기 들어 인지도가 가장 높은 일본 작가.
저서로《노르웨이의 숲》,《이렇게 작지만 확실한 행복》등 다수.

서랍 속에 반듯하게 개어 말아둔
깨끗한 팬티가 가득 쌓여있다는 것은 삶에 있어
작기는 하지만 확실한 행복의 하나이다.

하루키는 '소확행小確幸'이란 신조어를 유행시킨 사람이다. 1986년에 펴낸 수필집《랑겔한스 섬의 오후》가 시발점이다. 첫머리에 소개한 문장이 그것이다. 10년 뒤《이렇게 작지만 확실한 행복》이란 제목의 또 다른 수필집을 출간하면서 소확행은 가장 주목받는 행복 키워드가 됐다.

하루키는 갓 구운 빵을 손으로 찢어 먹는 것, 정결한 면 냄새가 풍기는 새로 산 하얀 셔츠를 뒤집어쓸 때의 기분, 겨울밤 부스럭 소리를 내며 이불 속으로 들어오는 고양이의 감촉 등을 소확행의 예로 들었다.

세상살이가 너무 팍팍해서일까, 소확행은 '워라밸'과 함께 바람직한 생활 태도로 일정 부분 자리 잡고 있는 듯하다. 그 자체가 나쁜 것은 아니다. 현재 주어진 상황에 만족하며 감사하는 마음을 가져야 행복할 수 있기 때문이다. 유럽 각국에 휘게(덴마크), 라곰(스웨덴), 오캄(프랑스)이란 단어가 유행하는 것도 같은 맥락으로 이해된다.

기어코 성공하겠다며 짧은 인생 끝없이 소진하는 것은 어리석은 일인지도 모른다. 돈이나 권력, 명성을 얻는다고 해서 반드시 행복한 것도 아니니까 말이다. 진정한 행복을 원한다면 삶에 여유를 가져야 한다. 그런 의미에서 소확행의 자세는 권장할 만도 하다. 하지만 한창 꿈을 좇는 청년들에게도 바람직한지는 생각해 봐야 한다. 청춘은 도전이라 했다. 뚜렷한 목표가 있어야 행복할 수 있다. 사실 하루키도 소확행을 말하면서 소극적 안주를 염두에 둔 것은 아니라고 생각된다. 철학자 최진석의 지적은 음미해볼 만하다.

"자잘한 행복이 자기 행복의 전부인 줄 알고 소확행 소확행 하는 것은 이 세계를 자기 포부와 꿈으로 살겠다는 의지는 없고, 그냥 자본주의의 부스러기나 받아먹으며 심리적 만족을 행복으로 착각하는 삶을 살겠다는 나약한 태도이다."

욕망을 통제할 줄 알아야 한다

*

월리엄 어빈

1952~

미국의 철학자. 삶에 곧바로 적용할 수 있는 살아있는 행복론을 저술하는데 몰두 중임.
저서로《좋은 삶을 위한 안내서》등 다수.

행복을 얻는 가장 쉬운 방법은
지금 가진 것에 감사하며 만족하는 것이다.
하지만 그것은 가장 실천하기 어려운 방법 중 하나이다.

어빈의 말처럼 현재 가진 것에 감사하며 만족하는 것은 결코 쉬운 일이 아니다. 아니, 가장 실천하기 어려운 일에 속한단다. 그것이 행복의 지름길임을 뻔히 알면서도 좀체 그런 마음을 갖지 못하는 것이 우리의 현실이다. 어빈은 어떻게 하면 감사와 만족을 실천할 수 있을까에 남다른 관심과 통찰을 가진 철학자다. 그리스 로마 시대에 풍미했던 스토아 철학에서 답을 찾고자 한다. 금욕과 절제가 그것이다.

그는 인간이 만족할 줄 모르는 이유는 심리학자들이 말하는 '쾌락 적응' 현상 때문이라고 진단한다. 사람은 누구나 간절히 원하는 것을 얻을지라도 금방 싫증을 느끼고 흥미를 잃는다. 고급 승용차나 명품 가방을 구입했을 때 흔하게 경험하는 심리다. 더 새롭고 더 멋진 대상을 욕망함으로써 쾌락의 쳇바퀴에 갇히게 된다. 행복이 일순간에 끝나버리는 것이다. 어빈은 행복을 지속하기 위해서는 쾌락에 익숙해지는 과정을 중단시킬 필요가 있다고 말한다. 이를 위해서는 추가적인 욕망을 스스로 통제하지 않으면 안 된다.

"욕망을 통제하라. 행복해질 수 있는 최상의 가능성은 방종의 삶을 버리고 자신을 단련시키며, 어느 정도 자신을 희생하며 사는 것에 있다."

옛 스토아 철학자들은 쾌락을 자제하는 것이 쾌락일 수 있다고 생각했다. 자발적 절제의 효과를 말한다. 계속되는 쾌락으로는 궁극적으로 행복을 손에 넣을 수 없다는 것이다. 욕망을 채우려고 애쓸 것이 아니라 욕망을 지배하는 것이 행복으로 나아가는 길이다. 욕망을 통제하고 지배하는 방법은 사람마다 다를 수 있다. 단순하게 사는 방법을 터득해서 실천하는 것이 가장 중요해 보인다. 자선을 행하는 것도 좋은 방법이다. 최종적인 답은 금욕과 절제가 아닐까 싶다.

83%만 좋으면 된다

*

에드 디너

1946~2021

미국의 심리학자. '국제 삶의 질 연구회' 대표 역임. 행복에 '주관적 안녕감' 개념 도입.
저서로《모나리자 미소의 법칙》등 다수.

행복은 기쁨의 강도가 아니라 빈도다.
행복은 장소가 아니라 과정이며, 목적지가 아니라
여행하는 방법이라는 사실을 이해하는 것이 가장 중요하다.

에드 디너는 "행복이란 심리적 부富이고, 주관적 안녕감이며, 삶에 대한 긍정적 생각과 삶을 잘 꾸려가고 있다는 느낌"이라고 정의했다. 행복은 물질적 부가 아니요, 객관적 안녕감도 아니라는 뜻이다. 자기 스스로 마음 편하고 인생을 그런대로 잘 영위하고 있다고 생각하면 행복하다는 것이다. 디너가 미국 최고 부자들의 행복도를 조사해본 결과, 그들에게 행복감을 느끼게 하는 것은 대저택이나 명품 의류 같은 물질적 부가 아니라 화목한 가정, 사랑 같은 정신적 부라는 사실을 밝혀냈다.

"행복한 사람과 불행한 사람의 차이는 가진 자와 못 가진 자의 차이가 아니다. 객관적으로 얼마나 가졌느냐 보다 이미 가진 것을 얼마나 좋아하느냐가 행복과 더 깊은 관련이 있다."

그는 일상에서 기쁜 일만 있다고 반드시 행복한 게 아니라고 말한다. 심리학자인 아들과 함께 저술한《모나리자 미소의 법칙》에서 기쁨과 슬픔의 조화가 중요하다고 했다. 레오나르도 다빈치가 그린 '모나리자' 그림 속 여인의 매력은 83%의 기쁜 표정과 17%의 슬픈 표정이 조화를 이룬 결과물이라는 것이다. 행복을 이루는 데 굳이 기쁨이 100%일 필요가 없다는 뜻으로 이해된다. 적당한 양의 고난 고통은 나쁘지 않다는 것이다. 이 지점에서 디너는 행복감이 넘쳐나서는 안 된다고 말한다. 아무리 퍼 마셔도 마르지 않는 샘처럼 적당한 수준의 행복이 지속되는 것이 좋단다. 행복이 기쁨의 강도가 아니라 빈도임을 강조한 이유다.

그런 면에서 소확행이 좋다는 말은 설득력이 있다. 큰 행복은 이뤄낼 가능성이 희박한 데다 이루는 과정에서 시련을 겪을 수가 있다. 이룬다 해도 성취의 기쁨이 지속된다는 보장도 없다. 진정한 행복을 바란다면 작지만 의미 있는 기쁨에 눈길을 보낼 줄 알아야겠다.

작은 일에서 즐거움을 찾아라

*

헨리 워드 비처

1813~1887

미국의 목사, 사회개혁운동가, 연설가.
노예제 폐지와 여성 참정권 운동 전개.

행복해지길 바란다면 작은 일에서
기쁨을 발견하는 마음의 눈을 길러야 한다.
작은 일에서 즐거움을 얻는 일에 익숙해질수록
행복지수가 높아진다.

비처는 인생을 한껏 즐기며 살다 간 사람이다. 천성적으로 남 앞에 나서길 좋아했으며, 사회문제에 사사건건 목소리를 냈다. 설교나 연설을 할 때 불경스러운 유머와 신파조 제스처를 마다하지 않아 연예인 뺨치는 인기를 누렸다. 일상에서 느끼는 행복감을 꽤나 중시하며 산 것으로 짐작된다.

그는 행복을 위해서는 작은 일에서 즐거움을 발견하라고 조언했다. 나아가 작은 일에서 즐거움을 발견할 수 있는 마음의 눈을 가지라고 했다. 행복은 마음먹기 나름이라고 했으니, 누구나 작은 것에서 의미 있는 기쁨을 발견할 수 있어야 행복하다는 뜻으로 이해된다.

그렇다. 큰 기쁨을 동반하는 큰 행복만을 바라보다가는 일상에서 쉽게 발견할 수 있는 작은 행복을 모두 놓칠 수도 있다. 도대체 큰 행복이란 무엇인가? 크게 명성을 얻거나 일확천금을 거머쥐면 큰 행복감을 느낄 수 있을 것이다. 하지만 그런 행복은 잘 찾아오지 않을뿐더러 오더라도 금방 달아나버릴 가능성이 있다. 그보다는 쉽게 구할 수 있는 작지만 확실한 행복을 찾아 순간순간 즐기는 것이 더 효율적일 수 있다. 이를 위해서는 미래의 행복을 위해 현재를 희생하는 방식을 더 이상 취하지 않겠다고 마음속으로 선언해야 한다.

작은 행복을 통해 진정한 행복을 누릴 수 있으려면 작은 것에 만족하고 감사할 줄 아는 마음을 가져야 한다. 행복을 찾는 데 만족을 통한 감사는 다른 어떤 마음보다 중요하다. 행복의 주인이 남이 아니라 자기 자신임을 자각할 때 그런 마음이 생긴다. 비처는 이런 말을 남겼다.

"감사는 영혼에서 피어나는 가장 아름다운 꽃이다."

"은혜를 모르는 마음 다음으로 견디기 힘든 것이 감사함을 모르는 마음이다."

마음속이 자유로우면 감사한 일이다

*

스티븐 호킹

1942~2018

영국의 물리학자. 블랙홀과 빅뱅의 존재를 수학적으로 증명.
저서로《시간의 역사》,《위대한 설계》등 다수.

비록 내가 움직일 수도 없고, 컴퓨터를 통해야만 말할 수 있다 해도,
나의 마음속에서 나는 자유롭습니다.

희귀병에 걸려 평생 중증 장애를 짊어지고 살다 간 천체물리학자 호킹은 과연 행복했을까? 빅뱅 이론으로 일찌감치 세계적 명성을 얻고, 저술 인세 덕에 경제적으로 제법 풍족했으니 인생 전체로 볼 때 크게 불행하지 않았을 수는 있겠다. 그렇다고 마냥 행복했을 리 만무하다. 전도유망하던 21세 과학도가 루게릭병 진단을 받고 길어야 2년밖에 못 살 것이란 얘기를 들었을 때 청천벽력이었을 것이다. 다행히 병의 진행이 느려 예상 밖으로 76세까지 생명을 연장할 수는 있었다. 사랑하는 사람과 결혼을 하고, 학문적 업적도 이룰 수

있었다.

제법 오래 살긴 했지만 남 도움 없이는 단 하루도 생활할 수 없을 정도로 큰 장애를 갖고 있었으니 얼마나 힘들고 불편했을까? 그는 40대 초반에 근육 위축과 폐렴 등의 합병증으로 기관지 절개 수술을 받는 바람에 폐에 꽂은 파이프로 호흡을 하고, 휠체어에 부착된 고성능 음성 합성기로 말을 해야 했다.

그는 무엇으로 행복을 찾으려 했을까? 심리적 자유를 특별히 중시한 것 같다. 서두에 소개한 그의 말이 그렇다. 비록 몸은 마비 수준일지언정 마음속은 자유롭단다. 무엇보다 마음이 자유로우면 행복하다는 걸 호킹은 알고 있었던 것이다. 호킹의 낙천적인 성격은 마음이 자유로웠기에 가능했을 것이다. 유머를 즐긴 것도 마찬가지다. 그는 자신의 장애에도 불구하고 평생 남들에게 희망을 심어주려고 애썼다. 정신적으로는 건강했다는 뜻이다.

"블랙홀은 더 이상 영원한 감옥이 아닙니다. 반대편이나 또 다른 우주로 탈출할 수 있습니다. 그러니 지금 자신이 블랙홀에 빠진 것처럼 막막하더라도 포기하지 마세요. 분명히 탈출구가 있습니다."

호킹은 발을 내려다보지 말고, 고개 들어 별을 바라보라고 했다.

사소하지만 행복한 순간 33가지

*

김성탄

1608~1661

중국의 명말청초 시기 문예비평가, 시인. 장자, 두시, 수호지 등을 집중적으로 비평한 《성탄육재자서》 저술.

넘치는 물이 출렁이듯 제 자식들이 옛글을 줄줄 외우고 있다. 그것을 차분히 지켜본다. 아, 이 또한 유쾌한 일이 아니냐.

김성탄은 인생을 아주 멋지게, 소신껏 살다 간 문학가다. 문재가 뛰어났지만 벼슬길에 나가지 않았으며, 평생 문예비평가의 길을 걸었다. 시도 즐겨 읊었다. 그는 호방하고 기개가 높았다. 관리들의 폭정을 비판하고 민중들의 삶을 어루만졌다. 뜻을 같이하는 사람들과 더불어 사당에 나가 폭정을 고발했다가 '선제의 영령을 뒤흔들어 놀라게 했다'는 죄목으로 처형당했다. 언행을 소신껏 하고, 힘없는 자를 도우며 살았기에 그의 마음은 언제나 기쁨으로 충만했을 것이다. 또 관직을 탐하지 않은 데서 알 수 있듯 큰 욕심이 없었다. 일상의 소소한 일에서 행복을 찾으려 했다.

그가 남긴 작품 '인생 33락樂'에 그런 마음이 오롯이 새겨져 있다. 어느 절에 갔다가 장마로 열흘 동안 갇혀 있으면서 인생의 즐겁고 유익한 순간들을 심심풀이로 정리해봤다는 게 그것이다. 서두에 소개한 문장은 그중 하나다. 자식들이 공부를 잘하고, 또 열심히 하는 모습을 지켜보는 부모의 마음이 자못 유쾌하단다.

33락 중엔 이런 것들이 포함되어 있다. 성 안에서 가장 인색한 것으로 소문난 구두쇠 영감이 죽었다는 소식을 들었을 때, 가난한 선비에게 필요한 돈을 건네준 다음 술 한잔 같이하자고 제안했을 때, 창문을 열어젖히고 방 안의 벌을 몰아냈을 때, 겨울 밤 창문을 열었는데 함박눈이 10센티 이상 쌓여있을 때, 여름철 큰 쟁반에 올려진 수박을 잘 드는 칼로 자를 때, 사타구니에 난 습진을 없애려고 뜨거운 김을 쏘일 때….

김성탄의 이런 행복 정도는 찾기 어렵지 않다. 행복하다고 생각하면 세상사 모든 일이 행복할 수 있다. 유대인들이 매일 잠자기 전 하루 동안 감사했던 일을 100가지 이상 찾아본다는 것과 유사해 보인다. 감사하다고 생각하면 모든 일이 감사한 일이다. 역시 행복은 마음먹기 나름이다.

이 순간 살아있다는 게 감사한 일이다

*

박경리

1926~2008

경남 통영 출생. 우리나라 현대문학을 대표하는 소설가. 김동리 추천으로 '현대문학'을 통해 등단. 저서로《토지》,《김약국의 딸들》등 다수.

세상은 아름답다. 살아볼 가치가 충분히 있다.
일순 일순 내가 살아있다는 인식은 행복한 것이다.
거실에 들친 초겨울 햇빛, 낙엽 하나, 거리를 지나가는 사람들, 아이들,
어느 것도 내게 소중하지 않은 것은 없다.

박경리의 청춘은 행복하지 않았다. 어린 시절 아버지는 어머니를 내치고 새살림을 차렸으며, 어머니는 장롱에 돈을 쌓아놓고도 여학교 등록금을 주지 않았다. 부모는 증오의 대상이었으며, 그에겐 늘 가난과 고독의 그림자가 드리워졌다. 남편은 한국전쟁 때 좌익으로 몰려 서대문형무소 수감 중 사망했다. 결혼한 지 4년 만의 일이며, 이때 박경리는 불과 24세. 설상가상으로 세 살짜리 아들을 불의의 사고로 잃었다.

살아갈 날들이 얼마나 암울했겠는가. 그에게 희망과 용기의 끈이

되어준 것은 독서와 글쓰기였다. 문학소녀 박경리가 본격적으로 시와 소설을 쓰기 시작했고, 이를 계기로 삶의 의미를 찾을 수 있었다. 지적 장애 딸 때문에 실의에 빠져 있다 글쓰기로 재기한 미국 여류 작가 펄 벅을 연상케 한다.

박경리는 대하소설《토지》로 위대한 작가가 되었지만 그것은 젊은 날의 불행이 가져다준 귀한 선물이었다. 삶이 마냥 행복했다면 펜을 들지 않았을지도 모른다. 실제로 그는 어느 문학 행사에서 이런 말을 했다.

"나의 삶이 평탄했더라면 나는 문학을 하지 않았을 것입니다. 나의 삶이 불행하고 온전치 못했기 때문에 나는 글을 썼던 것입니다."

크게 성공했기 때문일까, 박경리는 나이 들어 곧잘 인생을 예찬했다. 서두에 소개한 글은 노년기에 쓴 일기문이다. 세상은 충분히 아름답고, 살 만한 가치가 있다고 했다. 살아있다는 자체가 행복이라고도 했다. 그에게 행복이란 지극히 소박한 것이다. 다시 태어난다면 일 잘하는 사내를 만나 깊은 산골에서 농사지으며 살고 싶다고 했다.

행복은 아이스크림이다

*

서은국

연세대 심리학과 교수. 행복학의 세계적 권위자. 과학적 방식을 활용한 행복 연구 중시.
저서로 《행복의 기원》 등 다수.

행복은 '한 방'으로 해결되는 것이 아니다.
모든 쾌락은 곧 소멸되기 때문에 한 번의 커다란 기쁨보다
작은 기쁨을 여러 번 느끼는 것이 절대적으로 중요하다.

심리학에 '쾌락의 쳇바퀴 이론'이란 것이 있다. 어떤 일로 유발된 심리나 정서가 시간이 지나면 익숙해져서 제자리로 돌아가는 적응 현상을 말한다. 행복이란 관점에서 보면, 크나큰 노력의 결과물인 대학합격이나 취직, 승진의 기쁨이 금방 시들해지는데 야속한 일이 아닐 수 없다. 서은국은 이런 심리를 중시하며 행복을 아이스크림에 비유한다.

"객관적인 삶의 조건들은 성취하는 순간 기쁨이 있어도 그 후 소소한 즐거움을 지속적으로 얻을 수 없다는 치명적인 한계가 있다.

결국 행복은 아이스크림과 비슷하다는 과학적 결론이 나온다. 아이스크림은 입을 잠시 즐겁게 하지만 반드시 녹는다. 내 손 안의 아이스크림만큼은 녹지 않을 것이라는 환상, 행복해지기 위해 인생의 거창한 것들을 좇는 이유다."

그렇다면 아이스크림을 보관할 수 있는 냉장고를 두고 천천히 조금씩 맛볼 수 있어야겠다. 서은국은 말한다.

"행복은 복권 당첨 같은 큰 사건으로 얻게 되는 것이 아니라 초콜릿 같은 소소한 즐거움의 가랑비에 젖는 것이다."

행복은 거창하고 드라마틱하기보다 작고 평범한 데서 찾는 것이 효율적이다. 서은국 등의 연구에 따르면, 한국인이 하루 동안 가장 즐거움을 느끼는 것은 먹을 때와 대화할 때라고 한다. 식탁의 모습이 떠오른다. 가정에서든 사회에서든 먹고 마시며 대화하려면 사람이 필요하다. 가족, 연인, 친구, 직장동료, 이웃…. 서은국은 여기서 외향적인 사람이 내향적인 사람보다 더 행복하다고 진단한다. 사람을 즐겨 찾고 그들과 많은 시간을 보내는 외향적인 사람이 자극을 추구하고, 자기 확신이 높고, 보상이나 즐거움을 늘리는 데 관심이 많기 때문이란다. 다들 사회성이 중요하다고 말하는 이유 아닐까 싶다.

적게 내려놓으면 작은 평화를 얻을 것이다.
많이 내려놓으면 큰 평화를 얻을 것이다.
완전히 내려놓으면 완전한 평화를 얻을 것이다.

PART 8

욕심이야말로
불행의
주범이다

행복은 소유하는 데 있지 않고 존재하는 데 있다

*

에리히 프롬

1900~1980

독일 출신의 정신분석학자, 철학자. 정치적 화해를 주창한 사해동포주의자.
저서로 《소유냐 존재냐》, 《사랑의 기술》 등 다수.

현대산업사회를 살아가는 사람들은
자신이 소유하고 있는 것이 많아질수록 더욱 행복할 것이라는
환상 속에 살아가고 있다. 그러나 인간은 더 많이 소유하는 것이 아니라
더 많이 존재하는 것으로 행복해질 수 있다.

행복이 결코 가진 것의 크기에 좌우되지 않는다는 사실을 밝히려고 평생을 바친 사람이 있다. 프롬은 《소유냐 존재냐》라는 저서를 통해 헛된 소유욕에 휘둘리지 말고, 살아있다는 사실 자체에 기쁨을 느끼고 인간과 자연을 사랑하라고 주문했다. 그런 삶 속에서만 진정한 행복을 누릴 수 있다는 게 그의 생각이었다.

프롬은 책에서 소유 양식의 삶과 존재 양식의 삶을 명쾌하게 비교한다. 소유 양식은 찰나적 쾌락을 주는 반면, 존재양식은 정신적 즐거움을 준다. 쾌락은 감각적인 욕망이나 재물욕, 권력욕, 명예욕

을 충족시킬 때 느끼는 감정이다. 반면 정신적 즐거움은 사랑과 지혜를 얻고 자유롭고 능동적인 환경을 맞이할 때 느끼는 감정이다. 그런데 사람은 존재양식에 의한 즐거움을 느낄 때 비로소 올바른 인생을 산다는 생각을 하게 된다. 소유 양식에 의한 쾌락이 아무리 클지라도 참된 인생이 아니라는 생각 때문에 행복할 수 없다는 게 프롬의 결론이다. 행복하기 위해서는 존재 양식의 삶이 중요함을 인식하고 소유욕, 특히 탐욕에서 하루빨리 벗어나야 한다.

"탐욕은 결코 만족할 수 없는 무언가를 이루려고 끝없이 노력함으로써 사람을 고갈시키는 밑바닥 없는 수렁이다."

그는 또 모든 생명 사랑하기, 과거에 대한 후회와 미래에 대한 걱정하지 않기, 지혜로운 사람 되기, 자기 수양하기 등을 주문했다. 어느 것 하나 쉬운 일이 아니다. 프롬은 불교 등 동양사상에 관심이 많았으며, 평소 명상을 즐겼다. 명상 중에 그는 이런 기도를 했을 것 같다.

"저도 행복해지고 싶습니다. 소유하는 집착에서 벗어나게 해 주소서."

행복은 소유할 수 없으며 다만 추구할 뿐이다

*

안톤 체호프

1860~1904

러시아의 소설가, 극작가. 현대 단편 소설의 이정표를 세웠으며, 러시아 3대 작가로 꼽힘.
저서로《갈매기》,《세 자매》등 다수.

행복한 사람은 지금이 여름인지 겨울인지 잘 알지 못한다….
우리는 행복을 소유할 수 없으며 다만 추구할 뿐이다.

체호프는 작가로 일찌감치 명성을 얻었지만 행복하지만은 않았다. 점차 기울어져 가던 당시 제정 러시아를 연상케 한다. 할아버지는 해방된 농노였으며, 아버지는 잡화상을 하다 체호프가 중학생 때 파산했다. 청소년기 내내 가난과 씨름해야 했다. 그는 30세 무렵 결핵에 걸려 줄곧 병마와 싸워야 했고, 불과 44세에 삶을 마감했다. 그럼에도 체호프의 작품은 어둡지 않고 대부분 밝고 명랑하다. 희망을 건네는 내용이 주를 이룬다. 이런 표현이 대표적인 예다.

“우리는 평화를 찾을 것이다. 천사의 소리를 들을 것이며, 다이아

몬드로 빛나는 하늘을 볼 것이다."

어떤 작품에는 워낙 유머가 많아 코미디 작가가 썼다는 생각이 들 정도였다. 그의 작품이 지금도 세계인의 사랑을 받는 이유다. 서두에 소개한 문장은 그의 유명한 희곡《세 자매》에 나오는 말이다. 행복은 소유할 수 없으며 단지 추구할 뿐이란다. 행복해지려고 욕심부릴 것이 아니라 그것을 찾는 과정에 충실하고, 즐거움을 누리는 것이 좋다는 메시지다. 그가 작품에서 허위의식을 배척하고 내면의 긍정적 심리를 묘사하는 데 주력한 것도 같은 맥락으로 이해된다. 그런 차원에서 체호프는 일(노동)의 중요성을 특별히 강조했다. 행복을 추구하는 과정에 열심히 일하는 것은 필수라는 생각이었다. 삶에서 기쁨과 슬픔, 건강과 질병은 수시로 교차되기 때문에 일희일비하지 말라고 조언한다. 그가 한 말이다.

"인간이란 부지런히 일하고 슬퍼도 하고 병들어 아프기도 해야 한다. 일도 하지 않고 슬픈 일도 없는 인간은 천국에 갈 수 없다."

그는 숨을 거두기 직전 아내가 지켜보는 가운에 포도주로 목을 적셨다. 그러고는 지그시 미소 지으며 이런 말을 남겼다.

"오랜만에 마셔보는 포도주인걸…. 맛이 좋아."

행복은 나비와 같다

*

나다니엘 호손

1804~1864

미국의 소설가. 낭만주의 문학의 선구자. 영국 리버풀 주재 총영사 역임.
저서로《주홍글자》,《큰 바위 얼굴》등 다수.

행복은 나비와 같다.
따라가려 하면 자꾸 당신 손아귀를 벗어난다.
하지만 당신이 가만히 앉아있으면 아마
당신 어깨 위에 살포시 앉을 것이다.

호손은 단편 소설《거대한 석류석》을 통해 진정한 행복이 무엇인지 말하려 했다. 거대한 석류석을 구하고자 모험가 6명과 신혼부부 등 8명이 한곳에 모였다. 그들은 각자 그것을 찾는 이유를 들어보았다. 팔아서 큰돈을 챙기겠다, 성분 분석을 통해 과학적 명성을 얻겠다, 가문을 기리는 영광의 상징으로 삼겠다, 시골 오두막집에서 석류석 빛으로 긴 겨울밤을 밝히겠다….

이들은 석류석을 발견하긴 했지만 취하지는 못한다. 함께 산을 오르다 마법의 호수 위 절벽 꼭대기에 솟아난 석류석의 강렬한 빛에 눈이 먼다. 그러자 다들 자기만족의 길을 걷는다. 특히 신혼부부는 석류석 빛으로 시골집을 밝히는 대신 은은한 달빛에 만족을 느끼게 된다.

호손은 행복을 나비와 같다고 했다. 욕심에 사로잡혀 잡으려고 애쓰면 도망가버리지만 마음을 비우고 가만히 멈춰 있으면 스스로 다가오는 것이 행복이란다. 진정 행복해지고 싶다면 욕심을 줄이고 만족하는 것이 중요하다는 메시지를 담고 있다. 우리는 행복을 얻고자 갖은 애를 쓰지만 욕심이 끝이 없는 까닭에 그것을 손에 넣기가 쉽지 않다. 아직 갖지 못한 것을 갖기 위해 애쓰느라 이미 가진 것의 진가를 모르는 우를 범하곤 한다. 행복을 좇아 정신없이 달리다 보면 행복은커녕 예상 밖 불행이 닥칠 수도 있다.

가끔은 자기 삶을 되돌아보는 여유를 가져야겠다. 누구에게나 숨고르기가 필요한 때가 있다. 골프나 노래도 힘이 들어가면 좋은 성적을 낼 수 없듯이 행복 찾기 여정에도 힘 빼기가 필요하다. 모든 사람이 만족하는 최고의 행복이란 이 세상에 없다. 자기만족이 무엇보다 중요하다.

대평원에서 말을 달리는 아메리카 인디언들은 가끔 멈춰 서서 달려온 길을 뒤돌아 본다. 미처 따라오지 못한 자기 영혼을 기다리기 위해서란다.

행복을 인생의 목적으로 삼지 말라

*

존 스튜어트 밀

1806~1873

영국의 공리주의 철학자, 정치경제학자. 불의에 저항하는 활동가이자 페미니스트.
저서로 《자유론》, 《정치경제학 원리》 등 다수.

행복에 이르는 유일한 길은 자신의 행복을
인생의 목적으로 삼지 않는 것이다. 행복 아닌 다른 어떤 것,
즉 그 자체를 목적으로 추구하는 예술이나 연구에
자신의 정신을 집중하는 사람만이 행복하다.
인생의 즐거움을 중요한 목적으로 삼지 않고,
지나가는 길에 얻을 수 있을 때 행복해진다.

밀은 아버지의 독창적인 '밀봉 교육'으로 성공한 사상가다. 친구들과 어울려 노는 것을 철저히 봉쇄당한 상태에서 영재교육을 받은 결과 20대에 이미 명망 있는 철학자 반열에 올랐다. 하지만 그는 20세 무렵 정신적으로 심각한 위기를 겪어야 했다. 수년간 글쓰기를 중단하지 않으면 안 될 정도였다. 아버지의 반대를 무릅쓰고 당대 저명한 시인들과 교류하면서 겨우 정상을 되찾을 수 있었다. 첫머리에 소개한 문장은 그의 자서전에 나오는 표현으로, 정신적 위기를 극복하면서 정립한 그의 행복론이다.

밀은 행복을 자기 인생의 목적으로 삼을 경우 오히려 행복은 저 멀리 달아난다고 보았다. 행복은 타인의 행복이나 인류의 진보라는 다른 목적을 추구할 때 주어진다고 생각한 것이다. 행복은 삶의 의미를 찾는 과정에서 우연히, 자연스럽게 나타난다고 했다. 그 자신도 이런 생각을 바탕으로 절제된 행복을 추구했다.

"나는 지금까지 욕망을 충족시키려고 힘쓰기보다는 그것을 제한함으로써 행복을 구하는 방법을 배웠다."

그렇다. 누구에게나 욕망이 목표가 된다면 그에 따른 행복은 지속하기 어렵다. 욕망 충족에 의한 만족감은 잠깐일 뿐, 더 커진 욕망으로 불만족스러워질 것이기 때문이다. 살면서 욕망을 아예 갖지 말라는 얘기가 아니다. 욕망을 갖되 적당히 절제할 수 있어야 만족감으로 행복을 이어나갈 수 있다.

행복을 인생의 목적으로 삼지 않고, 욕망을 절제하다 보면 그 과정에서 삶의 참된 의미를 발견할 수 있다. 이럴 때 진정한 행복이 찾아올 것이다.

완벽주의자보다 최적주의자가 좋다

*

탈 벤 샤하르

1970~

미국의 심리학자. 하버드대 행복학 강의를 계기로 전 세계에 행복 열풍을 불러일으킴.
저서로《완벽의 추구》,《해피어》등 다수.

완벽을 추구하는 것은 제한적 천성에 속한다.
모든 일에서 완벽해지려는 것은 천성에 위배되는 행위이다.
하버드대생뿐 아니라 많은 사람이 불행한 원인은
바로 완벽주의에 있다.

샤하르는 인생에서 완벽주의자는 절대 행복할 수 없다고 말한다. 최고 엘리트 집단인 하버드생들을 관찰한 결과다. 그가 정의하는 완벽주의자란 자신을 통제하지 못하며, 실패에 대한 공포로 가득 차 있는 사람이다. 언제나 최고를 추구하기 때문이다.

샤하르는 완벽주의자 대신 최적주의자가 되라고 말한다. 둘의 차이는 이렇다. 완벽주의자는 실패를 극도로 두려워하며 자기 자신보다는 타인의 평가를 더 두려워한다. 하지만 최적주의자는 실패를 하나의 과정으로 생각하며 발전할 수 있는 기회로 여긴다. 최적주의자는 타인의 의견과 충고를 잘 받아들이지만 완벽주의자는 그것에 불쾌감을 드러낸다. 샤하르에 따르면, 최적주의자의 경우 성공과는 별개로 친구들과 어울리는 과정을 매우 중시한다. 하지만 완벽주의자는 자유로운 휴식과 일탈의 공간을 허용하지 않고 마치 기계처럼 행동한다.

최적주의자는 실패해도 크게 실망하지 않고, 무슨 일이든 잘될 거라고 낙관하는 경향이 있다. 반면 완벽주의자는 실패에 대한 낙담이 매우 크고, 평소에도 실패에 대한 두려움 때문에 행동에 소극적이다. 완벽주의자는 자신의 생각과 외부의 생각이 다르다는 것을 인정하지 못하고 불쾌해한다. 이런 완벽주의자가 행복할 리 없다. 남을 의식하기 때문에 쉽게 우울증에 빠지기도 한다. 심지어 행복하지 않으면서 행복한 척 가장하기도 한다. 이런 태도는 남들을 불쾌하게 만들기 십상이다.

행복은 일정 부분 내려놓는 데서 시작된다. 가끔은 완벽을 추구하는 것도 나쁘지 않겠지만 일상이 모두 완벽할 필요는 없다. 실패도 자연스럽게 받아들일 수 있는 심리적 여유를 가져야겠다. 일도 쉬어가면서 하는 것이 좋다. 샤하르는 잠을 하루 7~9시간 이상 꼭 자라고 말한다.

집착을 버려라

*

아잔 차

1918~1992

태국의 상부좌 불교를 대표하는 승려. '남방의 선승'이라 불리며 생전에 세운 완빠퐁 사원은 전 세계에 약 300개 지부를 두고 있음.

세속의 행복은 그 속에 집착이 담겨있으며 늘 고통에 묶여있다.
고통은 도둑을 쫓는 경찰관처럼 뒤따라온다.
진정 행복하려면 다른 사람을 볼 필요도, 그들의 덕이 부족하다고
비판할 필요도 없고 자신의 몸과 마음을 차근차근 수행해야 한다.

아잔 차는 20세기 불교계의 최고 스승으로 꼽힌다. 명상을 통해 지혜를 얻고 마음의 평화를 찾으려는 사람들이 줄지어 그를 방문했다. 법문이 쉽고 단순 명쾌한 데다 생동감과 유머가 넘쳐 서양인들에게 특히 인기가 많았다. 기독교 등 다른 종교에 대해서도 열린 마음이었다. 그는 단순함과 버림의 생활을 실천했다. 누구든지 자기를 내려놓아야 행복해진다는 사실을 몸으로 가르치려 했다. 이런 멋진 말을 남겼다.

"적게 내려놓으면 작은 평화를 얻을 것이다. 많이 내려놓으면 큰

평화를 얻을 것이다. 완전히 내려놓으면 완전한 평화를 얻을 것이다."

아잔 차는 행복을 구하는 길에 가장 큰 걸림돌은 집착이라고 보았다. 집착을 버리고 내려놓으면 행복은 저절로 다가온다고 했다. 누구나 알면서도 실천하기 어려운 일이다. 돈과 권력, 그리고 명성에 대한 집착을 버리기가 어디 쉬운 일인가. 내려놓으면 마치 큰일이라도 일어나는 것처럼 움켜쥐려고 발버둥치는 게 대다수 우리들의 모습이다.

아잔 차의 가르침은 어렵지 않아서 좋다. 있는 그대로의 삶을 통해 행복해지는 법을 제시했다. 그는 삶이 곧 수행이니 삶 속에서 수행하라고 했다. 아무것도 붙잡지 말고, 심지어 깨달으려고 애쓰지도 말라고 가르쳤다. 자연스럽고 균형 잡힌 삶이 좋다고 했다. 그 일환으로 중용을 강조했다.

"극단으로 흐르는 삶에는 지혜가 자리잡기 어렵다. 알맞게 먹고, 알맞게 자고, 알맞게 말하는 등 기본적인 것에 유의하는 것이 중요한 수행이다."

집착하지 않고 마음을 비우는 일, 결코 쉽지 않다. 그러나 행복을 위해서는 필요한 일임에 틀림이 없다.

감사 인사를 바라지 말라

*

데일 카네기

1888~1955

미국의 자기계발 전문가. 실용성과 현장감을 겸비한 자기계발 강연으로 명성을 떨침.
저서로 《인간관계론》, 《행복론》 등 다수.

은혜를 모른다고 고민하지 말라.
예수는 열 명의 나병 환자를 고치고 오직 한 명에게서
감사의 말을 들었다. 우리가 예수 이상으로 감사받기를
원할 수 있겠는가. 행복을 발견하는 유일한 방법은
감사를 기대하지 않는 것이다.

카네기의 저서 《행복론》은 근심 걱정에서 벗어남으로써 행복을 찾는 방법에 초점을 맞추고 있다. 걱정을 해소하지 못하면 절대 행복할 수 없다는 생각이다. 그는 '평화롭고 행복한 정신 상태'를 기르는 7가지 방법을 제시했다. 그중에서도 은혜를 베풀었을 때 대가를 바라지 말라는 조언이 새삼 중요하게 와 닿는다. 누군가에게 선행을 했으면 대가나 감사 인사를 받고 싶은 것이 인지상정이다. 그럼에도 카네기는 그걸 바라지 말란다. 그래야 행복할 수 있다는 것이다.

"인간이 감사한 마음을 잊는 것은 지극히 자연스러운 일이다. 그러므로 굳이 상대방으로부터 고맙다는 인사를 바라면서 마음을 괴롭히는 것은 스스로 괴로움을 찾는 원인이 된다."

"어쨌든 감사를 기대해선 안 된다. 그러면 간혹 조금이라도 감사 인사를 받게 될 때 놀라운 기쁨이 생길 것이고, 설령 인사를 받지 않는다 해도 별로 실망하지 않을 것이다."

예수가 감사 인사에 연연하지 않았다는 카네기의 통찰이 놀랍다. 성경에 따르면, 예수는 길을 가다 나병 환자 열 명을 동시에 고쳐주었다. 그런데 이방인인 단 한 명만 엎드려 감사 인사를 했다. 그러자 예수는 이렇게 묻는다.

"열 사람이 깨끗해지지 않았느냐? 그런데 아홉은 어디에 있느냐?"

모두 달아나버리고 없었던 것이다. 하지만 예수는 그것을 문제 삼거나 섭섭해하지 않았다. 동서양의 선현들은 이구동성으로 배은망덕을 나쁜 성정이라 지적하지만, 카네기는 그것이 인간의 보편적인 모습이라고 말한다. 꽤 현실감 있는 진단 아닐까 싶다. 감사 인사를 기대했다가 실망하는 것은 불행이다. 그러니 아예 기대하지 않는 것이 마음 편할 수 있다.

경제학자의 행복 방정식

*

폴 새뮤얼슨

1915~2009

미국의 경제학자. 노벨 경제학상 수상. 케네디 대통령 시절 경제 브레인으로 활약. 저서로《경제분석의 기초》등 다수.

행복 = 소유(소비, 성취) ÷ 욕망(욕심, 기대)

새뮤얼슨은 간단명료한 방정식 하나로 행복을 설명했다. 인간의 행복지수는 분자인 소유, 혹은 소비가 늘어나면 커지고 그것이 줄어들면 작아진다. 반대로 분모인 욕망이 늘어나면 행복지수가 작아지고 그것이 줄어들면 커진다.

경제학자다운 발상이다. 물질적 소유를 행복의 기초로 본 것이다. 자본주의 사회를 살아가는 우리가 이를 부정할 수는 없다. 소유를 늘려 성취와 소비의 기쁨을 누리려고 안간힘을 쓰는 게 대다수 우리들의 모습이다. 그 과정에서 비교적 쉽게 행복을 맛볼 수 있는 것도 사실이다.

하지만 소유를 통한 행복 증진에는 장애물이 있다. 욕망이 그것이다. 단순한 욕망을 넘어 탐욕의 지경에 이르면 행복은 얻기 어렵다. 소유가 아무리 늘어도 욕망이 도를 넘으면 불행할 수밖에 없다. 새뮤얼슨이 행복 방정식을 내놓은 것은 이 점을 말하기 위해서라고 생각된다. 탐욕에 대한 경고다.

문제는 대다수 사람들에게 욕망은 끝이 없다는 사실이다. 밥이나 빵은 일정량을 먹고 나면 배가 부르지만 돈에 대한 욕망은 무한하다. 돈이란 마치 바닷물과 같아서 돈이 든 물은 마시면 마실수록 더 목마르다고 한 철학자의 말에 나는 동의한다. 더 많은 것을 가지려고 수단 방법 가리지 않고 설치다 낭패당하는 사람들을 현실에서 흔하게 보지 않는가. 안타까운 일이다. 진정으로 행복을 원한다면 욕망을 줄이지 않으면 안 된다. 소유를 무한정 늘리는 데는 누구에게나 한계가 있기 때문이다. 소유를 늘리려고 몸 상해가며 평생 일만 하는 건 어리석은 짓 아닐까. 자기 자신뿐만 아니라 남들 보기에도 서글프다.

매년 발표되는 세계 각국 행복지수 조사에 따르면, 행복은 결코 재산이나 소득순이 아니다. 가진 것의 정도와 관계없이 남과 비교하지 않고 만족하는 삶이 행복의 지름길이다. 욕심 내려놓기가 기본 전제다.

부조리에 반항했던 작가의 솔직한 고백

*

알베르 카뮈

1913~1960

프랑스의 소설가, 극작가, 사상가. 무신론적 실존주의 철학자. 노벨 문학상 수상.
저서로《이방인》,《페스트》등 다수.

가난은 행복의 큰 적이다. 당신이 불행한 부자라 해도
가난한 것보다는 행복하다.
돈이 없어도 행복해질 수 있다는 생각은
정신적 허영이다.

부조리에 반항했던 사상가이자, 소설《이방인》과《페스트》로 유명한 카뮈는 어린 시절 매우 가난했다. 포도농장 노동자였던 아버지가 1차 세계대전에 징집돼 곧바로 전사했기 때문이다. 귀가 잘 들리지 않는 어머니는 가정부로 일하며 겨우 생계를 유지했다. 그는 주변의 도움으로 가까스로 학교에 다닐 수는 있었지만 늘 가난이 마음을 아프게 했다. 어머니는 오래 입히려고 그에게 항상 크고 헐렁한 옷을 사주었다. 카뮈는 친구들에게 가난을 부끄러워하는 자신을 부끄러워했다고 어린 시절을 회고한 바 있다.

그런 카뮈에게 가난은 결코 행복일 수 없었다. 서두에 소개한 글은 돈과 행복에 대한 그의 솔직한 고백이라 할 수 있다. 돈이 없어도 행복해질 수 있다는 생각은 허영이라고 진단할 만도 하다. 하지만 가난에 무릎 꿇고 살 카뮈는 아니다. 가난과 함께 평생 자신을 괴롭힌 병마(결핵)와 전쟁을 부조리로 규정하고 이에 반항하는 삶을 살았다. 또 그런 글을 쓰며 세상을 바꾸고자 했다. 그가 쓴 철학 에세이《시지프 신화》에 이런 사상이 고스란히 담겨있다. 에세이는 이런 글로 마무리된다.

"산꼭대기를 향한 투쟁만으로도 인간의 마음을 채우기에 충분하다. 우리는 시지프가 행복하다고 상상하여야 한다."

신에게 도전했다가 평생 바위를 산꼭대기로 들어 올리는 형벌을 받게 된 그리스 신화 속 인물 시지프. 카뮈는 시지프를 통해 부조리의 전형을 보면서 동시에 행복을 발견하란다.

"인간이 할 수 있는 최선의 반항은 자살이 아니라 그 삶을 끝까지 이어나가는 것이다."

카뮈는 이런 담대한 자세로 살았기에 가난이 결코 그의 삶을 가로막는 장애가 되진 않았다. 반항하는 인간은 무엇이든 해낼 수 있음을 보여줬다.

죽을 때 미소 지을 수 있는 사람

*

김수환

1922~2009

한국 최초의 추기경. 천주교 서울대교구장 역임. 선종 때 '고맙습니다. 서로 사랑하세요'라는 유언을 남김.

많이 가진다고 행복한 것도, 적게 가진다고 불행한 것도 아닌 세상살이.
재물 부자이면 걱정이 한 짐이요, 마음 부자이면 행복이 한 짐인 것을.
죽을 때 가지고 가는 것은 마음 닦은 것과 복 지은 것뿐이라오.

김수환은 스스로를 바보라 칭하며, 헌신적인 사랑을 말하고 실천했다. 유언으로도 서로 사랑할 것을 당부했다. 첫머리 글 중에, 죽을 때 가지고 간다는 오직 하나 '마음 닦은 것과 복 지은 것'은 바로 사랑을 가리킨다고 봐야겠다. 마음이 부자라야 행복할 수 있는데, 마음 부자가 되려면 반드시 사랑을 실천해야 한다는 메시지다. 그는 울면서 이 세상에 태어났지만 죽을 때는 웃을 수 있는 인생을 살라고 했다.

"당신이 태어났을 때는 당신만이 울고 당신 주위의 모든 사람은 미소 지었습니다. 당신이 이 세상을 떠날 때는 당신 혼자 미소 짓고 당신 주위의 모든 사람이 울도록 그런 인생을 사십시오."

죽을 때 미소 지을 수 있으려면 사랑 실천이 필수 아닐까 싶다. 김수환은 사랑의 의미를 우산에 비유해서 이렇게 표현했다.

"삶이란 우산을 펼쳤다 접었다 하는 일이요, 죽음이란 더 이상 펼쳐지지 않는 일이다. 사랑이란 한쪽 어깨가 젖는데도 하나의 우산을 둘이 함께 쓰는 일이다."

그가 말하는 사랑은 가슴으로 하는 것이다. 머리와 입으로 하는 사랑에는 향기가 없다며 이해, 관용, 포용, 자기 낮춤을 통해 진정한 사랑을 실천하라고 가르쳤다. 사랑 가운데 가장 고귀한 사랑은 역시 자선이 아닐까 싶다. 가난하고 소외된 이웃을 돕고 혼자서 조용히 느끼는 내면의 희열이야말로 행복의 지름길이다. 받는 사람 못지않게 주는 사람에게도 큰 행복을 건넨다는 점에서 자선은 최고의 미덕이라 하겠다. 김수환은 돈이 없어 손 내미는 사람에게는 무조건 주라고 했다.

"지금 당신이 가진 것은 당신 것이 아닙니다. 주님께서 잠시 당신에게 맡겨 놓은 것일 뿐입니다."

행복을 위해 모든 욕구가 채워지기만을 기다린다면
절대로 행복할 수 없다.
오히려 불행하지 않기에
행복하다고 생각해야 한다

PART 9

소박함이 화려함을 이긴다

생각과 말과 행동을 단순하게 하라

*

헨리 데이비드 소로

1817~1862

미국의 수필가, 소설가, 시인. 노예제도 폐지 및 조세저항 운동 전개.
저서로《월든》,《시민의 불복종》등 다수.

우리에게 절대적으로 필요한 것은 별로 많지 않다.
남아도는 부는 쓸데없는 것들만 사들인다.
자유를 소중히 여기면 좀 험하게 살아도 얼마든지 행복할 수 있다.
소박하게만 산다면 먹고사는 일은 힘겨운 일이 아니다.
간소하게, 간소하게, 간소하게 살아라. 단순화하라. 단순화하라,
단순화하라. 생각과 말과 행동을!

소로는 진정한 자유와 행복을 찾겠다며 자연을 벗삼아 살았다. 명문 하버드대를 졸업했으나 세속적 성공에는 관심이 없었다. 미련 없이 도회지를 떠나 숲과 호수를 찾아 나섰다. 남의 시선이나 평가를 거부하고, 자기만의 단순 소박한 삶을 추구했다. 특히 그는 20대 후반에 고향인 매사추세츠주 콩코드 지방의 월든이라는 조그마한 호수 변에 손수 오두막집을 짓고 2년 2개월간 혼자 생활했다. 그때의 생각과 경험을 서술한 책이 불후의 산문집《월든》이다. 첫머리에 소개한 글은 이 책에 나오는 표현이다. 그는 호수를 찾아간 이유

를 이렇게 썼다.

"나는 삶이 아닌 삶을 살고 싶지 않아 월든 호숫가로 갔다. 진정한 내 삶을 찾기 위해서였다. 우리는 타인들이 인정하는 것만을 생각하며 살아간다. 사람들은 크고 화려한 집에 살면서 그 집값을 지불하느라 죽도록 고생하고 인생의 절반을 고스란히 바친다."

그는 문명을 등지고 원시적인 삼림 생활을 함으로써 행복을 체험하고자 했다. 통나무를 베어 집을 짓고, 밭을 일구고, 물고기를 잡았다. 하루 중 노동 시간은 그리 길지 않았기에 삶에 한껏 여유를 부릴 수 있었다. 그 어떤 것에도 구애받지 않는 자유로운 인간의 길을 모색한 것이다. 21세기 문명사회를 사는 우리가 소로가 걸었던 자연의 길을 따라 걷기란 쉽지 않다. 또 그런 길을 걷는다고 모두 행복하다는 보장도 없다. 하지만 소박하고 단순한 삶이 행복을 위해 중요하다는 사실을 아는 것은 특별한 의미가 있다.

가장 적은 것이 최고의 행복을 보장한다

*

프리드리히 니체

1844~1900

독일의 철학자, 심리학자, 문화비평가, 고전 문헌학자, 시인, 음악가.
저서로《짜라투스트라는 이렇게 말했다》등 다수.

가장 적은 것, 가장 나지막한 것, 가장 가벼운 것,
도마뱀이 바스락거리는 소리, 한 번의 숨결, 순간의 눈길,
이처럼 적은 것이 최고로 행복하게 해 준다.

'신은 죽었다'란 화두를 던져 19세기 서양 사상계를 발칵 뒤집었던 니체는 과연 행복했을까? 결론부터 말하면, 그다지 행복하지 못한 생을 살았다는 평가를 받는다.

목사의 아들로 태어나 24세 젊은 나이에 스위스 바젤대 교수가 되었지만 건강 악화로 일찌감치 그만두고 유럽 각지를 떠돌며 살아야 했다. 생전에 11권의 책을 썼지만 팔린 것은 500권이 채 안 된다. 여러 여성에게 청혼을 하지만 그때마다 거절당했다. 특히 지성과 미모를 갖춘 러시아 출신 작가 루 살로메를 열렬히 사랑한 나머

지 청혼했다 거절당한 뒤로는 깊은 우울증에 빠졌다. 니체는 45세 때부터 정신착란 증세를 보여 줄곧 정신병원에 수용되지 않으면 안 되었다. 광인이 된 그는 이후 11년을 더 살았다. 그러나 자기가 실존주의와 포스트모더니즘의 기초를 닦은 사상가로 유명해진 줄도 모른 채 죽었다.

니체는 가장 적은 것이 최고의 행복을 가져다준다고 했다. 첫머리에 소개한 문장은 그의 대표작 《짜라투스트라는 이렇게 말했다》에 나오는 표현이다. 거창한 것이 아니라 지극히 평범한 것 가운데서 행복을 찾으라는 메시지다. 그의 56년 인생길을 따라가 보면, 보통 사람들처럼 사랑하는 사람과 결혼해서 건강하게 살면 그게 바로 행복이라는 생각이 든다. 니체는 자신의 삶을 사랑하지 않으면 행복을 찾기 어렵다는 말도 했다.

"행복은 세상의 관념에 휘둘리지 않고, 강하고 단단한 나의 힘, 나다운 삶이 만드는 힘에서 나온다."

세속적으로는 작거나 적더라도 정신적 내면이 충만하면 얼마든지 행복해질 수 있다는 말로 이해된다. 그는 사랑에 실패하고 병마에 시달리는 삶 가운데서도 지적으로 탐구하는 시간만큼은 꽤나 행복했을지도 모른다.

불행하지 않으면 행복하다고 생각하라

*

앙드레 콩트 스퐁빌

1952~

프랑스의 철학자, 저술가, 대중 강연가.
저서로《필사적인 행복》,《사랑과 고독》등 다수.

행복을 위해 모든 욕구가 채워지기만을 기다린다면
절대로 행복할 수 없다. 오히려 불행하지 않기에
행복하다고 생각해야 한다. 우리는 지금 여기서, 자신이 하는 일,
자신의 본래 모습, 자신의 삶을 사랑할 때 행복할 수 있다.

스퐁빌은 행복 안내자임을 자처하고 있다. 행복을 주제로 전 세계를 돌며 강연하고 있으며, 한국에도 여러 차례 다녀갔다. 출간하는 책마다 수많은 언어로 번역될 정도로 인기다. 이를 위해 대학교 수직도 그만두었다.

그의 행복론은 매우 현실적이다. 행복을 무슨 대단한 것으로 생각하지 말라고 조언한다. 현재 상황에서 대체로 행복하다고 생각되면, 아니 불행하지 않으면 이미 행복한 것이라고 단정한다. 그는 행복을 희망하는 것에서 현재의 자기 삶을 사랑하는 것으로 생각을

바꾸는 게 중요하다고 말한다.

스퐁빌이 중시하는 것은 단순한 삶이다. 현재에 만족하면서 단순하고 간소한 생활을 할 때 진정한 행복이 찾아온다고 강조한다. 많고 복잡한 것은 욕심을 뜻하기 때문일 것이다. 행복을 위해 모든 욕구가 채워지길 기다린다면 절대 행복해질 수 없다는 스퐁빌의 단언에 주목해야겠다.

"단순한 사람은 과시할 것도 부끄러워할 것도 없이 산다. 단순함은 아무것도 첨가되지 않은 삶 그 자체이다. 단순함은 자유요, 유쾌함이며, 투명함이다. 공기처럼 상쾌하며, 공기처럼 자유롭다."

같은 취지로 스퐁빌은 행복을 추구하는 과정에서 만날 수 있는 고난 고통도 대수롭지 않게 넘기라고 조언한다. 체념과 포기를 받아들일 줄 알아야 한다는 것이다.

"우리는 오로지 우리가 인내하고 머무르고 겪어야 하는 절망의 양에 비례해서 행복을 소유할 수 있다."

그렇다. 험난한 인생길에 어떻게 좋은 일만 있겠는가. 우여곡절을 만나더라도 담담하게 받아들이면서 주어진 자기 삶 자체를 사랑하는 것이 무엇보다 중요하다. 하찮은 것, 힘든 것에서 삶의 의미를 찾을 줄 아는 사람이 행복하다.

빵 한 덩어리와 거처할 집만 있어도 행복하다

*

오마르 하이얌

1048~1131

페르시아의 시인, 수학자. 유클리드 기하학 발전에 공헌.
시집《루바이야트》가 영어로 번역되면서 시인으로 명성을 얻음.

이 세상에 빵 한 덩어리와 거처할 집이 있는 자는
누군가의 주인도 노예도 아니다.
그에게 '항상 행복하세요'라고 말하라.
왜냐하면 그는 행복의 세계를 소유하고 있기 때문이다.

하이얌은 천재였다. 수학과 천문학으로 큰 업적을 남겼으며 철학, 역사, 법률, 의학에도 해박했다. 죽은 지 700년이 지나서는 시집《루바이야트》가 서방 세계에 알려지면서 탁월한 시인으로 등극했다.

그는 이슬람 세계에서 궁정 생활을 하며 최고 엘리트로 살았지만 영혼이 자유로운 사람이었다. 포도주를 예찬했으며, 사후 세계에 대해 반신반의하는 듯한 태도를 취한 것으로 전해진다. 이런 인생관이 그의 시에 고스란히 묻어있다. 서두에 소개한 시처럼 행복에 대한 그의 소박한 생각이 담겨있다. 하이얌은 여러 시를 통해 우리네 인생의 불확실성을 언급하며 현재의 작은 행복에 만족하라고 노래했다. 과거의 영광이나 미래의 성공에 집착하면 행복은 없다고 했다.

"한 병의 붉은 술과 한 수의 노래가 있고/ 그것에 곁들여 생명을 이을 양식만 있다면/ 그대와 함께 폐옥에 사는 한이 있어도/ 마음은 황후의 영화에 못지않게 즐거우리."

그는 시들기 전 장미와 기울기 전 달님에게 취하라고 했다. 옛적 우리나라 선비들이 칭송했던 유유자적悠悠自適, 안빈낙도安貧樂道의 삶을 연상케 한다. 예나 지금이나 큰 욕심을 버리고 한가롭게 사는 것이 가장 행복한지도 모른다. 다음은 조선 중기 문신 김정국의 시다.

"나의 밭이 비록 넓지 않아도 한 배 채우기에 넉넉하고/ 나의 집이 비록 좁고 누추하여도 이 한 몸은 항상 편안하다네/ 밝은 창에 아침 햇살 떠오르면 베개에 기대어 고서를 읽는구려/ 술이 있어 스스로 따라 마시니 영고성쇠는 나와 무관하다네/ 내가 무료하리라 생각지 말게나/ 진정한 즐거움은 한가로움에 있다네."

책상 하나, 과일 한 접시면 충분하다

*

알베르트 아인슈타인

1879~1955

독일 출신의 미국 물리학자. 20세기 최고의 천재, 현대 물리학의 아버지라 불림.
상대성 이론 발명. 노벨 물리학상 수상.

조용하고 소박한 삶은
끊임없는 불안에 묶인 성공을 좇는 것보다
더 많은 기쁨을 가져다준다.

아인슈타인은 1922년 11월, 일본 순회강연 차 도쿄 제국호텔에 머물 때 자기한테 전보를 전해준 배달원에게 자그마한 쪽지 하나를 건넸다. 팁 줄 돈이 없어 대신 격려 문구를 적어 준 것이다.

"아마 당신이 운이 좋으면 이 메모가 보통의 팁보다 훨씬 더 가치 있을지도 몰라요."

서두에 소개한 문장은 독일어로 쓴 쪽지의 내용이다. 상대성 이론을 발표해 세계 과학계를 뒤흔들고, 바로 전해 노벨상까지 수상하면서 명성이 자자했던 그가 생각한 행복은 의외로 소박한 삶이었다. 인생 절정기에 그는 왜 이런 생각을 했을까?

아인슈타인은 위대한 과학자지만 천성적으로 단순함과 소박함을 좋아하는 사람이었다. 유명인이란 이유로 일반 대중을 경계하는 법이 없고, 동네 아이들에게 수학 숙제 도와주길 즐기는 소탈한 아저씨였다. 그가 소박함에서 행복을 찾으려고 한 또 다른 이유는 가정사가 그리 순탄치 않은 점과 무관하지 않아 보인다. 아인슈타인은 두 번 결혼했다. 문제는 첫 부인과 세 자녀를 전혀 돌보지 않았다는 사실이다.

학문적 동지로, 네 살 연상이던 첫 부인 밀레바는 딸 하나와 아들 둘을 낳았다. 그러나 아인슈타인은 사촌 누이 엘자와 사랑에 빠져 밀레바와 이혼하고 곧바로 재혼했다. 딸은 버리다시피 해 일찌감치 입양 보내졌고, 밀레바와 두 아들도 평생 내팽개쳤다. 특히 둘째 아들은 정신분열증으로 줄곧 스위스 정신병원에 입원해 있었지만 치료비 한 번 보내지 않았다. 큰아들은 토목공학자로 성공했지만 자신들을 외면한 아버지를 평생 경멸했다. 명성을 얻는다고 행복한 게 아니라는 사실을 아인슈타인은 뼈저리게 느꼈을 것이다. 그는 노년에 이런 말을 즐겨 했다고 한다.

"책상 하나, 의자 하나, 과일 한 접시, 그리고 바이올린. 행복해지기 위해 이외에 무엇이 더 필요하겠는가."

커피 한잔에도 행복이 있다

*

하인리히 하이네

1797~1856

독일의 시인, 비평가. 낭만파 시인이지만 독일 제국주의에 저항하는 풍자시도 많이 씀.
저서로 《노래의 책》, 《이야기 시집》 등 다수.

마음을 주고받고/ 하루의 안부를 물으며/
그 어쩌면 하루의 일상이 되어버린/ 익숙함으로의 시간들/
그 속에서 울고 웃으며/ 위로해 주고 위로 받으며/
그렇게 하루를 시작하고/ 또 그렇게 하루를 보냅니다.

하이네는 낭만파 서정 시인으로 사람의 마음을 따뜻하게 해주는 시를 많이 남겼다. 소개한 시는 〈커피 한잔의 행복〉 시작 부분이다. 인생사 행복이 별것 아님을 암시한다. 서로 일상의 안부를 물으며, 슬픔과 기쁨을 함께 하고, 위로해 주며 사는 것이 인생이란다. 시는 이렇게 이어진다.

"살아있다는 것에/ 가슴 따스한 행복을 느끼고/ 이렇듯 더불어 살아갈 수 있는/ 좋은 친구가 있다는 것이/ 더한 기쁨이고 행복이기에/ 우리가 살아가는 삶의 여정에서/ 언제나 서로 보듬고 살아갈/ 귀한 인연이고 운명인지도."

살아있다는 것만 해도 행복이지만 더불어 살아가는 좋은 친구가 있다면 더없이 큰 행복이란다. 여기서 친구란 꼭 동년배 지인만을 가리키는 것이 아니라 부모, 형제자매, 직장동료, 이웃을 아우르는 의미로 해석하고 싶다. 사랑을 나눌 수 있는 사이라면, 아니 적만 아니라면 누구나 친구가 될 수 있지 않을까. 행복은 인간관계에서 나온다. 친구를 늘리고 적을 줄이는 게 행복의 비결이란 뜻이겠다. 원수 같은 사람을 곁에 두고 행복할 수는 없다. 하이네는 에세이에서 강한 반어법을 구사하며 적에 대한 용서를 통해 행복을 찾으라고 했다.

"내 소원은 이렇다. 자그마한 오두막집, 편안한 침대, 신선한 버터와 우유를 곁들인 좋은 음식, 창밖의 꽃들, 그리고 문 앞의 아름드리나무들. 만약 신이 내게 완벽한 행복을 허락한다면, 그 나무들에 매달린 예닐곱 명의 내 적들."

〈커피 한잔의 행복〉 시는 이렇게 끝난다.

"커피 한잔 마주하고서 오늘도 내 고운 행복을 봅니다."

그 자리엔 이야기가 잘 통하는 사람, 사랑하는 사람이 함께하고 있을 것이다.

가장 단순한 것이 가장 화려하다

*

가브리엘 샤넬

1883~1971

프랑스의 패션 디자이너, 사업가.
샤넬 브랜드 창업자. 샤넬 상표의 근거가 된
'코코 샤넬'은 아버지가 지어준 애칭.

내 손끝에서 피어난 전설이
더 발전하고 번성하기를 꿈꾸며,
샤넬이 오랫동안 행복한 브랜드로 남기를 바란다.

샤넬의 바람은 현실이 되었다. 샤넬 가방이나 화장품 하나에 무한한 행복감에 젖는 여성이 적지 않다. '모든 여성들에게 아름다움을!'이란 모토를 내걸고 20세기 패션계를 주름잡았던 샤넬. 그는 어린 시절을 불우하게 보냈다. 고아원 출신으로, 돈을 벌기 위해 술집에서 노래를 불러야 했다. 흙수저 출신 자수성가의 아이콘이라 하지 않을 수 없다. 샤넬은 자신의 삶을 스스로 개척했다. 끊임없이 독서하고 여행했다. 그것은 아이디어와 창의성의 원천이었다.

"나처럼 교육받지 못하고 고아원에서 자란 사람도 아직 하루에

꽃 이름 하나 정도는 외울 수 있어요."

샤넬은 패션의 혁명가였다. '가장 단순한 것이 가장 화려하다'는 철학을 내세웠다. 우아함이 좋다는 이유로 장식 중심으로 만들던 당시 여성복 시장에 스포티하고 심플한 디자인을 전격 도입했다. 남성용 정장 스타일을 여성에게 적용해 편안하고 실용적인 바지를 선보였다. 이는 현대 여성복의 시초이자, 여성 해방의 실마리가 되었다. 이처럼 획기적인 생각을 할 수 있었던 것은 자기 주도적인 삶을 말하고 실천했기 때문에 가능했으리라 여겨진다. 그가 남긴 어록이 이를 증명한다.

"가장 용감한 행동은 자신만을 생각하는 것이다."

"아름다움은 네가 너 자신이 되려고 결심하는 순간 시작된다."

"세상에서 가장 아름다운 색은 당신에게 어울리는 색이다."

샤넬은 자유분방한 삶을 살았다. 화려한 싱글로 상류층 사교계 남성들과 염문을 뿌리며 부와 명성을 맘껏 누렸다. 하지만 그의 마지막 인생길에는 고독과 수면제, 모르핀이 기다리고 있었다. 그는 과연 행복했을까? 샤넬은 고백했다.

"사람들의 예상과 달리 나는 결코 행복하지 않았다."

행복은 화려한 데서 나오지 않는다. 오히려 평범함이 안정된 행복을 부른다.

작은 것이 아름답다

*

에른스트 슈마허

1911~1977

영국의 경제학자. 개발도상국 경제 발전에 유용한 '중간기술' 개념 보급에 공헌. 저서로《작은 것이 아름답다》등 다수.

작은 것은
자유롭고, 창조적이며, 효과적이며,
편하고, 즐겁고, 영원하다.

슈마허는 실천적 경제학자다. 인간이 진정으로 행복하려면 어떤 자세로 경제활동을 해야 하는지에 각별한 관심을 가졌다. 인간과 자연이 공존할 수 있는 모델 개발도 관심사였다. 그의 저서 제목이 말해주듯 크거나 많은 것보다 작거나 적은 것이 오히려 아름답다는 전제하에 자발적 가난을 실천해 보라고 조언한다. 그것이 행복의 지름길이라는 생각에서다. 첫머리에 소개한 문장은 '작은 것이 아름답다'에 나오는 말이다.

사실 자발적 가난은 자본주의 경제 이론에 역행한다. 자기 이익을 끝없이 추구하는 인간형이 아니기 때문이다. 하지만 행복이라는 잣대로 본다면 반드시 틀렸다고 보기 어렵다. 물질만능주의, 배금주의에 지친 현대인들에게 새로운 희망이 될 수도 있기 때문이다. 자발적으로 소유를 적게 하면 자족적 삶을 통해 인생이 더 풍요로울 수도 있다. 다만 전제 조건이 있다. 소유 욕망을 줄이지 않으면 안 된다. 슈마허는 말했다.

"욕망을 키우거나 확장하는 것은 지혜와 대립된다. 욕망이 커지면 자신이 통제할 수 없는 외부 요인에 점점 의지하게 되며, 그래서 생존을 위한 두려움도 커진다."

욕망을 줄여 자발적 가난을 스스로 선택한다면 행복은 쉽게 다가올 수 있다. 가난에 대한 두려움이 전혀 없는 자유로운 상태가 되기 때문이다. 돈과 권력과 명성을 얻고자 진정한 자아를 상실한 채 인생을 타자의 욕망에 맡기는 삶으로부터 해방됨을 의미한다. 작금의 미니멀리즘 바람이 이와 무관하지 않다. 소유를 줄임으로써 진정한 행복을 찾아가겠다는 생각이다. 물질적인 소유뿐만 아니라 심리적, 정신적 소유를 포함하는 말이다.

슈마허는 경쟁과 속도전에서 벗어나 스스로 조절하고 통제할 수 있을 정도만 가질 때 행복할 수 있다고 말했다. 그렇다. 덜 풍요로운 것이 더 큰 행복일 수도 있다.

군만두와 사우나만 있으면 살 만하다

*

사이토 다카시

1960~

일본의 작가, 자기계발 전문가. 메이지대 문학부 교수. 지식과 실용을 결합한 저술에 몰두.
저서로《혼자 있는 시간의 힘》등 다수.

물질적인 소유는 행복이 길지 않음을 경험을 통해 알 수 있다.
다른 사람의 소유나 행복 대상과 비교하지 말고
자기만의 고유한 행복을 찾아야 한다.
다른 사람은 인정하지 않아도 자기만이 좋아하는
재미와 의미를 발견하여 자존감을 높여야 한다.

밀리언셀러 작가 다카시는 '절대 행복론'을 주장한다. 그의 행복론은 심오하지 않다. 누구나 경험하는 입시, 취업, 결혼, 직장생활, 자녀양육 등 지극히 현실적인 상황에 뿌리를 두고 있다. 행복이란 거창한 곳에서 나오는 것이 아니라 매우 소박한 곳에서 시작된다는 점을 강조한다. 그는 행복을 기대하면서 남이 가진 소유와 비교하는 것은 절대 금물이라고 말한다. 자기만의 고유한 즐거움을 찾아야 비로소 행복이 다가온다는 것이다.

그의 이런 생각은 저서《만두와 사우나만 있으면 살 만합니다》에 고스란히 들어있다. 사이토는 뜨거운 사우나에서 땀을 빼고 기분 좋게 한 입 베어 무는 군만두가 최고의 행복일 수 있다는 것이다. 이런 마음가짐은 자기만족에서 비롯된다고 했다. 남이 가진 것과 비교하지 않고 스스로 만족하면 행복하다는 것이다. 사이토는 여기에 그치지 않는다. 행복을 얻겠다며 주어진 상황이나 타고난 기질을 바꾸려고 애쓰기보다 현재 가진 자원을 최대한 효과적으로 활용하라고 조언한다. 행복해 보이는 다른 사람을 본받으려고 무리하게 자신의 본질을 바꾸려고 노력하다 지레 지칠 수도 있다는 것이다.

그렇다. 행복의 조건은 사람마다 다르기 때문에 그것을 이뤄내는 방법도 얼마든지 다를 수 있다. 백화점에서 고급 양복을 사 입고 한우 쇠고기로 저녁 먹는 사람과 근린공원 둘레길에서 청소 봉사를 한 뒤 청국장으로 점심 먹는 사람 중 누가 더 행복한지는 일률적으로 말하기 어렵다. 비교할 것 없이 본인이 즐거우면 행복한 것이다. 남 따라 할 필요는 더더욱 없다.

불필요한 소유로부터 자유로워지는 것이 좋다

*

법정

1932~2010

승려, 수필가. 서울 길상사 창건. 무소유의 참된 가치를 널리 알림.
저서로 《무소유》, 《살아 있는 것은 다 행복하라》 등 다수.

행복은 결코 차지하고 갖는 데에 있지 않다.
행복은 불필요한 것으로부터 얼마나 자유로운가에 달려있다.
적게 가지고도 자기다운 삶을 살고 있는 사람이 제대로 사는 사람이다.

법정은 무소유를 온몸으로 실천하고 가르친 스승이다. 물질만능주의 늪에 빠져 허덕이는 현대인들에게 적게 가지고도 얼마든지 행복할 수 있다고 설파했다. 첫머리에 소개한 글은 그의 저서 《무소유》에 나오는 말이다. 삶이 단순해야 자유롭고, 자유로워야 행복하다고 규정했다.

"단순하고 간소한 삶을 통해 안팎으로 자유로워질 수 있다. 아무것도 갖지 않았을 때 온 세상을 가질 수 있다. 크건 작건 무엇인가를 가지면 그것의 노예가 되어 부자유해진다."

법정은 우리가 불행한 이유는 가진 것이 적어서가 아니라 만족할 줄 몰라서라고 했다.

"적거나 작은 것을 가지고도 고마워하고 만족할 줄 안다면 그는 행복한 사람이다. 현대인들의 불행은 모자람에서가 아니라 오히려 넘침에 있음을 알아야 한다. 모자람이 채워지면 고마워하고 만족할 줄을 알지만, 넘침에는 고마움과 만족이 따르지 않는다."

적거나 작은 것에 만족하는 마음가짐이 말처럼 쉬운 일은 아니다. 인간에게 욕심만큼 끝이 없는 게 또 있을까. 돈을 가지면 권력을 갖고 싶고, 권력을 얻고 나면 명예까지 갖고 싶은 게 인지상정이다. 욕심이 과하면 탈이 날 수 있음을 뻔히 알면서도 제어하지 못하는 게 인간이다. 하지만 가진 것이 너무 많으면 그것에 얽매여 육체적, 정신적으로 자유롭지 못하다는 건 분명한 사실이다. 자유롭지 못한데 행복할 리 만무하다. 그렇다면 지금부터 조금이라도 내려놓고 비우는 연습을 해야겠다. 법정이 한 말이다.

"내 삶을 이루는 소박한 행복 세 가지는 스승이나 벗인 책 몇 권, 나의 일손을 기다리는 채소밭, 그리고 오두막 옆 개울물 길어다 마시는 차 한 잔이다."

때론 멈춰 서서 지는 해를 감상하는
마음의 여유가 필요하다.
서두르지 않는 자연에게
인생을 배울 수 있는 기회다.
행복감은 이런 여유에서 싹튼다.

PART 10

여유를 즐겨라

제일가는 행복은 권력이 아니라 자유다

장 자크 루소

1712~1778

프랑스의 계몽주의 철학자, 교육학자, 소설가, 작곡가.
저서로《에밀》,《사회계약론》,《인간 불평등 기원론》등 다수

행복 중에서 제일가는 행복은 권력이 아니라 자유다.
참으로 자유로운 사람은 자신이 할 수 있는 것만을 바라며
자신의 의사대로 행한다.

'자연으로 돌아가라'라는 말로 유명한 철학자 루소. 그는 가난한 시계공의 아들로 태어나 어린 시절을 불우하게 보냈으나 독학으로 학문을 연마해 당대 최고의 사상가가 되었다. 그는 자유가 행복의 제1 요건이라고 역설했다. 자연으로 돌아가라는 말은 인간 본성을 회복해 자유를 되찾으라는 뜻을 담고 있다. 그는 인간에게 자연의 근본은 자기 자신을 사랑하는 것이라고 했다.

"자연은 결코 우리를 속이지 않는다. 우리를 속이는 것은 항상 우리 자신이다."

루소는 자유를 되찾아 행복해지기 위해서는 내면의 욕망을 줄여야 한다고 했다.

"욕망은 우리를 자꾸자꾸 끌고 간다. 도달할 수 없는 곳으로 끌고 간다. 우리의 불행은 바로 거기에 있다." 욕망을 줄여야 마음이 평화로운 자유를 얻어 행복에 이를 수 있다고 본 것이다.

루소는 진정한 행복을 위해서는 어린 시절부터 자유를 보장받아야 한다고 했다. 교육학의 고전《에밀》에서 그는 이렇게 썼다.

"아이의 움직임을 간섭하지 말아야 한다. 무슨 놀이를 하든 자유롭게 놓아두어야 한다. 청년이 되면 종교를 선택하는 일도 그 자신이 하도록 자유를 주어야 한다. 어른은 나약한 아이에게 안내자로 그쳐야지 어린이의 천성 계발을 방해해서는 안 된다."

《에밀》에 담긴 루소의 생각을 이 시대에 그대로 적용하기는 어려울 것이다. 하지만 그의 근본 교육사상은 주목할 가치가 있다. 지금 이 순간, 성장하는 자녀에게서 자유를 빼앗아 행복한 삶을 방해하는 부모가 얼마나 많은가. 루소는 20대 때 어머니처럼 따랐던 바랑 부인과 샤르메트 계곡에서 보낸 시절이 생애 가장 행복했다고 고백한 적이 있다. 그곳은 아름다운 자연이었고, 그가 마음껏 자유를 누릴 수 있는 공간이었다.

여행길에 행복이 있다

파울로 코엘료

1947~

브라질의 소설가. 한 권의 책(연금술사)이 가장 많은 언어로 번역된 작가로 기네스북에 오름. 저서로《순례자》등 다수.

세상에서 가장 중요한 행복이란 걷고, 자연을 관찰하고, 명상에 잠기고, 죄책감 없이 웃고 울며, 어려움에 처한 사람들을 돕는 일입니다. 그것은 값을 따질 수 없는 것임을 매직 버스에서 배웠습니다.

코엘료는 세계인이 가장 사랑하는 생존 작가다. 그가 쓴 책이 제일 많이 팔리고 있다는 뜻이다. 지금까지 3억 2,000만 권 넘게 판매되었다고 한다. 그의 이런 성취는 다분히 여행에서 비롯되었다. 청소년 시절 우울증을 앓아 정신병원에 입원까지 했던 코엘료는 대학에서 법학을 전공했으나 자퇴하고 긴 여행길에 올랐다. 중남미와 아프리카, 유럽, 아시아 등 전 세계를 구석구석 탐험했다. 귀국 후 처음에는 대중음악 가사를 쓰고, 연극을 연출했으나 종착점은 소설 쓰기였다. 대표작《연금술사》는 말할 것도 없고, 자전적 소설인《순례자》와 《히피》, 산문집 《흐르는 강물처럼》은 모두 여행을 소재로 한 작품이다. 주인공이 여행 중에 자기 내면의 영혼을 찾고, 성공과 행복의 길을 모색하는 스토리를 담고 있다. 전적으로 작가 자신의 오랜 여행 경험이 빚어낸 성과다. 코엘료는 여행이야말로 세상에서 가장 소중한 행복이라고 했다. 걷고, 자연을 관찰하고, 명상하고, 마음껏 웃고 울 수 있으니 말인즉 맞다.

"행복의 비밀은 이 세상 모든 아름다움을 보는 것, 그리고 동시에 숟가락 속에 담긴 기름 두 방울을 잊지 않는 데 있다."(연금술사)

"비범한 삶은 언제나 평범한 사람들의 길 위에 있다."(순례자)

여행은 나이와 상관없이 벅찬 행복을 안겨준다. 젊은이들에게는 새롭게 도전할 대상을 찾게 해 주고, 나이 든 사람들에겐 새삼 인생의 희열을 느끼게 해 준다. 당장 자동차에 시동을 거는 것이 중요하다. 여행길에 발견하는 모든 것들에 관심을 갖고 그 하나하나에 의미를 부여해 보자. 그것이 우리가 애타게 찾고자 했던 보물일 수 있다. 그런 보물은 곧 행복이다.

고독도 행복일 수 있다

윌리엄 워즈워스

1770~1850

영국의 낭만파 시인. 계관 시인으로 임명됨.
저서로 새뮤얼 콜리지와 함께 저술한《서정가요집》과《서곡》등 다수.

자주 텅 빈 기분에 젖거나 시름에 잠겨
나 홀로 기다란 의자에 누워 있을 때
행복한 고독인 마음의 눈에 문득 수선화가 떠오르네.
그럴 때면 내 마음이 기쁨에 넘쳐 수선화와 함께 춤을 추네.

워즈워스는 평생 자연을 벗삼아 살았던 시인이다. 어릴 적 친구와 함께 바다 건너 프랑스, 알프스, 이탈리아를 도보로 여행했으며 이후에도 틈만 나면 국내외 자연 여행을 즐겼다. 가장 왕성하게 작품 활동을 한 30세 전후 10년간 그는 디스트릭트 호수가 보이는 시골 마을 오두막집을 거처로 정했다. 그를 호반의 시인이라 부르는 이유다. 그의 시는 수선화, 무지개, 은하수, 별, 초원의 빛과 함께했다.

워즈워스는 "시골 가난한 사람들의 감정의 발로만이 진실이며,

소박하고 친근한 언어가 좋은 시"라고 규정했다. 솔선수범해서 평범한 소재를 선택하고, 서민적 상상력을 동원해 시를 썼다. 그런 가운데서 사랑과 행복을 찾으려 했다.

첫머리에 소개한 시는 그의 대표작 〈수선화〉의 일부다. 200여 년 전 디스트릭트 호수변이 한 눈에 들어오는 듯하다. 워즈워스는 결혼을 하고 자녀도 여럿 키웠지만 낭만파 시인답게 은근히 고독을 즐긴듯하다. 이런 말도 남겼다.

"우리 모두 좋은 본성과 너무 오랫동안 떨어져 시들어가고 일에 지치고 쾌락에 진력이 났을 때 고독은 얼마나 반갑고 고마운가."

흔히 현대인은 고독하다고 말한다. 핵가족화와 개인주의를 이유로 든다. 그래서 행복하지 않단다. 꼭 그럴까. 사실 고독은 인생에서 누구나 경험해야 하는 숙명이라 할 수 있다. 때문에 기꺼이 받아들이며 즐기는 것이 좋다. 비록 몸이 혼자라도 정신적으로 건강하면 결코 불행하지 않다. 정신생활이 부유하면 외로움이나 소외감을 느끼지 않는다. 독서, 명상, 예술감상을 혼자서 해도 행복감을 느끼는 이유다. 그것은 외로움이 아니라 고독이다.

아무것도 바라지 않기에 자유롭다

니코스 카잔차키스

1883~1957

그리스의 소설가, 극작가. '20세기 문학의 구도자'라 불림.
저서로 《그리스인 조르바》, 《오디세이아》 등 다수.

나는 아무것도 바라지 않는다.
나는 아무것도 두려워하지 않는다.
나는 자유다.

카잔차키스가 생전에 마련했던 자기 묘비명 문구이다. 평생 자유를 갈구하며 살다 간 작가에게 딱 어울리는 표현이다. 자유로운 삶이야말로 행복의 제1 조건이라 생각한 사람이다. 그는 자유를 두 가지로 설명했다. 무엇보다 욕망이 없어야 한다는 것이다. 욕망을 배제하거나 목표를 실현했을 때 생기는 평온한 마음 상태를 뜻한다. 다른 한 가지는 그 연장선에서 두려움이 없어야 한다는 것이다. 세상의 관념이나 권위에 구속되지 않는 삶을 의미한다. 다음은 그의 소설 《그리스인 조르바》에 나오는 말이다.

"그렇다. 내가 뜻밖의 해방감을 맛본 것은 정확하게 모든 것이 끝난 순간이었다. 마치 어렵고 어두운 필연의 미로 속에 있다가 자유가 구석에서 행복하게 놀고 있는 걸 발견한 것 같았다. 나는 자유의 여신과 함께 놀았다."

소설 속 주인공 조르바는 전형적인 자유인이다. 그는 순간의 행복을 놓치지 않는다. 놀 때는 미친 듯이 놀고, 춤출 때는 몸과 영혼이 분리된 듯이 즐기고, 키스할 때는 무아지경에 빠진다. 그런 순간을 삶의 마지막 불꽃이라 생각하는 사람이다. 그래야 행복하단다. 카잔차키스는 조르바처럼 자유인이 되어 평생 여행을 즐기며 살았다. 이탈리아, 독일, 스페인, 영국, 러시아, 이집트, 이스라엘, 중국, 일본 등지를 두루 다녔다. 여행길에 정신적 결실로 여행기와 희곡, 서사시 등을 풍성하게 수확했다. 자서전에서 그는 여행을 이렇게 예찬했다.

"여행을 하면 기다리는 참을성이 생기리라는 생각에 나는 우아한 에게해의 산토리니, 낙소스, 파로스, 미코노스섬을 순회하는 범선에 몸을 실었다. 세상에서 인간에게 주어지는 가장 큰 기쁨 중 하나는 부드러운 산들바람이 부는 봄철에 에게해를 항해하는 즐거움이라고 나는 새삼 느꼈다. 나는 천국이 어느 면에서도 그보다 더 훌륭하리라고는 생각하지 않는다."

쾌락이 곧 선이다

제러미 벤담

1748~1832

영국의 철학자. '최대 다수의 최대 행복'이란 슬로건으로 공리주의 주창. 저서로 《도덕과 입법의 원칙에 대한 서론》 등 다수.

행복은 쾌락의 향유와 고통으로부터의 안전으로 구성된다.

벤담은 행복에 대해 누구보다 깊이 연구한 사상가다. 개인의 행복은 물론, 사회나 국가 전체의 행복에 대해서도 깊은 관심을 가졌다. 행복의 수준을 최대한으로 끌어올리기 위해 국가 제도를 어떻게 개편해야 할지 다방면으로 연구했다. 그는 행복이 쾌락과 고통의 양에 따라 결정된다고 생각하는 심리적 쾌락주의자였다. 쾌락은 곧 선이고 행복이며, 고통은 악이고 불행이라는 생각이었다.

그렇다. 쾌락은 누구나 원한다. 반대로 고통은 싫어한다. 이 두 가지는 사실상 인간의 생각과 행위를 지배한다고 볼 수 있다. 벤담은 쾌락의 경우 올바른 행위를 할 때 생기며, 고통은 올바르지 않은 행위를 할 때 생긴다고 보았다. 그는 행복의 수준을 살피기 위해 쾌락과 고통의 양을 직접 측정하는 시도까지 했다.

벤담 자신은 행복했을까. 그는 유복한 법률가 집안에서 태어나 아무런 걱정 없이 좋은 교육을 받으며 성장했다. 16세에 옥스퍼드 대학을 졸업하고 이른 나이인 21세에 경제적 안정이 보장되는 변호사 자격을 취득했다. 학문적 성취가 커 이웃 프랑스에까지 명성을 얻었으니 쾌락은 꽤나 컸을 것이다. 반면 학창 시절 줄곧 교우관계가 원만하지 못했고, 대법관이 되라는 집안의 요구를 묵살하느라 마음 아파했고, 평생 독신으로 살아 외로움이 컸으니 고통의 양 또한 적지 않았을 것이다.

벤담은 자신의 행복 수준이 어느 정도인지는 특별히 밝힌 적이 없다. 하지만 84세 때 자신이 주도한 의회개혁 운동의 결실로 관련 선거법이 통과됐다는 소식을 접하고 옅은 미소를 지으며 눈을 감았다니 그 순간은 행복했을 것이다. 누구나 행복을 위해서는 쾌락을 극대화하고 고통을 최소화하는 수밖에 없다. 행복의 크기는 죽음에 이르렀을 때 자기 자신에 의해 자연스럽게 결산이 이뤄지지 않을까 싶다.

미소는 공짜로 즐길 수 있는 보약이다

마리 헬빈

1952~

미국에서 태어나 영국에서 주로 활동한 패션모델.
1970~1980년대에 슈퍼모델로 전성기를 누림.

미소를 지으면 당신과 보는 사람 모두 행복해진다.
게다가 미소 짓는 사람은 더 젊어 보인다.

젊은이들에게 인기 직종인 모델이 키 크고 예쁘다고 성공하는 것은 아니다. 워킹이나 포즈가 좋다고 다 성공하는 것도 아니다. 경쟁이 워낙 치열하다 보니 대략 이런 조건을 모두 갖춰야 한다. 그런데 한 가지 추가할 것이 있다. 멋지게 미소 지을 수 있어야 한다.

서두에 소개한 문장은 슈퍼모델 마리 헬빈이 한 말이다. 미소를 지으면 자신과 상대방 모두 행복해진단다. 그리고 미소 짓는 사람은 더 젊어 보인다고 했다. 오랜 모델 생활에서 체험한 진리인 것처럼 들린다. 미소 짓는 사람, 단순히 젊어 보이기만 할까? 미소 짓지 않는 사람보다 조금은 더 천천히 늙어갈 것 같다는 생각이 든다. 그래서 행복해지는 것인지도 모른다. 행복 연구자들은 가짜 미소가 아닌 진짜 미소를 지으라고 조언한다. 입꼬리가 말려 올라가고, 눈에서 빛이 나며, 눈가에 주름이 잡히는 미소를 말한다. 심리학자 기욤 뒤셴이 설명했다고 해서 이를 '뒤셴 미소'라고 부른다.

얼굴 전체가 환해지는 미소는 누가 봐도 아름답다. 내면의 기쁨이 자연스럽게 밖으로 드러난 표정이며, 더없이 건강하다는 뜻이다. 미소는 공짜로 즐길 수 있는 보약이라 해서 틀리지 않다. 미소를 얼마나 자주 짓느냐가 건강과 행복의 정도를 결정한다고 볼 수 있다.

"행복은 인생의 유일한 목적이다. 그런데 하루 몇 번 미소 짓느냐가 그것의 유일한 척도다."

스티브 워즈니악이 한 말이다. 미소, 같은 값이면 진짜 미소가 좋겠지만 사정이 여의치 않다면 가짜 미소라도 지어보자. 기분이 좋아서 미소 짓는 것이 아니라 미소를 짓다 보면 기분이 좋아질 것이다. 루시 라콤은 이렇게 말했다.

"세상이 눈물의 골짜기라면 그 위에 무지개가 떠오를 때까지 미소 지어라."

마음의 속도를 늦추어라

에크낫 이스워런

1910~1999

인도 출신의 미국 사상가, 저술가, 명상 지도자.
저서로《마음의 속도를 늦추어라》,《명상의 기술》등 다수.

당신이 누구인지, 무엇을 하고 있는지,
왜 살고 있는지 모를 때 마음의 속도를 늦추세요.
그러면 당신은 반복되는 일상과 무한경쟁, 쫓기는 삶 속에서도
걱정과 미움이 없는 평온한 시간을 찾을 수 있습니다.

이스워런은 인도 출신으로 미국에서 성공한 작가다. 영문학 교수로도 이름을 날렸다. 하지만 미국인들이 인도인들에 비해 훨씬 부유하면서도 정신적으로는 더 가난하고 여유가 없는 데 의문을 가졌다. 진정한 행복이 무엇인지 그 뿌리를 찾아 나선 이유다.

그는 동서양의 영적 가르침과 지혜에 천착한 결과, 마음의 속도를 늦추는 것이야말로 정신적 평화를 이루는 첩경임을 깨닫게 되었다. 첫머리에 소개한 글은 그의 저서《마음의 속도를 늦추어라》에 나오는 내용이다. 마음의 속도를 늦춤으로써 걱정과 미움이 없는

평온한 상태가 되면 그게 바로 행복이라는 것이다. 이스워런은 일상에서 속도를 늦춘다고 생활의 효율성이 떨어지는 게 아니라고 강조한다.

"천천히 사는 것은 초를 다투는 경주 같은 삶보다 훨씬 더 효율적이고, 더 예술적이며, 더 풍부한 삶이다."

매사 서두르기보다 잠시 멈추고 깊이 생각하는 것이 더 중요하단다. 시험 칠 때든, 직장 보고서나 편지 답장 쓸 때든 곧바로 시작하기보다 멈추어서 잘 생각하는 것이 더 유익하다고 했다. 그는 마음의 속도를 늦추는 가장 좋은 방법은 명상이라고 했다.

"명상은 눈부신 건강과 지칠 줄 모르는 에너지와 다함 없는 사랑과 영속적인 지혜가 깃들인 삶의 토대이다. 명상은 무엇보다 우리 모두가 바라는 깊은 내적 평화의 기초이다."

명상은 원래 힌두교와 불교 문화권에 뿌리를 둔 정신 수양법이지만 요즘 서구인들에게도 인기가 많다. 마음의 속도를 늦춤으로써 자아를 재발견하고, 현재에 만족하며 감사할 수 있는 정신세계를 구축할 수 있기 때문이란다. 명상이 정신 건강에 도움 되는 것은 틀림없어 보인다. 전문가들은 하루 10분 만 해도 효과가 있다고 말한다.

걷기 명상으로 마음의 평화를 구하라

틱낫한

1926~2022

베트남 출신의 영적 지도자. 반전평화운동과 난민구호운동 전개.
저서로《화》,《마음에는 평화 얼굴에는 미소》등 다수.

많은 사람은 기분 좋게 흥분된 상태를 행복이라 여깁니다.
하지만 흥분된 상태 안에는 평화로움이 없습니다.
진정한 행복은 평화로움에 기초하고 있습니다.

틱낫한은 불교사상의 사회적 실천을 강조하며 평화운동을 전개한 승려다. 베트남에서 반전운동 및 난민구호 운동을 펼쳤다는 이유로 생애 대부분 고국을 떠나 살아야 했다. 하지만 그는 프랑스에 터를 잡고 평생 세계인들에게 마음의 평화를 가르쳤다. 마음이 편안해야 행복하다는 생각에서다. 그는 마음의 평화를 명상에서 찾으려고 했다. 직접 명상공동체를 운영했다. 특히 걸으면서 하는 명상을 중시했다. 그가 한 말이다.

"마음을 챙기는 명상 걷기는 우리에게 큰 행복을 가져다 줄 수 있는 그 무엇이다. 발걸음마다 우리 가슴과 머리에 영양분을 준다. 우리에게는 행복한 삶을 위한 조건들이 우리가 아는 것보다 훨씬 많다. 걷기 명상은 자기한테로 돌아오는 길이다."

불교 영향 때문일까, 요즘 명상이 유행이다. 미국이나 유럽에서 더 인기다. 명상은 조용한 가운데 정신을 집중해 오직 현재에, 지금 이 순간에 마음이 머물도록 하는 것이다. 고요하고 텅 빈 마음을 갖게 함으로써 스트레스를 풀고 삶에 활기를 불러일으키는 정신수양 기법이다.

명상은 현재이다. 명상은 과거의 후회나 원망, 미래의 걱정을 씻어내는 데서 시작된다. 모든 생각에서 자유로워지는 지점이다. 이런 순간이 진정 마음의 평화일 수 있다. 매일 10분이라도 이런 시간을 가져보면 좋을 것이다. 걸으면서 모든 것을 자기 발에 집중하는 걷기 명상도 마찬가지다. 명상을 하면 오로지 현재에 의미를 부여하고 즐길 수 있기에 좋다. 만족하고 감사하는 마음을 갖지 않을 수 없다. 이런 순간이 바로 서방정토요, 천국 아니겠는가. 틱낫한의 말이다.

"꽃과 푸른 하늘과 네가 사랑하는 이는 모두 지금 이 순간에만 찾아볼 수 있다."

혼자 있다고 반드시 외로운 것은 아니다

이백

701~762

중국 당나라 시인. 두보와 더불어 중국 역사상 최고의 시인으로 분류되며
'시선(詩仙)'이라 불림. '월하독작', '장진주'가 대표작.

꽃밭 가운데 술 항아리/ 함께 할 사람 없어 혼자 마시네/
술잔 들어 밝은 달 모셔오니/ 그림자까지 셋이 되었구나/
그러나 달은 술 마실 줄 모르고/
그림자 또한 그저 내 몸 따라 움직일 뿐/
그런대로 달과 그림자 데리고/ 이 봄 가기 전에 즐겨나 보리로다/
내가 노래하면 달 서성이고/ 내가 춤을 추면 그림자 함께 어른거린다/
깨어있을 때는 함께 즐기지만/ 취하고 나면 또 제각기 흩어져 가겠지/
아무렴 우리끼리의 이 우정 길이 맺어/
이 다음엔 은하수 저쪽에서 다시 만나세.

월하독작月下獨酌(달빛 아래 홀로 술을 마시며) 전체 4수 중 제1수다. 술의 시인, 달의 시인 이백의 본 모습이 잘 그려진 시다.

이백은 평생 방랑생활을 했다. 자그마한 벼슬을 몇 번 지냈지만 성에 차지 않았기 때문이다. 나이 들어서는 정치적 승부를 걸었으나 실패하는 바람에 유배생활을 해야 했다. 하지만 그에게는 항상

술이 곁을 지켰다. 술자리에서 시인은 외로움을 토로한다. 술과 꽃, 달이 있건만 함께 마실 사람이 없어서다. 달이 술 마실 줄 모르는 것을 안타까워한다. 그림자가 있은들 술친구가 될 순 없다. 하지만 노래와 춤으로 봄 밤을 즐긴다. 달과 그림자는 술 깨면 헤어질 수밖에 없다. 그러나 시인은 하룻밤 사이에 둘과 우정을 쌓았기에 다시 만날 것을 기약한다. 시인은 처음엔 외로웠지만 마지막엔 꽤나 흥겨웠을 것이다. 애써 고독을 즐겼기 때문이다.

"외로움이란 혼자 있는 고통을 표현하는 말이고, 고독이란 혼자 있는 즐거움을 표현하는 말이다."

신학자 폴 틸리히는 이 둘을 구분할 줄 아는 것이 중요하다고 했다.

그렇다. 고독은 혼자 있어도 슬프거나 불행하지 않다. 다만 정신적인 활동이 뒷받침되어야 한다. 사색이나 명상, 독서를 권하는 이유다. 이는 자기 자신과의 대화이다. 이백도 달, 그림자와 정신적 대화를 했기에 외롭지 않았을 것이다. 홀로 있음의 행복이다.

발걸음을 조금만 늦추어라

린창성(林蒼生)

1943~

대만의 기업가. 대학에서 전기공학을 전공한 뒤 아시아 최대 식품회사인 통일그룹에 입사해 총재까지 오른 입지전적 인물.

정신과 영혼이 점점 풍족해지고 편안한 마음이 자연스럽게 생기면,
맑고 선하게 되며 행복감도 자라날 것이다.
그 행복감이야말로 수천 년간 인류 문명 속에서 찾으려 했던
'생명의 해답'이다.

성공한 기업가 린창성은 영혼 수행자 같다. 마음의 속도를 늦추어 진정한 행복을 찾으려는 사람이다. 그가 쓴 에세이《마음껏 행복하라》에는 길 걷기, 호흡, 전화하기 등 일상생활에서 소소하게 여유를 찾을 수 있는 방법이 들어있다.

첫머리에 소개한 문장은 이 책에 나오는 말이다. 인생에서 마음의 여유를 갖지 못하면 행복할 수 없다는 메시지를 담고 있다. 여유를 가져야 비로소 정신과 영혼이 풍성해지고 마음이 편안해진다. 그게 바로 행복이란다. 그는 발걸음을 조금만 늦추라고 조언한다.

"예나 지금이나 지구는 늘 같은 속도로 돌고 있는데, 우리는 왜 자꾸만 바쁘게 살아가려 하는가? 문명의 발전으로 자연과 멀어진 사람들이 병들고 있다. 사람도, 사회도, 우주도 병들어 가고 있다."

린창성은 자연으로 돌아가는 것이 좋다고 말한다.

"생각해 보라. 보드라운 흙과 싱그러운 풀잎을 맨발로 밟으며 산책한 것이 언제였던가. 해변에 앉아 일몰을 바라보거나 출렁이는 파도 소리를 들으며 깜빡 잠이 들었던 것은 언제이며, 기분 좋게 땀 흘리며 산을 오르고, 구름과 동물 사이에서 잠시 나를 잊어 본 것이 언제였던가."

무한경쟁 사회를 살면서 발걸음을 늦추라니, 자연으로 돌아가라니, 현실에 맞지 않은 이야기로 들릴 수도 있겠다. 그렇지 않다. 무작정 여유를 부리라는 것은 아니다. 완급을 적절히 조절하면 어떨까 싶다. 하루를 100미터 달리기하듯 살면 금방 지칠 수밖에 없다. 밤새워 일해야 할 땐 하고, 여가가 생기면 모든 것 내려놓고 자연을 호흡하며 푹 쉬는 게 여유다. 때론 멈춰 서서 지는 해를 감상하는 마음의 여유가 필요하다. 서두르지 않는 자연에게 인생을 배울 수 있는 기회다. 행복감은 이런 여유에서 싹튼다.

숲속에서 행복 호르몬을 만끽하라

이시형

1934~

대구 출생. 정신의학자. '화병(Hwa-byung)'을 국제 정신의학 용어로 등재하는 데 기여.
'힐리언스 선마을'과 '세로토닌 문화원' 운영.

세로토닌은 감정, 기분, 수면, 성격 등을 관장하는 신경전달 물질입니다.
뇌 활동에 깊숙이 관여하는 행복 물질, 행복 호르몬 물질이지요.
자연에서 세로토닌을 가까이하면
온화하고 긍정적인 마인드를 갖게 됩니다.

이시형은 병원 없는 세상을 꿈꾸는 '국민 의사'다. 뇌과학을 전공한 정신의학자로서 자연치유 운동을 꾸준히 전개하고 있다. 힐리언스 선마을과 세로토닌 문화원을 설립해 운영하는 이유다. 그는 누구나 숲속에 살면 자연치유의 즐거움과 행복을 맛볼 수 있다고 말한다.

"숲속에 들어가면 세로토닌이라는 행복 호르몬이 펑펑 쏟아집니다. 오감을 쾌적하게 자극하지요. 맑은 공기, 여러 종류의 풀, 다양한 새소리, 물 흐르는 소리, 바람 소리 등이 어우러져 우리 마음을 편안하게 해줍니다."

실제로 세로토닌은 의학적으로 사람의 감정, 기분, 성격, 수면 등을 조절하는 물질이다. 우울증, 불안증, 강박장애 등을 완화시켜 준다. 그는 누구나 '세로토닌적인 삶'을 살면 마음이 편안해서 행복하다고 말한다. 그것은 매사 천천히, 욕심부리지 않고, 필요한 것만 소유하고, 간단하고 여유 있게 사는 것을 말한다. 그는 이를 '자연체로 사는 행복'이라고 정의한다. 이런 자세로 살면 공황장애나 우울증세, 충동이나 공격성을 예방할 수 있단다.

자연과 더불어 사는 삶이 나쁠 리 없지만 현실적으로 쉬운 선택은 아니다. 병원 출입이 잦거나 자녀 교육 부담이 있는 사람에게는 더더욱 그렇다. 중요한 사실은 반드시 숲속으로 들어가서 살아야 한다는 게 아니라 그런 마음가짐으로 살아야 한다는 것이다.

길지 않은 인생길에 '성공 아니면 죽음'이란 각오로 온통 격정에 사로잡혀 살 것이 아니라 때론 여유를 갖고 삶 자체를 즐길 줄 알아야겠다. 행복은 만족하며 감사할 줄 알아야 찾아온다. 과거 우리 선비들이 실천했던 유유자적悠悠自適이 그것이 아닐까 싶다.

가족 간에는 사랑이 충만해야 한다.
가족 간 애정의 틈이 생기면 행복도는 크게 낮아진다.
친구들과 그동안 멀리했던 친척들을 찾는 노력을 하라.
그들은 마냥 기다려주지 않는다.
지금 당장 손을 내밀어야 한다.

PART 11

모든 인간관계는
자기한테
달렸다

인간관계는 사랑을 먹고 자란다

조지 베일런트

1934~

미국의 심리학자, 정신과 의사. '하버드대 성인발달 연구' 프로젝트의 두 번째 총책임자.
저서로《행복의 조건》등 다수.

행복하고 건강하게 나이 들어갈지를 결정짓는 것은
지적인 뛰어남이나 계급이 아니라 사회적 인간관계이다.
인생에서 가장 중요한 것은 바로 다른 사람들과의 관계이다.

베일런트는 하버드대 성인발달 연구 프로젝트에 40여 년간 참여한 결과를 토대로《행복의 조건》이란 책을 펴냈다. 1930년 하버드대에 입학한 268명을 일생 추적하는 연구다. 존 F. 케네디 전 대통령도 포함되었다. 이들은 얼마나 행복했을까. 3분의 1 정도는 행복했지만 3분의 1 정도는 불행했다. 알코올 중독자도 있었고, 거듭된 이혼에다 재산을 탕진하고 폐인이 되다시피 한 사람도 있었다. 베일런트는 행복을 결정하는 요인은 교육, 안정된 결혼생활, 금연, 금주, 운동, 알맞은 체중 등 다양하지만 무엇보다 중요한 것은 고난에 대처하는 자세와 인간관계라는 사실을 밝혀냈다.

특히 주목되는 사실은 인생 마지막 10년간의 행복이 47세 즈음까지 형성한 인간관계에 달렸다는 것이다. 그중에서도 형제자매간의 우애가 가장 큰 영향을 끼친다. 65세까지 충만한 삶을 살았던 연구 대상자의 93퍼센트는 어린 시절 형제자매들과의 관계가 친밀했다.

행복을 위한 인간관계의 중요성은 상식에 속한다. 부모, 배우자, 자녀, 형제자매, 직장동료, 친구, 이웃과의 관계가 두루 좋은 사람은 당연히 행복하다. 행복은 결코 돈이나 권력, 명성의 크기에 좌우되지 않는다. 이런 것들에 영향을 받더라도 지속될지는 미지수다. 그런데 다른 사람과 좋은 관계를 맺으려면 사랑할 줄 알아야 한다. 모든 인간관계는 사랑을 먹고 자란다. 상대방을 배려하고, 이해해주고, 도와주려는 마음이 사랑이다. 그런 사람이라야 좋은 사람을 만날 수 있다. 베일런트가 한 말이다.

"행복에는 2개의 기둥이 있다. 하나는 사랑이다. 다른 하나는 우리의 삶에 다가오는 사랑을 밀어내지 않을 방법을 찾는 것이다."

혼밥, 혼술은 짐승의 삶이나 다름없다

에피쿠로스

BC341~BC271

고대 그리스의 철학자. 에피쿠로스 학파 창시. 《자연에 대하여》 등 많은 저작을 남겼으나 극소수만 현존.

행복한 삶에 도움이 되는 지혜 중에서
우정을 쌓으라는 충고가 가장 위대하다.
친구 없이 혼자 밥을 먹거나 술을 마시는 것은
사자나 늑대의 삶이나 다름없다.

에피쿠로스는 인간의 감정을 크게 쾌락과 고통으로 구분했다. 쾌락이 곧 행복이고, 고통이 곧 불행이라고 규정했다. 흔히 그가 쾌락을 추구하느라 흥청망청 산 것으로 생각하지만 전혀 그렇지 않다. 자제력 없이 쾌락에 빠질 경우 고통을 안겨줄 수 있다고 보았다. 특히 대식大食이나 미식美食은 위장에 즐거움이 아닌 고통을 준다고 했다.

"물과 빵만 있으면 나는 신도 부럽지 않다."

그는 쾌락을 '생존에 필요한 만큼의 욕망을 충족하여 몸에 괴로움이 없는 상태'라고 규정하고 평생 "(물질적) 욕망을 끊어라"라고 가르쳤다. 에피쿠로스는 쾌락에 끌려다니지 않고, 필수적이면서도 참된 쾌락을 즐길 때 행복이 찾아온다고 했다. 금욕적인 쾌락, 건전한 쾌락을 말한다. 그는 정신적 쾌락에 각별히 비중을 두고, 행복을 얻는 수단으로 우정을 최고로 꼽았다. 아테네 인근 조용한 곳에 철학 공동체 '정원'을 꾸며놓고 평생 친구, 제자들과 어울리며 산 이유다. 행복을 찾는 데 인간관계가 다른 무엇보다 중요하다는 사실을 인식한 듯하다.

그렇다. 예나 지금이나 친구는 삶에서 없어서는 안 될 소중한 존재다. 피 한 방울 섞이지 않았지만 가족 못지않게 친밀감을 느낄 수 있다. 대학 졸업장보다 친구 주소록이 더 중요하다는 말이 나오는 이유다. 인생사 마음 터놓고 이야기할 수 있는 절친 두세 명은 있어야 한다.

"걱정거리가 있으면 새벽 4시에라도 전화할 수 있는 사람이 바로 친구다."

독일 태생의 미국 배우 마를레네 디트리히의 말이다. 지금, 에피쿠로스 처럼 친구들과 공동체 생활을 하긴 힘들겠지만 우정을 유지 발전시키기 위해서는 자주 만나야 한다. 혼밥, 혼술이 유행이라지만 결코 좋은 것은 아니다.

가족과 친구가 있으면 행복하다

대니얼 길버트

1957~

미국의 사회심리학자, 작가. 하바드대 심리학과에서 긍정심리학 연구.
저서로《행복에 걸려 비틀거리다》등 다수.

인간의 행복에 가장 큰 영향을 미치는 것은
주변 사람들과의 관계이다.
주변 사람들과의 관계가 원만하게 유지될 때,
사소한 일로도 자주 기뻐할 때 우리는 행복하다고 느낀다.

우리는 내일 당장 어떻게 될지 알 수 없는 세상에 살고 있다. 정확히 알 수 있는 것은 현재뿐이다. 다들 미래를 예측하고 준비하지만 그다지 정확하지 않다. 그래서 현재를 즐기며 최선을 다해 사는 것이 행복이다. 그렇게 살다 보면 더 밝고 행복한 미래가 열릴 것이다. 길버트는 이런 생각을 바탕으로 지금 현재 관계를 맺고 있는 가까운 사람들과 원만하게 지내는 것이 행복의 지름길이라고 강조한다. 삶의 만족도를 높여주는 가장 큰 변인이 인간관계의 질이라는 것이다.

"우리는 가족이 있고 친구가 있으면 행복하다. 그리고 우리가 행복해지고 싶어서 하는 일들은 사실 가족과 친구를 더 많이 얻기 위한 행동이다."

길버트는 사람들이 행복을 얻고자 돈벌이에 혈안이 돼 있지만 수입이 일정 수준 이상이 되면 행복도가 더 이상 커지지 않는다는 사실을 연구를 통해 확인했다. 연간 수입 9만 달러까지는 수입과 행복감이 정비례해서 증가하지만 그 이상은 별 관계가 없다는 것이다.

돈벌이에 투자하는 시간과 노력을 인간관계 개선 및 확장을 위해 적절히 조절할 필요가 있다. 보통 이상의 경제생활을 하고 있다면 아파트 평수 늘리는 데 신경 쓸 게 아니라 주변 사람들을 사랑하는 데 더 관심을 갖는 게 좋겠다는 생각을 해본다. 인간관계는 본인이 노력하는 정도에 달려 있기 때문이다.

특히 가족 간에는 사랑이 충만해야 한다. 부부간, 부모자녀 간, 형제자매 간에 애정의 틈이 생기면 행복도는 크게 낮아진다. 친구들과 접촉면을 늘리고, 그동안 멀리했던 친척들을 찾는 노력이 일확천금을 얻는 것보다 중요할 수 있다. 그들은 마냥 기다려주지 않는다. 지금 당장 손을 내밀어야 한다.

연봉보다 배우자가 더 중요하다

앤드류 오스왈드

1953~

영국의 경제학자. 행동경제학의 선구자. 돈과 행복의 상관관계에 대해 많은 연구 진행. 저서로《행복과 경제적 성과》등 다수.

돈으로 행복을 살 수는 있지만 많이는 못 산다.
높은 연봉보다 좋은 인간관계에서 얻는 행복이 훨씬 크다.
그러므로 행복해지려면 소득을 두 배 늘리는 것보다
좋은 남편이나 아내를 찾으러 다니는 게 훨씬 낫다.

오스왈드는 행복을 찾는 데 돈의 가치를 부정하진 않는다.

"돈이 행복을 만든다는 거부할 수 없는 명백한 증거가 있다. 부를 가진 사람들은 가난한 사람들보다 인생의 만족도가 더 높다. 선진국 내 비교적 잘사는 사람들 간의 비교에서도 같은 현상이 벌어지고 있다."

하지만 그는 행복을 위한 돈의 효과가 얼마나 큰지는 의문이라고 말한다.

"나는 돈으로 행복을 살 수 있다고 믿는 경제학 수업을 받으며 자랐다. 이제는 그런 생각을 바꿔야 한다."

오랜 기간 다양한 방법으로 연구해봤더니 돈으로 행복을 살 수 없다는 결론에 이르렀다는 얘기다. 오스왈드는 복권에 당첨되어 큰 돈을 만져도 행복에 별다른 변화가 없다는 사실을 확인했다. 최저 2,000달러, 최고 2만 5,000달러의 복권에 당첨된 사람들을 상대로 당첨되기 2년 전과 그 후의 행복지수를 비교 분석해 보았다. 그 결과 36단계 행복지수에서 불과 1단계 상승한 것으로 드러났다. 거의 영향을 미치지 않는다는 뜻이다.

서두에 소개한 그의 말에 따르면, 연봉이 크게 오르는 것도 행복에 그다지 큰 영향을 미치지 않는단다. 그보다는 좋은 남편이나 아내를 만나 따뜻한 가정을 꾸미는 게 더 중요하다는 것이다. 인간관계가 행복을 견인하는 핵심 요소이며, 그중에서도 가족 간의 사랑과 그에 따른 마음의 평화가 더없이 중요하다.

오스왈드는 현재 행복한 아이가 그렇지 않은 아이에 비해 미래에도 더 행복하고 경제적 수입도 많아진다는 사실도 밝혀냈다. 어린 시절, 돈은 조금 부족해도 건강하고 사이 좋은 부모 밑에서 행복하게 사는 아이의 미래가 밝다는 뜻이다.

가는 곳마다 행복 제조자가 돼라

오스카 와일드

1854~1900

아일랜드의 소설가, 시인, 극작가. 동성애 비난을 받아 말년을 불행하게 보냄.
저서로《도리언 그레이의 초상》,《살로메》등 다수.

어떤 사람들은 그들이 가는 곳마다 행복을 만들어 내고,
어떤 사람들은 그들이 떠날 때마다 행복을 만들어 낸다.

오스카 와일드는 어록 제조기라 불린다. 감탄을 자아내는 멋지고 절묘한 표현을 수없이 만들어냈다. 자신감 넘치는 문필가였음을 말해준다. 특히 아이러니와 패러독스에 능했다.

"사랑보다는 우정이 훨씬 비극적이라 할 수 있다. 그 이유는 우정이 더 오래 지속되기 때문이다."

"젊을 때는 인생에서 돈이 가장 중요하다고 여겼다. 나이가 들고 보니 그것이 사실이었음을 알겠다."

"모든 여자들은 그들의 어머니를 닮아간다. 그것이 그들의 비극

이다. 어떤 남자들도 그들의 어머니를 닮아가지 않는다. 그것이 그들의 비극이다."

와일드는 젊은 시절 사교계의 총아였다. 말솜씨가 좋고 외모가 출중해 가는 곳마다 환영받았다. 서두에 소개한 문장은 그의 희곡 《파두아의 공작부인》에 나오는 말이다. 가는 곳마다 행복을 만들어 내는 사람이 마치 자기 자신을 지칭하는 듯한 느낌을 준다.

맞는 말이긴 하다. 예나 지금이나 가는 곳마다 행복을 만들어 내는 사람이 있는가 하면, 가는 곳마다 분란을 일으키는 사람이 있다. 분란을 일으키는 사람은 떠나고 없어져야 그 자리에 웃음과 사랑이 생긴다. 각종 모임에 가보면 안다. 싸움을 달고 다니는 사람이 있다. 많은 사람들을 불행하게 만드는 이다.

"논쟁은 피해야 한다. 언제나 천박하고 종종 설득 당하기도 하기 때문이다."

와일드가 한 말이다. 반대로 어디든 사랑을 싣고 다니는 사람이 있다. 유머를 즐기고, 덕담하기를 좋아하며, 환하게 웃음 짓는 사람은 주변 사람들을 행복하게 만든다. 겸손해서 하고 싶은 말이 있어도 적절히 가려서 한다. 모두가 만나고 싶어 하는 사람이다. 역시 와일드가 한 말이다.

"사랑을 마음속에 두어라. 사랑이 없는 삶은 꽃이 죽을 때 햇빛 없는 정원과 같다."

행복의 3요소

리처드 이스털린

1926~

미국의 경제학자. 행복경제학의 창시자. 소득과 행복의 상관관계 연구에 몰두. 저서로 《지적 행복론》 등 다수.

국가, 인종, 성별, 나이 등을 두루 고려할 때
개인의 행복은 경제적 안정, 평화로운 가정생활,
건강이 핵심 요소다.

이스털린은 1974년 "소득이 일정 수준에 도달하고 기본적인 욕구가 충족되면, 소득의 증가가 행복에 그다지 큰 영향을 미치지 않는다"라는 내용의 논문을 발표했다. 빈곤의 문턱을 넘어서면 소득이 행복에 미치는 영향이 미미하다는 이론이다. 흔히 이를 '이스털린의 역설'이라 부른다. 행복이 소득과 반드시 비례하지 않는다는 그의 주장은 당시 주류 경제학에 일대 파란을 일으켰다. 그 후에 반박하는 주장이 다수 등장했지만, 이스털린의 역설은 소득과 행복의 연관성을 따지는 데 여전히 중요한 잣대로 활용된다. 우리나라의 행복 수준을 설명하는 데도 유용하다.

우리나라의 행복 순위는 대략 세계 60위 정도다. GDP 10위와는 영 동떨어진 순위다. 부유하지만 행복하지 않은 나라임을 말해준다. OECD 국가 중 우울증 1위, 자살률 1위의 오명을 떨쳐버리지 못하는 건 우연이 아니다. 소득이 늘어도 더 행복해지지 않는 이유는 사회적 비교 심리 때문이라고 이스털린은 설명한다. 자신의 소득이 크게 늘어도 다른 사람의 소득이 함께 늘면 행복도가 높아지지 않는다는 것이다. 이스털린은 행복을 위해서는 경제적 안정뿐만 아니라 평화로운 가정생활과 건강에 관심을 가져야 한다고 역설한다.

"행복 수준을 높이는 확실한 방법은 돈 버는 데 집중하는 대신 주어진 시간을 잘 활용하는 것이다. 행복한 가정생활이나 건강을 위해 시간을 적절히 효과적으로 사용하면 행복 증진 효과가 매우 크다."

그도 돈벌이가 중요하지 않다고 말하진 않는다. 기본 이상의 재산이나 소득이 확보된다면 돈에 너무 얽매일 필요가 없다고 주장할 뿐이다. 진실로 행복을 원한다면 이스털린의 말처럼 가족 간의 사랑과 자신의 건강을 위해 시간을 더 투자하는 것이 좋겠다.

남에게 잘 보이려고 너무 애쓰지 마라

기시미 이치로

1956~

일본의 철학자, 작가. 정신분석학자인 아들러 연구 전문가.
저서로《미움받을 용기》,《아들러 심리학을 읽는 밤》등 다수.

남에게 잘 보이려 하지 않을 때 우리는 편안해진다.
지금 있는 그대로의 자신을 받아들여라.

기시미 이치로가 고가 후미타케와 함께 쓴 밀리언셀러《미움받을 용기》에는 행복 심리학의 정수가 들어있다. 아들러의 심리철학을 정교하게 분석했다. 인간은 변할 수 있고, 누구나 행복할 수 있다는 용기를 불러일으키는 저술이다. 문답식으로 이루어진 이 책의 뼈대는 대부분 아들러의 사상이다.

"사람의 모든 고민은 인간관계에서 비롯된다. 우리가 행복하지 않은 이유는 모든 사람에게 인정받으려는 욕구 때문이다. 행복해지려면 다른 사람의 평가에 신경 쓰지 말아야 한다."

현실적으로 인정 욕구를 버리기가 쉽지 않겠지만 어느 정도 버리지 않고서는 심리적으로 행복해지기 어렵다는 게 아들러의 진단이다. 이치로는 우리가 정말로 원하는 것을 하고자 할 때 그것을 다른 사람도 인정해 주는 경우는 아예 없다고 생각하는 것이 마음 편하다고 말한다. 따지고 보면, 우리가 모든 사람에게 인정받고 사랑받기는 거의 불가능하다. 그럼에도 더 인정받으려고 아등바등하며 살아가는 것이 현실이다. 이 점이 발상의 전환이 요구되는 부분이다. 이치로는 행복해지려면 인정 평가의 잣대를 외부에 두지 말고 자기 내면에 두라고 조언한다. 그래야 외부의 비난이나 비판에 흔들리지 않고 당당하게 살아갈 수 있단다.

사회에서 성공한 사람이 자기 고향에서 인정받지 못해 섭섭해하는 사람들이 있다. 인정 욕구가 큰 사람이 느끼는 섭섭함은 더 크다. 안타까운 일이다. 객지에서든 고향에서든 남의 시선이나 평가에 휘둘리며 사는 것은 불행이다. 그것은 남의 인생을 사는 것이나 진배없다. 자기 행복을 위해서라면 미움 좀 받아도 괜찮다. 인정 욕구에서 벗어나 당당하게 배짱부리며 사는 게 행복의 지름길일 수 있다. 다만 그렇게 살려면 자기 자신을 사랑할 줄 알아야 한다. 진정으로 자기를 사랑해야 그런 자신감이 생긴다.

군자삼락

맹자

BC372~BC289

중국의 전국시대 철학자, 정치가. 공자 사상을 계승 발전시켜
의(義)를 인(仁)과 같은 위치로 격상시킴. 왕도정치와 성선설 주창.

군자에게는 세 가지 즐거움이 있다.
부모가 모두 살아계시고 형제가 무고한 것이 첫 번째 즐거움이요,
하늘과 사람에게 부끄러움이 없는 것이 두 번째 즐거움이요,
천하의 영재를 얻어 교육하는 것이 세 번째 즐거움이다.

유가에서 군자란 덕과 학식이 높은 사람을 뜻한다. 성인이나 현인은 아니지만 누구나 노력에 의해 이를 수 있는 모범적인 사람을 일컫는다. 맹자가 말하는 군자의 첫 번째 즐거움은 가정의 평화, 가족의 건강을 말한다. 현대적 시각에서는 배우자와 자녀도 당연히 포함시켜야겠다. 맹자는 가족 구성원들이 별 탈 없이 잘사는 것이 세상에서 가장 큰 행복이라고 본 셈이다. 하지만 사람의 목숨은 하늘이 내려주는 것이어서 영원히 계속될 수는 없다. 가급적 오랫동안 즐기는 자체에 만족할 줄 알아야겠다.

두 번째는 스스로 인격을 수양함으로써 얻을 수 있는 즐거움이다. 양심에 따른 행복이라 하겠다. 세상이나 남을 속이고는 부끄러움 때문에 마음이 편할 수 없다. 즐겁게 살지, 고통 속에 살지는 스스로 결정할 문제다.

세 번째는 가진 것을 다른 사람들에게 베풀 때 생기는 즐거움이다. 맹자 시대에는 교육으로 한정했지만 현대적으로 해석하면 돈을 비롯한 가진 것 모두를 포함해야겠다. 정신적, 물질적 자선에서 얻을 수 있는 기쁨은 더없이 큰 행복이다.

맹자는 군자삼락을 말하면서 '왕 노릇함'은 여기에 포함되지 않는다고 특별히 강조했다. 권력이나 명성은 행복과 무관하므로 탐내지 말라는 메시지다. 군웅이 할거하는 전국시대를 지켜본 맹자는 전쟁과 권력다툼이 얼마나 허무한지 뼈저리게 느꼈을 것이다.

맹자는 행복의 조건으로 돈을 말하지도 않았다. 2300년 전 끼니 때우기조차 힘든 민중의 고달픈 삶을 지켜보면서도 돈에 비중을 두지 않았다는 것은 시사하는 바가 작지 않다. 행복해지려고 돈과 권력과 명성을 얻고자 혈안이 되어있는 현대인들을 보면 맹자는 무슨 말을 할까?

저녁때 돌아갈 집이 있으면 행복하다

나태주

1945~

충남 서천 출생. 한국시인협회장 역임. 풀꽃시인이라 불림.
저서로 시집 《꽃을 보듯 너를 본다》, 《당신이 오늘은 꽃이에요》 등 다수.

저녁때/ 돌아갈 집이 있다는 것/
힘들 때/ 마음속으로 생각할 사람 있다는 것/
외로울 때/ 혼자서 부를 노래 있다는 것.

나태주는 시골 할아버지 같은 외모에다 마음이 넉넉해 보이는 시인이다. 초등학교 교사를 역임해서인지 청소년과 젊은이들을 격려하는 시를 많이 썼다. 《기죽지 말고 살아 봐》, 《너무 잘하려고 애쓰지 마라》, 《네가 웃으니 세상도 웃고 지구도 웃겠다》 등 여러 시집의 제목에서 그걸 알 수 있다. 특히 그의 대표작이라 할 〈풀꽃〉은 실의에 빠진 사람들에게 용기를 주는 시의 백미라 하겠다.

"자세히 보아야/ 예쁘다/ 오래 보아야/ 사랑스럽다/ 너도 그렇다."

작고 보잘것없는 존재에게도 관심과 애정을 가지면 특별한 가치와 아름다움을 발견할 수 있다는 뜻이리라. 첫머리에 소개한 시는 나태주의 〈행복〉이다. 〈풀꽃〉만큼이나 짧지만 메시지는 강렬하다. 그에게 행복은 거창한 것이 아니다. 재물도 권력도 명성도 아닌 듯싶다.

시인은 저녁때 돌아갈 집이 있으면 행복하다고 했다. 얼마나 소박한가. 하지만 이런저런 사정으로 집에 들어갈 수 없는 방랑자나 노숙자에게는 사정이 다르다. 경제적 어려움 때문에, 혹은 가정불화 때문에 들어갈 수 없는 사람이 분명히 존재한다. 설령 들어가더라도 포근함을 느낄 수 없는 사람도 있다. 중요한 것은 사랑하는 가족이 기다리는 집이 있음에도 행복감을 느끼지 못하는 사람이 적지 않다는 사실이다. 따스한 행복을 너무 당연하게 받아들이기 때문이다. 매일 귀가할 때마다 감사하는 마음을 가져보면 어떨까.

시인은 또 힘들 때 마음속으로 생각할 사람이 있으면 행복하다고 했다. 부모나 형제자매, 친구, 스승, 연인 누구나 해당될 수 있겠다. 마음속이라 했으니 돌아가신 부모에게 의지해도 되겠다. 마지막으로 외로울 때 혼자서 부를 노래가 있으면 행복하단다. 생각하기 나름이다. 아무 노래나 부르면 된다.

모든 사람은 경탄할 만한 잠재력을 가지고 있다.
자신의 힘과 젊음을 믿어라.
'모든 것이 내가 하기 나름이다'라고
끊임없이 자신에게 말하는 법을 배워라.

PART 12

일은 곧 축복이다

진심으로 하고 싶은 일을 하라

로버트 루이스 스티븐슨

1850~1894

영국의 소설가. 전 세계를 여행하며 살다 남태평양 사모아에서 여생을 보냄.
저서로《보물섬》,《지킬 박사와 하이드 씨》등 다수.

참다운 행복, 그것은 어떻게 끝을 맺느냐가 아니라
어떻게 시작하느냐에 달려있다.
또 우리가 무엇을 소유하느냐가 아니라
무엇을 바라느냐의 문제이기도 하다.

청소년 모험 소설《보물섬》으로 유명한 스티븐슨은 토목기사인 아버지의 뒤를 잇겠다며 에든버러 대학 공대에 진학했다. 하지만 적성에 맞지 않음을 확인하고 법대로 옮겼다. 장래가 보장되는 변호사가 되었지만 역시 적성에 맞지 않았다. 결국 질병(폐질환) 요양을 이유로 바다 건너 유럽 각지와 북아프리카 등지로 여행하길 즐겼으며, 그 과정에서 자신의 문학적 재능을 확인했다. 본격적인 문필 활동은 서른 살 넘어 시작되었다. 평생 병치레를 하고 44년의 짧은 생을 살았지만 영혼이 자유로웠기에 퍽 행복했을 것이라 짐작된다.

첫머리에 소개한 문장은 그의 행복론을 집약한 것이다. 행복은 결과가 아니라 시작이 중요하며, 많이 갖는 것이 아니라 진정으로 하고 싶은 일을 하는 것이란다. 스티븐슨은 "희망을 품고 여행하는 것이 목적지에 도착하는 것보다 낫다"라는 말을 남겼다. 누구에게나 목적한 바를 달성하는 것이 중요하겠지만 그 시작과 과정을 즐기는 것이 더 중요하다는 말이다. 행복을 바란다면 결과에 상관없이 하루하루 주어진 삶을 즐기면서 만족할 줄 알아야겠다. 스티븐슨은 또 자신이 좋아하는 일, 하고 싶은 일을 해야 행복하다고 강조했다.

"세상이 좋아하라고 하는 것을 그대로 받아들이기보다 네가 무엇을 좋아하는지 아는 것이 네 영혼을 살아있게 한다."

그의 성장기 방황 경험에서 우러나온 말이라 여겨진다.

그렇다. 실제로 세상에는 자신의 관심이나 적성을 아예 무시한 채 남들이 좋다고 생각하는 일을 하며 살아가는 사람이 참 많다. 진정으로 하고 싶은 일 대신 돈벌이나 명성 쌓기에 용이한 일에 몰두하는 사람들 말이다. 행복과는 거리가 멀다. 이런 사람은 뒷날 후회하는 경우가 많다.

할 일을 찾았다면 축복받은 사람이다

토머스 칼라일

1795~1881

영국의 철학자, 역사가, 문필가.
저서로《프랑스 혁명사》,《영웅 숭배론》등 다수.

자기 할 일을 찾은 사람은 축복받은 사람이다.
그런 사람은 또 다른 행복을 찾을 필요가 없다.
그에게는 인생의 목적이 있기 때문이다.

칼라일은 일을 행복의 가장 중요한 조건으로 내세웠다. 할 일이 있는 사람은 행복하고, 할 일이 없는 사람은 불행하다고 했다.

"일은 인간을 괴롭혀온 모든 병폐와 비참함을 막아주는 위대한 치료제다."

그는 일의 중요성을 설파한 사람답게 매사에 적극적인 열정의 소유자였다. 공부든 일이든 그에겐 어떤 장애물도 없었다.

"길을 가다 돌을 만나면 약자는 걸림돌이라 하고, 강자는 디딤돌이라 한다."

디딤돌은 적극성과 도전정신을 말한다. 그가 열정적인 작가 윌리엄 셰익스피어를 특별히 좋아한 것도 같은 맥락으로 이해된다. 이런 유명한 말을 남긴 사람이 바로 칼라일이다.

"영국인들이 인도와 셰익스피어 중 하나를 포기해야 한다면 인도를 포기하는 것이 낫다."

그에게 일이란 이론이나 사변적인 것이 아니라 오로지 행동이다.

"우리들의 중요한 임무는 멀리 있는 것이 아니라, 희미한 것을 보는 것이 아니라, 가까이 있는 분명한 것을 실천하는 것이다."

누구나 살면서 좋아하는 일을 잘하면 더할 나위 없이 행복할 것이다. 이런 일을 하는 직업이나 직장을 구한다면 그야말로 천직이 될 것이다. 하지만 천직을 가진 사람은 그리 많지 않다. 직장에서 일은 잘하지만 재미를 느끼지 못하는 사람이 적지 않고, 반대로 일은 재미있는데 잘하지 못하는 사람도 적지 않다. 욕심부리지 않는 것이 좋겠다. 둘 중 한 가지만 갖춰도 충분히 행복해질 수 있다. 전자의 경우라면 직장생활 열심히 하면서 따로 좋아하는 일을 찾아 취미생활하면 되고, 후자라면 좋아하는 일을 더 열심해 해서 능력을 인정받으면 된다. 특히 후자의 경우 조급하게 생각할 필요 없다. 자존감을 갖고 열심히 하다 보면 언젠가 잘하게 되고, 행복은 저절로 따라올 것이다.

해야 할 일을 좋아하는 사람이 행복하다

앙드레 지드

1869~1951

프랑스의 소설가, 비평가. 노벨 문학상 수상. 기독교 이원론적 세계관 지지.
저서로《좁은 문》,《새로운 양식들》등 다수.

행복의 비결은 좋아하는 일을 하는 것이 아니라
해야 할 일을 좋아하는 것이다.

지드는 사랑과 행복에 대해 누구보다 깊이 성찰하는 삶을 살았다. 일찍이 철학서와 문학서를 탐독하고, 기독교적 세계관을 받아들여 인생의 진정한 의미를 찾고자 했다. 그에게 행복은 숙명이다. 저서《새로운 양식들》에서 "인간은 행복을 위해 태어나며, 이 사실은 지상에 존재하는 자연이 우리에게 분명하게 가르쳐주는 것"이라고 썼다.

지드는 지극히 현실적인 행복론을 하나 제시했다. 첫머리에 소개한 문장이 그것이다. 좋아하는 일을 하는 것이 행복이 아니라, 해야 할 일을 좋아하는 것이 행복의 비결이란다. 흔히 우리는 자기가 좋아하는 일을 하면 행복하다고 말한다. 그래서 가급적 빨리 자신의 '참나'를 발견하고, 자신의 특장을 개발해서 발전시키라고 조언한다. 그것이 성공의 비결이라고도 가르친다. 원론적으로는 당연히 맞는 말이다.

하지만 세상에 자신이 진실로 좋아하는 일을 하는 사람은 그리 많지 않다. 자격을 갖추지 못해 좋아하는 일을 할 기회를 잡지 못하는 사람도 많고, 명성과 돈을 얻는 데 한계가 있다는 이유로 좋아하는 일을 애써 피하는 사람도 적지 않기 때문이다. 현실에서는 오히려 주어진 일이므로 하지 않을 수 없는 상황에 처한 사람이 많다. 이런 사람들이 행복하려면 해야 하는 일을 좋아해야 한다. 좋아하지 않을 경우 좋아하도록 스스로 다짐하고 훈련해야 행복해질 수 있다. 그다지 좋아하지 않는 일이지만 어쩔 수 없이 해야 하는 직장인이 그렇고, 가사를 좋아하지 않지만 하지 않을 수 없는 가정주부가 그렇다. 지드는 이 지점에서 자신감과 마음가짐을 특별히 강조한다. 그가 한 말이다.

"모든 사람은 경탄할 만한 잠재력을 가지고 있다. 자신의 힘과 젊음을 믿어라. '모든 것이 내가 하기 나름이다'라고 끊임없이 자신에게 말하는 법을 배워라."

행복은 일을 해서 얻어야 값지고 오래간다

헨리 워즈워스 롱펠로

1807~1882

미국의 시인. 유럽 여러 나라 민요를 영어로 번역해 명성을 얻음.
저서로《밤의 소리》,《에반젤린》등 다수.

행운과 행복을 바라지 않는 사람은 없다.
그것을 얻기 위해 지름길로 가려고 욕심을 부려
도박에 손을 대는 사람이 있다. 하지만 옳지 않다.
오로지 일을 해서 얻어야 한다.

롱펠로는 미국인들에게 '영원한 청년'이라 불린다. 첫 아내(질병)에 이어 두 번째 아내(화재)까지 잃고, 남북전쟁 때 아들마저 큰 부상을 당했으나 항상 활기찬 모습으로 생을 찬미하며 살았다. 긍정 마인드로 똘똘 뭉친 사람이다. 노년에 어떤 친구가 그에게 긍정적 삶과 행복의 비결을 묻자 이렇게 대답했다고 한다.

"정원에 서 있는 저 나무를 보게. 비록 늙었지만 아직도 꽃을 피우고 열매를 맺는다네. 그것이 가능한 것은 저 나무가 매일 조금이라도 계속 성장하고 있기 때문이지. 나도 그렇다네."

롱펠로는 사람이 성장을 멈추면 행복하기 어렵다고 생각했다. 그런데 성장하려면 행운을 바랄 것이 아니라 끊임없이 일을 해야 한다고 했다. 첫머리에 소개한 글에 그의 인생관이 잘 드러나 있다. 행운을 바라면서 도박 같은 지름길을 택하는 건 옳지 않다고 경고한다.

그렇다. 행운은 사전적 의미로 '행복한 운수'이지만 반드시 행복으로 가는 길은 아니다. 인생을 운수에 맡겼다가 파멸의 길을 걷는 사람은 수없이 많다. 카지노에 빠져 가산을 탕진하고 아예 세상을 등지는 사람도 더러 있다. 어리석은 일이 아닐 수 없다. 롱펠로는 〈인생 찬가〉라는 시에서 '행동'을 강조해서 주문했다.

"아무리 즐거울지라도 미래를 믿지 마라/ 죽은 과거는 죽은 채 묻어두라/ 행동하라, 살아있는 현재 행동하라/ 가슴에는 심장이 있고, 머리 위에는 신이 있다."

설령 행운으로 행복을 얻는다 해도 오래가지 않을 가능성이 있다. 노력 없이 얻는 공짜 행복이기 때문이다. 로또 복권에 당첨됐다 인생 파탄에 이르렀다는 소식이 심심찮게 들리지 않는가. 행복은 오로지 일을 해서 얻어야 값지고 오래간다.

할 일, 사랑하는 사람, 희망이 있다면 행복하다

임마누엘 칸트

1724~1804

독일의 철학자. 인식론과 형이상학에 이정표를 세움.
저서로 《순수이성비판》, 《실천이성비판》 등 다수.

첫째 할 일이 있고,
둘째 사랑하는 사람이 있고,
셋째 희망이 있다면
그 사람은 지금 행복한 사람이다.

칸트에게는 깐깐한 성격의 괴짜 철학자 이미지가 있다. 그는 평생 독신으로 살았다. 이런 일화가 전해진다. 어떤 여자로부터 결혼 제안을 받은 칸트는 결혼 여부에 대해 심층 연구한 결과, 결혼하는 것이 좋은 이유 354개, 결혼하지 않는 것이 좋은 이유 350개를 찾아냈다. 결국 결혼하기로 결정하고 그 여자를 찾아갔으나 이미 다른 남자와 결혼해 아이까지 낳았다는 소식을 들었단다.

칸트는 경건주의 교육을 받고 성장했으며, 여행을 즐겼던 다른 지식인들과 달리 죽을 때까지 자기 고향을 떠나본 적이 없다. 매일

정확히 똑같은 시각에 산책을 해 이웃 사람들이 그 모습을 보고 시계를 맞출 정도였다니 철두철미한 성격의 소유자였음이 분명하다. 하지만 대철학자의 행복관은 의외로 단순해 보인다. 할 일이 있고, 사랑하는 사람이 있고, 희망이 있다면 행복한 사람이란다. 평범해 보이지만 중요한 말로 새겨들어야겠다.

할 일이 있어야 한다는 것은 일상이 무료하지 않고 일정한 수입이 있어야 한다는 뜻일 게다. 무위는 누구에게나 불행이다. 사랑하는 사람이 있어야 한다는 것은 연인, 가족, 친구들과의 관계가 원만해야 한다는 말로 들린다. 인간관계가 뒤틀린 사람이 행복을 기대하는 건 연목구어다. 희망이 있어야 한다는 것은 미래의 더 나은 삶을 위한 청사진을 갖고 살아야 한다는 의미로 해석된다. 칸트가 80 평생을 무미건조하게 살았을 것이란 느낌이 들지만 지성과 이성으로 무장한 위대한 철학자이기에 불행했다고 생각되진 않는다. 그가 한 말이다.

"깊이 생각해보면 (나에게는) 두 가지 기쁨이 있다. 머리 위에는 하늘에 반짝이는 별, 내 마음에는 도덕률. 이 두 가지를 삶의 지침으로 삼고 나아갈 때 막힘이 없다."

행동에 몰입하면 삶의 만족감이 커진다

미하이 칙센트미하이

1934~2021

헝가리 출신의 미국 심리학자, 교육학자, 작가.
저서로 《몰입의 즐거움》, 《창의성의 즐거움》 등 다수.

행동에 몰입을 하면 인생이 더 즐겁고 행복하다.
몰입이 오랜 시간에 걸쳐 지속적으로 반복해서 나타나면
경험의 질이 향상되고 만족감이 커진다.

칙센트미하이는 몰입과 행복의 상관관계를 연구한 심리학자다. 무엇이든 몰입을 하면 삶의 질이 향상되고 창의성을 발휘할 수 있기 때문에 성공과 행복을 이룰 수 있다는 것이다. 그는 몰입의 개념을 어떤 행동에 깊이 빠져든 상태로 시간의 흐름이나 공간의 이동, 더 나아가 자기 자신조차 잊게 되는 심리상태라고 규정했다. 이런 상태가 되면 물 흐르는 것처럼 편안한 느낌, 혹은 하늘을 날아가는 듯한 자유로운 느낌이 든다고 했다. 몰입은 누구나 스스로 선택할 수 있다. 선천적인 능력이 요구되는 것이 아니라 의지만 있으면 가능하다. 그는 몰입의 효능을 이렇게 설명했다.

"우리가 몰입하는 순간은 행복하지 않다. 그러나 몰입에 이어 따라오는 행복감은 스스로의 힘으로 만든 것이기 때문에 우리의 의식을 그만큼 고양시키고 성숙시킨다."

칙센트미하이는 "행복은 결코 우연히 찾아오지 않으며, 몰입을 통해 창의적 행동을 함으로써 스스로 행복을 찾아야 한다"고 했다. 그는 몰입에 이르기 위한 조건으로 분명한 목표 설정, 즉각적인 피드백, 능력(기술)과 난이도의 적절한 균형을 제시했다.

그렇다. 무엇엔가 몰입을 하려면 자신이 진정으로 하고 싶은 일을 해야 한다. 당면 목표를 정하고 그것을 달성하고자 그 일에 흠뻑 빠져들어야 한다. 긍정적 결과가 나오는 기쁨을 만끽하는 것이 중요하다. 성취감을 느끼려면 난이도가 자신의 능력보다 약간 상회하는 일을 선택하는 것이 좋겠다.

스포츠 선수가 경기에 집중하고, 화가가 그림 그리기에 혼신의 힘을 쏟느라 모든 것을 잊어버리는 상태가 바로 몰입 아닐까 싶다. 특별한 장기가 없는 사람도 하고 싶은 일을 찾아 몰입하는 습관을 들이면 큰 행복감을 느낄 수 있을 것이다.

평온한 마음으로 일하는 것을 즐겨라

토머스 제퍼슨

1743~1826

미국의 3대 대통령. 독립선언문 초안 작성자.
철학, 자연과학, 건축학, 언어학 등에 박식해 '몬티첼로의 성인'이라 일컬어짐.

우리에게 행복을 안겨주는 것은
돈이나 명성(화려함)이 아니라
평온함과 일이다.

제퍼슨은 미국 건국의 아버지라 불린다. 독립선언문 기초를 주도했기 때문이다. 인권을 특별히 강조하며 민주주의 초석을 세운 것은 인류 역사에 빛나는 업적이라 하겠다. 그는 독립선언문에 '행복'이란 개념을 도입했다.

"모든 인간은 평등하게 창조되었으며, 어떤 불가분의 권리를 조물주로부터 부여 받았으니, 거기에는 생명과 자유와 행복 추구의 권리가 포함된다."

이른바 '행복 추구권'을 명문화한 것이다. 이는 신이 부여한 권리이기 때문에 어느 누구도 방해할 수 없다는 규정이다. 여기서 주목해야 할 점은 행복권이 아니라 행복 추구권이라는 사실이다. 신이 부여한 것은 행복이 아니라 행복을 향해 나아갈 수 있는 권리라는 의미다. 행복은 그냥 주어지는 것이 아니라 각자 노력의 산물이며, 행복을 추구하는 과정을 중시하라는 뜻이 포함돼 있다고 본다.

서두에 소개한 제퍼슨의 말을 음미해보자. 흔히 돈이나 명성을 얻으면 행복해진다고 생각하지만 그렇지 않다는 것이다. 대농장주의 아들로 태어난 제퍼슨은 300만 평의 토지와 수많은 노예를 거느린 집안의 가장이었다. 건국 초기 주요 관직을 두루 경험했으며, 대통령을 두 번이나 지냈다. 돈이나 명성에 관한 한 이처럼 많고 큰 것을 소유한 사람이 세상에 몇이나 될까. 하지만 그는 이것이 곧 행복으로 직결되지 않는다고 생각한 것 같다. 그가 남긴 묘비명엔 대통령이란 표현이 아예 없다.

"미국 독립선언문의 기초자, 종교와 자유를 확립한 버지니아 헌법의 기초자, 버지니아대학교의 아버지, 토머스 제퍼슨 여기에 잠들다."

그는 공부벌레, 일벌레였다. 정치를 하면서도 역사와 철학, 문학에 심취했으며 대통령 퇴임 후엔 심혈을 기울여 버지니아대학교를 설립했다. 공부와 일, 그리고 평온한 마음으로 행복을 찾으려 했다.

일에 몰두해야 불행이 달아난다

루트비히 베토벤

1770~1827

독일 출신의 음악가. 고전주의 음악의 완성자이자 낭만주의 음악의 창시자.
오스트리아 빈에서 주로 활동.

자신의 불행을 생각하지 않게 되는
가장 좋은 방법은 일에 몰두하는 것이다.

'음악의 성인'이라 불리는 베토벤은 긍정 마인드로 시련을 극복한 사람이다. 단순히 위대한 작품들을 남기는 데 그치지 않고, 불굴의 의지와 인간 승리의 모습을 후세 사람들에게 보여주었다. 그의 생을 들여다보면 불행의 늪에 빠지더라도 의지만 있으면 얼마든지 헤쳐나올 수 있다는 생각이 든다.

베토벤은 아버지가 알코올 중독자여서 청소년기를 불우하게 보냈다. 그럼에도 음악적 재능이 워낙 뛰어나 20대에 접어들자마자 이름이 알려지기 시작했다. 하지만 청천벽력 같은 일이 벌어졌다.

25세 무렵 중이염을 앓아 청력장애 진단을 받았다. 음악가에게는 사형선고나 다름없는 위기가 닥친 것이다. 그토록 사랑하는 음악을 할 수 없게 된다는 생각에 자살을 염두에 두고 유서까지 썼다. 하지만 그렇게 무릎 꿇을 베토벤이 아니었다.

"환경과 조건이 어려워지는 만큼 공부와 일에 더 몰두하자."

그는 폭넓은 독서와 깊은 사색을 바탕으로 수준 높은 곡을 연이어 발표해 얼마 안 가 전성기를 맞았다. 청각장애는 결정적인 걸림돌이 되지 않았다. 베토벤은 시련 극복의 의지와 그것이 주는 기쁨을 이런 표현들로 노래했다.

"나는 운명의 목을 죄고 싶다. 어떤 일이 있더라도 운명에 져서는 안 된다."

"불행은 이상한 것이다. 불행을 말하면 점점 더 커진다. 그 원인과 그것이 미치는 범위를 올바로 이해하는 것만이 불행을 이겨낼 수 있는 길이다."

"나는 참고 견디면서 생각한다. 모든 불행은 좋은 것과 동반해서 온다."

"가장 뛰어난 사람은 고뇌를 통하여 환희를 느낀다."

베토벤은 평생 음악에 몰두했던 사람이다. 결혼하지 않은 것도 음악을 워낙 사랑해서인지 모른다. 음악이 마냥 즐겁고, 그 성취로 무한한 행복을 느꼈을 것이다. 누구나 불행에서 벗어나려면 일에 몰두하는 것이 좋다.

행복한 일하기의 세 가지 조건

존 러스킨

1819~1900

영국의 예술비평가, 작가, 화가. 사회 개혁가들에게 많은 영감을 줌.
저서로 《나중에 온 이 사람에게도》, 《베니스의 돌》 등 다수.

사람들이 일에서 행복하기 위해서는 세 가지가 필요하다.
적성에 맞아야 하고, 너무 많이 해서는 안 되며,
성취감을 얻을 수 있어야 한다.

러스킨은 저서 《나중에 온 이 사람에게도》를 통해 인간 노동의 가치를 재조명하고자 했다. 인간이 추구해야 할 유일한 부는 '생명'이라며, 그것을 얻기 위해서는 정직과 애정이 필요하다고 역설했다.

첫머리에 소개한 글은 이 책에 나오는 말이다. 일을 하되, 행복하게 하기 위한 조건으로 세 가지를 제시했다. 이 세상 모든 노동자들에게 적용할 수 있는 아주 명쾌한 규정이라 생각된다. 첫째 조건인 적성에 맞아야 한다는 말, 150년 세월이 흘렀지만 여전히 옳고도 중요하다. 남이나 세상이 바라는 일이 아니라 자기 자신한테 맞는 일을 해야 행복하다. 적성에 맞지 않는 일을 억지로 하면 성과가 나지 않을뿐더러 하루하루가 피곤하다.

일을 너무 많이 하면 지친 나머지 건강을 잃을 수 있다. 돈이나 명성을 얻는 대신 건강을 빼앗겨버리면 행복은 없다. 또 성취감을 얻을 수 있는 일을 해야 진정한 행복을 얻을 수 있음은 너무나 당연한 얘기다. 러스킨은 이런 말도 남겼다.

"어떤 일에 완전히 몰입하게 되면 마치 봉오리가 터져 꽃잎이 피어나듯이 그 일로 인한 즐거움이 점점 커진다."

일을 너무 많이 하면 안 되겠지만 할 땐 집중해서 열심히 해야 한다는 의미로 들린다. 행복하기 위해서는 그것을 쟁취하고자 열심히 노력해야 한다. 우리가 일을 하는 이유도 그것 때문 아니겠는가. 인생은 타의에 의해 주어진 것이긴 하지만 주도적으로 살 필요가 있다. 그럴 때라야 행복이 우리 앞으로 성큼 다가온다. 러스킨은 이런 멋진 말도 했다.

"인생은 흘러가는 것이 아니라 채워지는 것이다. 우리는 하루하루를 보내는 것이 아니라 내가 가진 무엇으로 채워나가는 것이다."

지적인 활동을 해야 행복하다

아리스토텔레스

BC384~BC322

고대 그리스의 철학자. 알렉산드로스 대왕의 황태자 시절 가정교사.
저서로 《니코마코스 윤리학》, 《시학》 등 다수.

행복은 재산, 권력, 명예 등을 가졌을 때 느끼는 마음의 상태가 아니다.
그것들이 행복의 조건이 될 수는 있다.
빈곤, 압제, 무명(無名) 속에서 행복하다고 말하기는 어렵다.
그러나 인간을 인간답게 하는 이성적 사유,
또는 지성적 활동을 할 때 가장 행복하다.

아리스토텔레스는 행복을 체계적으로 연구한 최초의 학자다. 그의 연구 성과와 저술은 워낙 탁월해 지금도 행복 연구자들에게 끊임없이 인용되고 있다. 그는 인생의 궁극적 목적(최고의 선)은 행복이고, 지혜로운 사람은 삶을 행복으로 이끌며, 행복한 삶이야말로 성공적인 인생이라고 규정했다.

그는 궁중 의사의 아들로 태어나 귀족처럼 부유하게 살았다. 아버지로부터 유산도 많이 물려받았다. 풍요가 몸에 배어서일까, 아리스토텔레스는 철학자이면서도 행복을 이야기하며 쾌락을 중시했다. 섹스와 음식, 와인이 행복에 중요한 실마리를 던져준다고 믿었다. 호화로운 집에서 많은 하인을 거느리고 편안한 생활을 하는 데 가치를 부여했다. 화려한 옷을 입고 반지를 끼는 등 외모를 치장하는 걸 좋아하기도 했다.

아리스토텔레스는 그러나 주관적인 의미의 행복에 비중을 두었다. 객관적으로 재산이나 권력, 명예 따위를 두루 갖췄다고 해서 반드시 행복한 것이 아니라는 사실을 2300년 전에 이미 터득한 것이다. 그는 사고 활동을 통한 삶, 즉 지혜 습득을 목적으로 하는 삶이 가장 행복하다고 생각했다. 그것은 곧 잘 사는 것Living Well을 의미하며, 윤리를 갖고 사는 것이라고 여겼다.

그는 또 '잘 사는 것'을 실천함으로써 행복을 찾는 데는 타고난 재능이 필요하지 않다는 입장을 취했다. 마음만 먹으면 누구든지 행복해질 수 있다는 것이다.

"우리는 자신의 행복에 대해 책임을 지고, 또한 그 어떤 도덕적 단계에서도 잘 살아가기를 결심할 수 있다."

열심히 일하는 것만이 살아있다는 증거다

장 앙리 파브르

1823~1915

프랑스의 곤충학자. '곤충의 아버지'라 불림. 아비뇽 르키앙 박물관장 역임.
저서로《파브르 곤충기》등 다수.

단 1분도 쉴 수 없을 때처럼 행복한 일은 없다.
일하는 것, 이것만이 살고 있다는 증거다.

파브르는 공부벌레, 일벌레였다. 열심히 공부하고 일하는 데서 즐거움과 행복을 찾으려 했다. 단 1분조차 쉴 수 없을 정도로 일할 때 가장 행복하단다. 그는 가난한 농부의 아들로 태어나 겨우 초등학교만 졸업하고 가사를 도왔다. 이후 독학과 주경야독으로 사범대학을 졸업하고 초등학교 교사가 된 뒤 계속 공부해 중학교 교사, 고등학교 교사, 대학교수로 '몸값'을 높여나갔다.

"배우고자 하는 열망은 무엇이든 할 수 있다."

그가 한 말이다. 어릴 때부터 관심은 오로지 곤충이었다. 대자연이 곧 책이자 스승이었다. 평생 자연 속에서 곤충을 관찰하고 연구하고 글을 썼다. 그의 곤충 연구는 기존 연구에 의존하지 않고 직접 발로 뛰는 관찰의 결과물이다. 곤충을 관찰한다며 맨날 땅바닥을 기어 다니다 보니 '괴상한 사람'으로 비쳤지만 개의치 않았다.

《파브르 곤충기》는 총 10권으로 된 방대한 책이다. 무려 28년간 피땀 흘려 저술한 역작이다. 단순히 곤충 이야기뿐만 아니라, 곤충과 비유해 인간의 행태를 비판적으로 서술한 부분도 적지 않다. 그를 사상가, 철학자라고 부르는 이유다. 파브르는 열정이 대단한 사람이었다. 곤충기를 발표한 뒤에도 다양한 분야에 관심을 가졌다. 늘그막에는 비행기 연구에 참여했는데, 87세 때 글라이더를 설계해 잠깐 하늘을 날아보기도 했다. 가만히 앉아 쉬거나 노는 것을 참지 못했던 모양이다. 그는 이런 말도 남겼다.

"행동하는 것은 사는 것이고, 일하는 것은 진보하는 것이다."

행복이 주관적, 개인적 산물이란 점에서 쉬지 않고 일하는 파브르를 이해하지 못할 이유는 없다. 일 자체도 행복했겠지만 그에 따른 성취감도 큰 몫을 했을 것이다. 건강을 지키며 장수했으니 진짜 행복한 사람이다.

사람은 불행해서 우는 것이 아니라 우니까 불행하고,
행복해서 웃는 것이 아니라 웃으니까 행복하다.
가장 위대한 발견은 '사람은 자기 마음을 고치기만 하면
자신의 인생까지도 고칠 수 있다'는 것이다.

PART 13

시련에는
반드시 행운이
뒤따른다

행복과 불행은 혼자 오지 않는다

윌리엄 셰익스피어

1564~1616

영국의 극작가, 소설가, 시인. 영문학 사상 최고의 작가로 일컬어짐.
38편의 희곡과 154편의 소네트를 남김.

최상의 행복은 슬픔으로 변하지만
최악의 불행은 웃음을 되찾는다.

셰익스피어의 4대 비극에 속하는《리어왕》에 나오는 말이다. 행복과 불행이 고정된 것이 아니라 끊임없이 변한다는 사실을 상기하는 문장이다. 현재 더할 나위 없이 행복해도 언제 불행이 닥칠지 모르고, 지금 최악의 불행을 겪고 있지만 금세 행복이 찾아올지도 모르는 것이 인생이다.

그렇다. 행복과 불행은 돌고 도는 것이다. 심지어 나의 행복이 남에게는 불행이 되고, 나의 불행이 남에게는 행복이 될 수 있는 게 인간사다. 또 행복 가운데서도 불행이 있고 불행 속에도 행복이 있다. 셰익스피어가 "행복과 불행은 혼자 오지 않는다"라고 말한 이유 아닐까 싶다. 그러므로 지금 함께하고 있는 행복이나 불행에 일희일비할 필요 없다. 행복하다고 생각하는 사람은 감사한 마음으로 마음껏 즐기면 된다. 대신 겸손한 자세를 가져야 한다. 고난 고통에 처한 이웃에게 사랑의 손길을 전할 수 있어야겠다. 지금 누리고 있는 행복이 남의 불행을 밟고 서 있는지도 모르기 때문이다. 반대로 불행하다고 생각하는 사람은 실의에 빠져 살 것이 아니라 희망의 끈을 잡아야 한다. 희망이야말로 누구에게나 삶의 이정표다. 이정표 없이 행복의 집에 이르기란 쉽지 않다.

"희망을 걸었다가 최악을 만나 대안이 없을 때 슬픔은 끝난다. 지나간 불행을 계속 슬퍼하는 것은 새로운 불행을 재촉하는 것이다."

셰익스피어의 또 다른 비극 《오셀로》에 나오는 말이다. 불행을 극복하는 데는 인내심이 중요하다. 행복과 불행이 돌고 돈다는 사실을 알면서도 행복이 오기 전에 지쳐 나자빠진다면 비극이다. 차분하게 때를 기다릴 줄 알아야 한다.《리어왕》에 이런 말이 나온다.

"세상은 참아야 한다. 이 세상을 떠날 때나 이 세상에 태어날 때나 때가 무르익는 것이 중요하다."

기쁨과 슬픔은 함께 온다

칼릴 지브란

1883~1931

레바논에서 태어나 미국에서 주로 활동한 소설가, 시인, 철학자, 화가.
저서로《예언자》,《부러진 날개》등 다수.

기쁠 때는 여러분의 마음 깊이를 들여다보십시오.
그러면 지금 기쁨을 주고 있는 것이
바로 지금까지 슬픔을 주던 것이라는 사실을 깨닫게 될 것입니다.
슬플 때도 다시 여러분의 마음 깊이를 들여다보십시오.
그러면 사실 지금까지 즐거움이었던 바로
그것 때문에 지금 울고 있다는 사실을 알게 될 것입니다.

지브란은 흔히 '중동의 성자'라 불린다. 인생에 대한 종교적, 철학적 통찰이 그의 작품에 깊숙이 배어있기 때문이다. 특히 대표작에 속하는 산문시집《예언자》는 종교적 신비주의를 배경으로 한 최고의 인생 지침서라 하겠다. 100개 국어 이상 번역되어 1,000만 부 가까이 판매되었다니 현대판 성서라 해도 손색이 없다. 사랑과 결혼, 집과 옷, 선과 악, 우정, 죽음 등 갖가지 인생사에 대해 예언자의 입으로 멋진 가르침을 준다. 예언자는 바로 지브란 자신인 셈이다.

서두에 소개한 글은 이 책의 '기쁨과 슬픔' 편에 나오는 말이다.

기쁨과 슬픔은 같은 뿌리를 갖고 있다고 했다. 기쁘다고 환호성을 지를 필요도 없고, 슬프다고 실의에 빠져 있을 이유도 없다는 뜻으로 해석된다. 두 가지는 결코 떨어질 수 없다는 것이다. 지브란은 이런 말을 덧붙였다.

"이 둘은 함께 옵니다. 그중 하나가 여러분과 함께 식탁에 앉아 있을 때, 다른 하나는 여러분의 침대에서 자고 있다는 사실을 기억하십시오. 진실로 여러분은 슬픔과 기쁨 사이에 걸려 있는 저울입니다."

지브란은 현재 주어진 행복이나 불행에 일희일비하지 말고 평온하게 살라는 메시지를 전하고자 이렇게 썼을 것이다. 특히 고통의 늪에 빠져있더라도 곧 기쁨이 도래할 것이란 희망을 잃지 않는 것이 무엇보다 중요하다는 말을 전하고 싶었을 것이다. 누구에게나 행복을 찾는 데는 인내심이 필요하다. 고통이나 슬픔을 참지 못해 자포자기해버리면 어쩔 도리가 없다. 지브란은 이런 말을 남겼다.

"인내의 밭에다 고통을 심었더니 행복의 열매를 맺었다."

슬픔 속에는 연금술이 있다

펄 벅

1892~1973

미국의 소설가, 수필가, 사회사업가. 퓰리처상, 노벨 문학상 수상.
저서로《대지》,《갈대는 바람에 시달려도》등 다수.

슬픔 속에는 연금술이 있다. 슬픔은 지혜로 변해 기쁨,
혹은 행복을 가져다줄 수 있다.

펄 벅은 생후 3개월 때 기독교 선교사인 아버지를 따라 중국으로 건너갔으며, 그곳에서 거의 반평생을 살았다. 중국 농촌의 실상을 여과 없이 묘사한 소설《대지》로 최고의 명예를 얻었지만 그에게는 크나큰 아픔이 있었다.

중국에 와있던 미국인 농업경제학자와 결혼했으나 처음부터 관계가 원만하지 못했으며, 설상가상으로 딸 캐롤이 심각한 지적 장애를 갖고 태어났다. 치료를 위해 동분서주했지만 남편은 무관심했다. 펄 벅은 딸에 대한 죄책감, 남편에 대한 원망, 장래에 대한 불안,

자신의 슬픔을 잊고자 글을 쓰기 시작했다. 그를 위대한 작가로 만든 것은 8할이 딸의 장애였으며, 그것은 또 평생 약자에 대한 연민과 배려, 박애적 사랑을 실천하며 살도록 만들었다. 첫머리에 소개한 펄 벅의 말처럼 슬픔은 결코 슬픔으로 끝나지 않는가 보다. 슬픔을 극복하는 과정에 지혜가 생겨 기쁨이나 행복으로 나아가게 된다. 이 말은 작가 자신의 인생을 묘사한 듯하다.

그는 장애아 부모들에게 용기와 희망을 준다. 에세이 《자라지 않는 아이》에서 당당하게 살라고 조언했다.

"모든 탄생에는 삶의 권리가 있고, 행복할 수 있는 권리가 있다. 지적 장애든 신체 장애든 그 아이에 대해 자부심을 가져라. 언제나 희망을 가져라. 희망처럼 좋은 위안은 없다."

펄 벅은 중국과 한국을 오가면서 미국인과 아시아인 사이 혼혈아의 불행을 목격하고 그들을 돕고자 발 벗고 나섰다. 해외 입양 사업을 위해 '펄벅 재단'을 설립 운영했으며, 자신도 7명의 혼혈아를 직접 입양해서 키웠다. 그를 '세상의 어머니'라 부르는 이유다.

누구나 인생에서 크고 작은 슬픔을 경험하게 된다. 그러나 슬픔 속에는 연금술이 있기에 행복으로 가는 길을 발견할 수 있다. 단 희망을 버리지 않아야 한다.

행복의 문은 누구에게나 활짝 열려있다

헬렌 켈러

1880~1968

미국의 맹농아 저술가, 장애인 인권운동가.
저서로《사흘만 세상을 볼 수 있다면》,《나는 신비주의자입니다》등 다수.

행복의 한쪽 문이 닫히면 다른 쪽 문이 열린다.
그러나 흔히 우리는 닫힌 문을 오랫동안 바라보기 때문에
우리를 위해 열려 있는 다른 문은 보지 못한다.

켈러는 뇌수막염을 앓아 태어난 지 2년이 채 되기 전에 시각과 청각, 언어 능력을 상실했다. 그러나 굴복하지 않았다. 시청각 장애인으로선 세계 최초로 대학을 졸업한 기록을 세웠으며, 이후 정상인보다 더 왕성하고 멋진 생을 살았다. 하지만 그의 일상이 얼마나 힘들고 고달팠을까. 켈러는 이런 말을 남겼다.

"사흘만 세상을 볼 수 있다면 첫째 날은 사랑하는 이의 얼굴을 보겠다. 둘째 날은 밤이 아침으로 변하는 기적을 보리라. 셋째 날은 사람들이 오가는 평범한 거리를 보고 싶다. 단언컨대 본다는 것은

가장 큰 축복이다."

보지도, 듣지도, 제대로 말하지도 못하면서도 그는 좌절하지 않고 끝까지 행복을 찾아 나섰다. 다른 장애인들의 행복까지 찾아 주려고 노력했다. 특유의 긍정 마인드가 아니면 절대 불가능한 일이다.

"나는 눈과 귀와 혀를 빼앗겼지만 내 영혼을 잃지 않았기에 그 모든 것을 가진 것이나 마찬가지다."

"장애는 불편하다. 하지만 불행한 것은 아니다."

서두에 소개한 그의 말과 일맥상통한다. 3중 장애로 한쪽 문이 완전히 닫혀 있었지만 열려있는 다른 문, 즉 건강한 영혼을 통해 세상 속으로 당당하게 나아간 것이다. 켈러는 자기 보존, 자기만족에 그치지 않았다. 세상을 위해 무언가 가치 있는 일을 하고자 했다. 진정한 행복을 찾는 일이기에 지치지 않았던 것 같다.

"진정한 행복은 자기만족에서 얻어지는 것이 아니라 가치 있는 삶의 목적을 위해 충실하게 행동함으로써 얻어진다."

켈러의 삶을 더듬어 보면 인생에서 좌절이란 있을 수 없다. 눈과 귀, 혀가 멀쩡한 사람이라면 무슨 일인들 못 하겠는가. 행복의 문은 누구에게나 활짝 열려있다.

행복 여부는 인생 끝자락에 가봐야 판단할 수 있다

솔론

BC640?~BC560?

고대 그리스의 시인, 정치가, 법률가. 그리스 7 현인의 한 사람으로 노예 해방, 법전 편찬 등 이른바 '솔론의 개혁' 단행.

인간의 일생에서는 단 하루도 똑같은 일이 일어나지 않으며, 그 생애는 전부 우연입니다. 지금 운이 좋다고 해서 평생 이어지리란 보장이 없지요. 그 사람이 행복한지 어떤지는 그 끝을 보기 전까진 알 수 없습니다. 그러므로 인간이 죽기 전까지 그를 '행운의 사람'이라고는 불러도 '행복한 사람'이라고 말하는 것은 삼가야 합니다.

시인이자 개혁 정치가로 명성이 높았던 솔론이 노년기에 지중해 연안 각국을 여행하다 리디아의 왕 크로이소스를 방문했다. 크로이소스는 당시 영토를 크게 확장하고, 세계 최초로 금속화폐를 주조할 정도로 막대한 부를 보유하고 있었다. 그는 자신이야말로 세상에서 가장 행복한 사람이라고 생각하며 솔론에게 이렇게 물었다.

"그대가 만나본 사람 중에 가장 행복한 사람은 누구인가?"

하지만 솔론은 첫 번째는 텔로스, 두 번째는 클레오비스와 비톤 형제라고 대답했다. 평범하지만 훌륭한 죽음을 맞이했기 때문이라고 말해줬다. 실망한 크로이소스는 “그럼 나의 행복은 아무런 가치도 없단 말인가?”라고 따져 물었고, 이에 솔론은 첫머리에 소개한 말로 응대했다. 당신은 지금 운이 좋을진 몰라도 행복하다고 말할 수 없다는 것이었다.

실제로 크로이소스는 얼마 안 가 페르시아와의 전쟁에서 패해 나라를 잃었으며, 목숨만 겨우 건질 수 있었다. 앞서 그의 아들은 사고로 죽고, 아내는 자살하고 만다. 이는 헤로도토스가 쓴《역사》에 나오는 얘기다. 솔론의 생각은 불운은 언제든지 닥칠 수 있기 때문에 한 사람의 전체 행복은 그가 죽을 때까지 평가하기 어렵다는 것이다.

그렇다. 살다 보면 행복이 순식간에 불행으로 바뀌는 경우가 있으며, 반대의 경우도 허다하다. 인생이란 지극히 불확실하기 때문이다. 그렇다면, 행복과 불행을 두고 일희일비해선 안 된다. 현재 행복하면 겸손해야 되고, 불행하면 희망과 용기를 가져야 한다. 인생은 돌고 도는 것이다.

원대한 희망을 가져야 행복이 오래간다

슈테판 게오르게

1868~1933

독일의 시인. 순수 예술을 추구한 서정 시인. 나치즘 부상을 비판하며 스위스로 망명. 저서로 시집《삶의 융단》,《동맹의 별》등 다수.

행복과 불행은 사람의 마음 가운데 살고 있다.
인생을 짧게 보는 사람에게 행복은 허무하고 불행은 오래가지만,
원대한 희망을 가진 사람에게 행복은 오래가고 불행은 짧다.

삶에 희망이 있고 없음은 행복과 불행을 결정적으로 좌우한다. 원대한 희망을 가진 사람은 당장의 행복은 말할 것도 없고 오랫동안 지속적으로 그것을 누릴 수 있다. 희망이 없는 사람은 그 반대이다. 옛 위인들이 이구동성으로 희망을 가지라고 말한 이유겠다.

독일 시인 게오르게는 그 점을 정확하게 짚었다. 행복이냐 불행이냐는 자기 자신의 마음에 달렸다고 했다. 마음속에 원대한 희망을 가져야 짧아서 허무하지 않고, 길고도 값진 행복을 얻을 수 있단다. 그런데 희망Hope은 소원Wish과 다르다. 소원이란 실현 가능성과

관계없이 기대하는 것을 말한다. 실현 가능성이 아주 낮거나 아예 불가능한 경우가 많다. 단순한 꿈과 별반 다르지 않다. 이와 달리 희망이란 어떤 기대를 갖거나 앞으로 잘 될 가능성을 말한다. 소원과 달리 희망은 구체적인 계획과 실천을 전제로 하는 말이다.

값지고도 지속적인 행복을 잡는 데 필요한 것은 희망이지 소원이나 꿈이 아니다. 희망을 가진 사람은 자신이 행복하게 살아갈 가치가 있는 존재임을 명확하게 인식하고 있다. 세상의 모든 일은 무엇을 생각하고, 어떻게 실천하느냐에 달렸다. 인생이란 만들면 만드는 대로, 내버려두면 내버려두는 대로 된다는 말이 있다. 희망을 가진 사람은 무엇인가 끊임없이 만들지만 희망이 없는 사람은 오불관언 내버려둔 채로 산다. 전자가 행복하고, 후자가 불행한 것은 너무나 당연하다. 그래서 희망이 중요하다.

"희망은 삶 속에 존재하는 가장 위대한 힘이며, 죽음을 물리칠 수 있는 유일한 무기이다."

노벨 문학상 수상자 유진 오닐이 한 말이다.

행복해서 웃는 것이 아니라 웃으니까 행복하다

윌리엄 제임스

1842~1910

미국의 심리학자, 철학자, 생리학자. 근대 심리학의 아버지라 불림.
저서로《심리학의 원리》,《종교적 경험의 다양성》등 다수.

사람은 불행해서 우는 것이 아니라 우니까 불행하고,
행복해서 웃는 것이 아니라 웃으니까 행복하다.
우리 세대의 가장 위대한 발견은 사람은 자기 마음을 고치기만 하면
자신의 인생까지도 고칠 수 있다는 것이다.

제임스는 근대 심리학을 창시한 철학자다. 어떻게 살아야 마음이 편안하고 행복한지에 대해 깊이 연구하는 삶을 살았다. 부유한 가정에서 태어나 미술, 화학, 의학, 해부학 등을 닥치는 대로 공부했으며 마지막엔 인간 심리 연구에 심취했다. 재력이 있었기에 미국에 머물지 않고 유럽 각지를 돌면서 공부했다.

그가 결론 내린 행복의 비결은 긍정 마인드와 적극적인 자세다. 서두에 소개한 문장이 그의 이런 생각을 정확히 대변한다. 가만히 앉아서 행복을 바랄 것이 아니라 적극적으로 생각하고 노력해야 한

다는 말이다. 의도적으로 웃기만 해도 행복할 수 있다는 것이다. 제임스는 행동이 항상 행복을 가져다 주지는 않지만 행동하지 않으면 절대 행복을 맞이할 수 없다고 했다. 현재의 불행한 상태에서 벗어나기 위해서는 뭐든지 바꿔나가야 한다는 것이다.

"생각이 바뀌면 행동이 바뀌고 행동이 바뀌면 습관이 바뀌고, 습관이 바뀌면 성품이 바뀌고, 성품이 바뀌면 운명이 바뀐다."

긍정 마인드는 곧 자신감이다. 제임스는 자신감이 있어야 성공도, 행복도 쟁취할 수 있다고 했다.

"당신이 상상하는 모든 것은 당신의 것이 될 수 있다."

"인생이 살 가치가 있는 것이라고 믿어라. 그러면 너의 신념이 그러한 사실을 만드는 데 도움을 줄 것이다."

제임스의 말이 맞는다고 생각한다면 지금 당장 언행의 패턴을 바꿔야겠다. 가급적 큰 목소리로 말하고, 자주 크게 웃고, 빠른 걸음으로 걷고, 옷을 화려하게 입는 것이 좋겠다. 마치 성공한 것처럼, 행복한 것처럼 생각하고 행동하면 머잖아 성공하고 행복해질 것이다.

긍정적으로 사고하는 사람이 장수한다

✽

마틴 셀리그먼

1942~

미국의 심리학자. '학습된 무력감' 연구로 주목받음.
저서로 《진정한 행복》, 《낙관성 훈련》 등 다수.

진정한 행복은 물질적 풍요가 아니라
긍정적 사고에서 비롯된다.

셀리그먼은 누구나 훈련을 통해 행복해질 수 있다고 말한다. 행복을 외부 조건이나 우연한 기회의 산물이 아니라 개인의 잠재적 능력을 찾아 훈련하면 얼마든지 얻을 수 있는 습관이자 기술이라고 규정했다. 그는 행복의 조건으로 다섯 가지를 제시했다. 긍정적 정서Positive emotion, 몰입Engagement, 관계Relationship, 의미Meaning, 성취Accomplishment가 그것이다. 영문 앞글자 5개를 따 PERMA라고 부른다. 셀리그먼은 이 가운데 긍정적 정서를 가장 중시한다. 자신감과 낙관적 사고를 말한다.

"현재를 즐기면서 미래를 계획하고 과거에 집착하지 않으면 행복해질 수 있다. 자기가 가장 잘하는 일을 할 때 느끼는 행복이 가장 완전한 행복이다."

그는 긍정적으로 사고하는 사람이 행복하고 장수한다는 사실을 여러 연구에서 증명해냈다. 정서적으로 기쁨과 따뜻함을 얻을 수 있기 때문이란다. 긍정적 정서는 훈련을 통해 증진시킬 수 있다면서 대표적으로 다음 네 가지 방법을 제시했다.

1. 비관적인 생각을 경계하고, 그런 생각에 반론을 제기하는 연습을 하라.
2. 일상에서 행복을 발견하고, 그 순간을 포착하고자 의식적으로 노력하라.
3. 매일 간단하게라도 행복일기를 써라.
4. 자신의 대표적 강점을 찾아내어 적극 활용할 계획을 세워라.

어쨌든 행복의 중요한 조건인 긍정적 정서가 타고난 것이 아님을 알아야 한다. 흔히 부정적 정서를 성격이란 이름으로 타고난 것이라 규정해버리는데 그럴 경우 긍정심리 훈련은 효과를 거두기 어렵다. 명상과 마음챙김도 긍정심리 훈련에 큰 도움이 될 것이다. 이를 통해 과거에 대한 원망이나 후회, 미래에 대한 불안이나 걱정을 내려놓으면 자신감과 낙관적 사고가 저절로 생겨날 것이다.

자신의 한계를 '허그'하라

닉 부이치치

1982~

호주 출신의 미국 목사, 동기부여 연설가. 비영리 장애인 단체인 '사지 없는 삶' 대표.
저서로《허그》,《나는 행복합니다》등 다수.

나는 지금 터무니없을 만큼 행복한 삶을 즐기고 있습니다.
나에게 장애는 축복입니다.

부이치치는 짤막한 왼쪽 발만 있고 양쪽 팔과 오른쪽 다리가 아예 없는 중증 장애인이다. 하지만 그는 전혀 불행하지 않다. 아니 최고의 행복감을 느끼며 지구촌 곳곳을 돌며 도전과 희망, 행복의 메시지를 전하고 있다. 그의 삶은 한계 극복 그 자체다. 어린 시절 여러 차례 자살을 시도할 만큼 극단적 실의에 빠졌으나 부모의 헌신적 뒷받침과 본인의 피나는 노력으로 정상인 못지않은 성취를 이루어 냈다. 대학에서 재무회계학을 전공하고, 목사 안수까지 받았다. 스케이트보드를 타고, 서핑을 하며, 드럼을 연주하고, 골프를 칠 수 있다. 일본계 미국인 여성과 결혼해 2남 2녀를 두고 행복하게 살고 있다.

부이치치의 성공과 행복 비결은 무엇일까. 아마 그는 자기 안에서 성공과 행복을 이뤄낼 수 있다는 강한 자신감을 발견했을 것이다. 그렇게 하지 못했다면 수백 번도 더 포기했을 것이다. 그는 양팔이 없으면서도 세상 사람들에게 허그하는 삶을 살라고 말한다.

"당신의 한계를 허그하라. 당신의 비전을 허그하라. 우리의 세상을 허그하라."

한계를 허그하라는 말이 심상찮게 들린다. 이야말로 진정한 행복의 길잡이란 생각이 들지 않는가. 신체적으로 부이치치만큼 한계를 뼈저리게 느낀 사람은 세상에 없을 것이다. 하지만 그는 매사에 최선을 다하되 한계에 부닥쳤을 때 절망하지 않고 새로운 길을 개척할 줄 아는 사람이다. 합리적 체념도 많이 했다는 뜻이다. 사실 행복을 찾는 데 체념은 그다지 나쁜 게 아니다. 신세타령하는 것보다 백번 낫다. 성 프란치스코 기도문에 이런 표현이 있다.

"주여, 제가 할 수 있는 것은 최선을 다하게 해 주시고, 제가 할 수 없는 것은 체념할 줄 아는 용기를 주소서. 이 둘을 구분할 수 있는 지혜를 주소서."

평생토록 행복한 인생은 지옥이다

조지 버나드 쇼

1856~1950

아일랜드 출신의 영국 극작가, 비평가. 노벨 문학상과 아카데미 각본상 수상.
저서로《인간과 초인》,《피그말리온》등 다수.

평생토록 행복한 인생이라니!
누구도 그런 인생은 견딜 수 없을 것이다.
그런 인생이 있다면 아마 지상의 지옥일 테니까.

'우물쭈물하더니 내 그럴(죽을) 줄 알았다'라는 묘비명을 남긴 것으로 유명한 버나드 쇼는 누구보다 행복한 인생을 살았다. 셰익스피어에 비견되는 문필가로 명성을 쌓아 세계인의 사랑과 존경을 받았으며, 94세까지 장수했다. 하지만 그의 청년 시절은 암울했다. 결코 행복하지 않았다. 10대 땐 아버지의 사업 실패와 알코올 중독, 부모 별거와 가난으로 고달픈 나날을 보내야 했다. 소심하고 나약한 성격이어서 고민이 컸다. 20대 땐 소설을 써서 출판사에 가져갈 때마다 퇴짜를 맞았다. 30대 들어 희곡으로 방향을 틀고서야 조금씩 인정받기 시작했다.

그에게는 불굴의 의지가 있었다. 소심한 성격을 고치려고 만나는 사람마다 "당신은 멋있는 분입니다. 참 아름다운 분입니다"라는 말을 입에 달고 살았다. 그 결과 누구에게나 관심을 끌어 사랑받는 젊은이로 탈바꿈했다. 작품 활동도 그런 자세로 최선을 다했다. 그가 한 말이다.

"나는 젊었을 때 10번 시도하면 9번 실패했다. 그래서 그다음부터 10번씩 시도했다."

버나드 쇼는 평생토록 행복한 인생은 없다고 했다. 자기 경험에서 우러나온 말이라 생각된다. 첫머리에 소개한 그의 말처럼 그런 인생은 지옥일 거란다. 시종 행복한 게 반드시 좋은 것은 아니며, 지금 비록 불행해도 언젠가 행복해질 수 있다는 사실을 강조한 말이라 여겨진다.

실제로 행복과 불행은 번갈아 온다. 쉬지 않고 계속되는 밀물과 썰물처럼 말이다. 그러니 일희일비할 필요가 없다. 하지만 행복 찾는 노력은 꾸준히 하지 않으면 안 된다. 역시 그가 한 말이다.

"재물을 만들지 않은 사람에게 재물을 쓸 권리가 없듯이, 행복을 만들지 않은 사람에게는 행복을 누릴 권리가 없다."

누구에게나 할 수 있는 일과 할 수 없는 일이 있다.
할 수 있는 일은 자기 마음을 바꾸는 일이요,
할 수 없는 일은 남의 마음을 바꾸는 일이다.

PART 14

순리를 따르면 세상살이가 편하다

자연에 순응하라

에픽테투스

55~135

고대 그리스의 대표적 스토아 철학자. 노예 출신이지만
로마 황제 철학자 마르쿠스 아우렐리우스가 흠모했던 인물.

그대는 조물주가 선택한 드라마의 배우이다.
짧으면 단편에 나오고 길면 장편에 나온다.
그대가 가난뱅이 역할을 하는 것이 즐거우면
그 역할을 잘 해내도록 하라. 불구자나 지배자, 혹은 일반 시민 역할도
마찬가지이다. 주어진 역할을 잘 해내는 것이 그대의 임무이다.

에픽테투스는 지금의 튀르키예 땅에서 노예로 태어나 위대한 철학자가 된 입지전적 인물이다. 무소유와 청빈을 실천했으며, 니코폴리스란 도시에 학교를 세워 철학을 가르쳤다. 그는 세상사 순리를 중시했던 사상가다. 이는 스토아 철학의 기본 가르침이기도 하다. 최소한의 소유물, 소박한 마음, 불행에 흔들리지 않는 자유로운 정신세계를 바탕으로 자신에게 깃든 신의 목소리에 귀 기울이는 것이 행복이라고 여겼다. 그는 불가항력적인 일에 마음의 평온을 잃지 말라고 가르쳤다. 자기가 할 수 없는 일을 하려다 다른 사람과

갈등을 빚어 불안과 고통 속에 살 필요가 없다는 것이다.

"누구에게나 할 수 있는 일과 할 수 없는 일이 있다. 할 수 있는 일은 자기 마음을 바꾸는 일이요, 할 수 없는 일은 남의 마음을 바꾸는 일이다. 할 수 있는 일을 하는 사람은 지혜로운 사람이요, 할 수 없는 일을 하려는 사람은 어리석은 사람이다."

에픽테투스는 부동심不動心, Apatheia의 상태, 즉 감정이 완전히 억제된 상태에서 자연에 순응하는 삶이 행복이라고 생각했다. 주어진 상황을 있는 그대로 받아들이고 평온한 마음으로 살라는 메시지다. 얼핏 숙명론에 빠진 것처럼 보이지만 만사 포기하고 살라는 것은 아니다. 운명은 수용하되 그것을 극복하라는 중국의 노장사상과 맥을 같이한다. 이런 태도는 에픽테투스 자신이 노예 생활을 하다 당대에 존경받는 철학자로 크게 출세했다는 점에서 결코 유약하거나 현실 도피적인 것이 아님을 말해준다. 타고난 사주는 어쩔 수 없지만 팔자는 얼마든지 고칠 수 있다.

자신의 한계를 인식하고 살아라

바뤼흐 스피노자

1632~1677

네덜란드의 합리주의 철학자. 정신과 물질이 동일한 실체라는 '평행론' 주창.
저서로《에티카》,《신학정치론》등

(바다에 떠 있는) 낙엽으로서의 바람직한 존재 방식은
물결에 따라 움직이는 것이듯 인간의 행복은 자연의 섭리를 깨닫고
거기에 순응하는 데에 있다. 인간의 한계를 인식하고 지성과 이성을
최대로 완성하는 것이 최고의 행복이며 신의 축복이다.

"비록 내일 지구의 종말이 온다 해도 나는 오늘 한 그루 사과나무를 심겠다."

한때 우리나라 교과서에까지 실렸던 이 말, 스피노자가 한 게 아니라는 사실이 확인되었지만 이 말만큼 그의 행복관을 일목요연하게 설명해주는 문구는 없다. 절대 긍정의 자유주의자인 스피노자의 사상을 단적으로 드러낸 표현이다. 그는 윤리학 고전인《에티카》에 이렇게 썼다.

"우리에게는 능력의 한계가 있고, 무슨 일이 일어나든 그것이 필

연이라고 체념할 때 고통이 줄어들고, 그에 대항하여 불필요한 노력을 기울이지 않기 때문에 자유로울 수 있다. 선악은 상대적인 것이며 부귀, 명예, 쾌락 등도 좋고 나쁨이 없다."

그래서 스피노자를 섭리론자, 순리론자라 부른다. 스피노자는 그러면서도 최고 수준의 행복을 위해서는 지성과 이성을 힘써 연마해야 한다고 조언했다. 이런 말을 남긴 이유다.

"진정한 미덕은 이성이 인도하는 삶이다."

"돈으로 얻는 행복, 지위나 명예로 얻는 행복, 사업의 성공으로 얻는 행복은 오래가지 못한다. 그러나 이성의 빛으로 조화된 행복은 다이아몬드 같이 변하지 않는다."

그렇다. 이성으로 얻은 행복이라야 진정한 행복이고, 외부적 환경 변화에 흔들리지 않는다. 이성적인 삶은 합리적인 사고에 힘입어 자신의 행동에 책임을 지기 때문에 그것으로 가꾼 행복이야말로 참된 행복이라 하겠다. 스피노자는 불과 45년의 짧은 생을 살다 갔지만 멋진 언행을 많이 남겼다. 하이델베르크대학 철학 교수직을 거절하는 편지에 그는 이렇게 썼다.

"저를 움직이는 것은 지위에 대한 희망이 아니라 평안에 대한 사랑입니다."

무심코 세월을 보내는 사람이야말로 행복하다

알렉산더 포프

1688~1744

영국의 대표적 풍자시인. 일리아드와 오디세이를 영어로 번역해 유명세를 탐.
저서로《인간론》,《윈저숲》등 다수.

시간이 흐르고 하루 또 한 해가/ 조용하게 흘러갈 때/
무심코 세월을 보내는 사람은/ 정말로 행복하네/
건강한 몸 평화로운 마음으로/ 세월을 떠나 보내는/
밤에는 깊은 잠을 즐기고/ 낮에는 생각하며 평온을 즐기네/
휴식은 얼마나 감미로운가/ 순수와 고결 속에 잠기는/
명상은 얼마나 즐거운가.

위에 소개한 작품은 포프의 시 〈고독의 노래〉 일부다. 조선조 우리 선비들이 지향했던 안분지족安分知足을 연상케 한다. 자기 분수를 지키며 만족할 줄 아는 모습 그대로다. 큰 욕심 없이 하루하루 감사하는 삶, 건강한 몸과 평화로운 마음, 밤엔 잠 잘 자고 낮엔 편하게 일하는 생활, 적당히 휴식 취하고 순수한 생각으로 명상을 즐기는 삶이 행복이란다. 돈이나 권력, 명성에 관한 표현은 한마디도 없다. 시는 이런 내용도 담고 있다.

"욕망과 관심을 아껴/ 물려받은 약간의 토지에 만족하는 사람은 행복하네/ 고향 땅 공기를 즐겨 마시며/ 자기 땅을 지키는구나/ 자기 젖소에서 우유를, 자기 땅에서 빵을/ 자기 양 떼에서 옷감을 얻는 사람은 행복하네."

만족과 감사가 더없이 중요하다는 생각이다. 포프는 당시 남들에게 놀림 받기 십상인 장애인이었다. 결핵 합병증으로 곱사등이가 되었으며, 다리를 심하게 절었다. 가톨릭 신자였던 그의 가족은 종교개혁으로 핍박받았다. 런던의 도시 경계에서 10마일 바깥에 살아야 했고, 대학 교육과 부동산 상속을 금지당했다. 그런 포프에게 삶을 한없이 긍정하는 노래가 불려질 수 있었다는 것이 놀랍다. 비록 주어진 상황이 힘들지만 굴복하지 않았다는 뜻이다. 그는 독학으로 공부해 서른 즈음에 이미 당내 최고의 시인으로 자리매김했다. 하지만 그에게 중요한 것은 성공이 아니라 행복이었다. 그의 저서《인간론》에 이런 말이 나온다.

"오 행복이여! 우리 존재의 끝이자 궁극적 목적인 행복이여! 그것이 무엇이건 간에 안위, 쾌락, 만족이라는 이름으로 불릴 행복이여!"

인생은 희극이며 행복은 숙명이다

아르튀르 랭보

1854~1891

프랑스의 시인. 상징주의 문학의 대표 시인이자 초현실주의 문학의 대부라 불림.
저서로《취한 배》,《지옥에서 보낸 한철》등 다수.

나는 터무니없는 오페라가 되었다.
나는 모든 존재가 행복의 숙명을 가졌음을 알았다.
행동은 삶이 아니라 어떤 힘을 허비하는 방식, 신경질이다.
도덕은 뇌의 연약함이다….
행복은 나의 숙명이었다.

랭보는 조숙한 천재 시인이었다. 그러나 아버지의 부재, 어머니의 종교적 엄격함이 그를 평생 반항아, 방랑객으로 살도록 만들었다. 37년간 짧게 살다 갔지만 문학사에 남긴 그의 족적은 깊고도 넓다.

그는 9세 때 라틴어로 시를 쓰기 시작했으며, 17세 때《취한 배》를 발표해 문단의 주목을 받았다. 2년 뒤《지옥에서 보낸 한철》을 발표하고는 절필을 선언하고 유럽 각지와 아시아, 아프리카 등지를 떠돌며 살았다. 용병으로, 상인으로, 탐험가로, 무기 밀매상으로 세상을 누볐으나 갑작스럽게 찾아온 암으로 생을 일찍 마감해야 했다. 암에 걸려 프랑스로 돌아온 랭보는 어머니한테 보낸 편지에서 이렇게 썼다.

"저는 행복해지기 위해 이 땅에 온 것이 아닌가 생각합니다."

돌아온 시인을 기다리는 건 죽음밖에 없었음에도 그는 행복하다고 했다. 그에게 행복이란 무엇일까? 서두에 소개한 문장은《지옥에서 보낸 한철》에 나오는 대목이다. 그는 모든 존재가 행복의 숙명을 지녔다고 했다. 우리는 모두 행복을 위해 태어났고, 행복을 위해 살아가고, 행복을 위해 죽는다는 뜻이리라. 행복은 누구에게나 필연적인 운명이며, 역사의 종착점이라고 해야겠다.

그럼에도 우리 주변을 살펴보면 자신은 행복하지 않고, 행복할 자격도 없고, 앞으로도 행복하지 않을 것이라며 실의에 빠져 살아가는 사람이 적지 않다. 랭보가 볼 때는 터무니없는 이야기다. 어린 시절은 외로움에 휩싸여 살았고, 성인이 되어서는 떠돌이 방랑객이었지만 절망하지 않았다. 죽음 앞에서도 초연했다. 그는 이런 말을 남겼다.

"인생이란 우리 모두가 견뎌야 하는 희극이다."

무지의 대가를 치르지 않고는 행복할 수 없다

아나톨 프랑스

1844~1924

프랑스의 소설가, 시인, 비평가. 고전주의 문학에 심취한 작가로, 노벨 문학상 수상.
저서로 《펭귄의 섬》, 《꽃다운 인생》 등 다수.

무지(無知)는 행복까지는 아니더라도 확실히 생존의 필요조건이다.
우리가 모든 것을 안다면 삶을 단 한 시간도 견뎌내지 못할 것이다.
삶을 감미롭게, 아니 하다못해 참을 만하다고 느끼게 해 주는 감정은
모두 거짓에서 비롯되고 착각을 통해 풍성해진다.

프랑스는 고대 그리스 철학자 에피쿠로스를 무척 좋아했다. 에피쿠로스는 금욕적 쾌락주의자로, 아테네 근처에 아름다운 정원을 짓고 철학과 지혜의 향연을 펼치며 살았다. 평소 "물과 빵만 있으면 나는 신도 부럽지 않다"라며 물질적 욕망을 경계했던 사람이다.

프랑스는 그의 이름을 따 《에피쿠로스의 정원》이란 제목으로 책을 썼다. 짤막한 단상, 친구와 동료들에게 보낸 편지, 가상 인물과의 대화 형식을 빌린 일종의 명상록이다. 서두에 소개한 글은 이 책에 나오는 문장이다. 행복을 찾는 길에 어느 정도의 무지는 숙명으로

받아들일 필요가 있다는 것이 핵심이다.

"사람은 무지의 대가를 치르지 않고서는 결코 행복을 얻을 수 없다."

무지가 고통의 원인이긴 하지만 그것은 반드시 극복해야 할 대상이 아니라 자연스럽게 받아들여도 나쁘지 않은 운명이라고 했다. 프랑스의 생각은 자신의 무지를 괴로워하며 그것을 극복하는 데 전심 전력을 다하기보다 자기 한계를 직시하고 사는 것이 행복에 더 가깝다는 것이다. 무지를 극복하는 과정에서 절망하거나 나락으로 떨어지는 고통을 피하는 것은 삶에서 꽤 중요하기 때문이란다. 이는 그의 회의주의 세계관을 반영한 것이지만 진정한 행복을 위해 필요한 일임을 강조한다.

"우리는 무엇 하나 제대로 할 수 없는 존재이다. 그러나 사랑하고, 행복하고, 가슴 아파할 수 있으면 된다."

조금 무지하더라도 이웃을 사랑하고 그들의 아픔을 함께 하는 것이 인생에서 더없이 중요하다는 뜻이겠다. 지식의 정도와 행복의 크기가 비례하지 않는다는 사실은 이미 오래전에 검증된 진리 아닐까.

물이 돌을 이긴다

노자

중국의 춘추시대 사상가. 석가모니, 공자와 비슷한 시대를 산 것으로 추정되며
도가의 창시자로 일컬어짐. 저서로 《도덕경》을 남김.

가장 훌륭한 덕은 물과 같다. 물은 만물을 이롭게만 하지 다투지 않고,
주로 사람들이 싫어하는 곳에 처한다. 그러므로 도에 가깝다.
물과 같은 이런 덕을 가진 사람은 살아가면서
낮은 땅에 처하기를 잘하고, 마음 씀씀이는 깊고도 깊으며,
베풀어줄 때는 천도처럼 하기를 잘하고,
말 씀씀이는 신실함이 넘친다.

위 글은 도덕경 제8장에 나오는 말이다. 노자 사상의 핵심이며, 물을 칭송하는 내용이다. 상선약수上善若水, 즉 가장 훌륭한 덕은 물과 같다는 것이다. 물의 특성대로 사는 사람이 훌륭하고, 행복하다는 가르침이다.

흐르는 물을 생각하면 다음 세 가지가 떠오른다. 첫째, 물은 아래로만 향한다. 위로 향하는 법이 없다. 겸손을 뜻한다. 둘째, 물은 장애물을 만나면 잠시 부딪힐 뿐 피해서 돌아간다. 싸우는 걸 싫어한다는 뜻이다. 셋째, 물은 온갖 쓰레기와 오물을 끌어안고 내려간다.

포용을 의미한다. 이 세 가지를 종합하면 부드러움 아닐까 싶다. 그렇다, 물은 부드럽다. 단단함을 상징하는 돌과 분명하게 대비된다. 저마다 삶의 취향이 다를 수 있겠지만 야물고 단단한 사람보다는 부드러운 사람이 더 훌륭하고 행복하다고 나는 생각한다.

겸손한 사람이 교만한 사람보다 낫고, 화목한 사람이 싸우는 사람보다 낫고, 포용하는 사람이 배타적인 사람보다 낫지 않은가. 부드러운 사람에겐 향기가 난다. 이런 사람이야말로 마음이 넉넉해서 행복해 보인다.

부드러운 사람의 마음이 넉넉한 것은 비움을 알기 때문이다. 돈, 권력, 명성 따위를 크게 탐내지 않을 때 비로소 삶의 충만감을 느낄 수 있다. 실제로 행복은 비움에 달려있다고 볼 수 있다. 세속적 욕망을 채우려고 안달복달하는 것은 행복과 거리가 멀다. 도덕경 제9장에 나오는 말이다.

"계속 채우려 드는 것보다는 멈추는 것이 더 낫고, 잘 다듬어 예리하게 하면 오래갈 수 없다."

중용에서 행복을 구하라

린위탕

1895~1976

중국의 소설가, 문명비평가, 사상가. 20세기 중국의 대표적 지성이라 불림.
저서로《생활의 발견》,《노자의 지혜》등 다수.

삶의 목적은 주어진 시간 동안 최대한 즐겁게 사는 것이다.
이를 위해서는 현실을 무시해서도 안 되고 이상을 잊어서도 안 된다.
돈을 무시해서도, 돈의 노예가 되어서도 안 된다.
가족을 사랑해야 하지만 가족만 사랑해서도 안 된다.

린위탕은 중국의 선각자이자 세계적 석학이다. 목사 아들로 태어나 미국과 독일에서 대학을 다녔다. 주로 미국에 거주하며 중국의 문화와 역사를 서방에 알리는 역할을 자임했다.

영어로 쓰인 대표작《생활의 발견》에 그의 생각과 사상이 집약되어 있다. 린위탕은 해학적 표현을 통해 동서양의 문화와 의식구조를 명쾌하게 비교 분석했다. 그는 공자, 노자 등 중국 성현들이 강조했던 중용과 삶의 여유를 통해 행복을 찾으려 했다.

첫머리에 소개한 글은 중용의 생활 태도를 일목요연하게 설명한 것이다. 어느 한쪽으로 치우치지 않고 '적당함'을 추구하라는 것이다. 모든 것을 다 가지거나 이루려고 욕심내지 않는 것이 중용이고, 그런 자세를 견지하면 행복은 저절로 찾아온다고 봤다. 린위탕은 또 "행복이란 무엇인가? 살고 있는 그것만으로 충분하다"라고 했다. 행복은 거창한 것을 추구하기보다 현재 가진 것에 만족하는 삶의 태도에서 나온다는 뜻이리라.

"내 집 침대에서 잠을 잘 때, 부모님이 해 주는 밥을 먹을 때, 사랑하는 사람의 속삭임을 들을 때, 아이(자녀)와 놀 때 행복하다."

그는 잠을 푹 자고 일어나 맑은 공기를 마시는 것, 의자에 다리를 길게 뻗고 담배를 피우는 것, 여름 여행길에 차가운 물에 발을 담그는 것, 친구들과 두서없이 정담을 나누는 것도 중요한 행복에 속한다고 했다. 린위탕이 강조한 중용과 여유는 누구한테나 자유를 안겨준다. 육체적 자유와 정신적 자유를 아우르게 하는 삶의 철학이다. 그것은 만족과 감사를 가져다주기에 행복은 따놓은 당상이다. 낡았으나 시대를 넘나드는 책《생활의 발견》을 다시 꺼내 읽어본다.

모든 행복은 삶 속에 존재한다

박목월

1915~1978

경남 고성에서 태어나 경북 경주에서 성장. 한양대 국문학과 교수, 한국시인협회장 역임.
저서로《청록집》,《행복의 얼굴》등 다수.

행복을 잡기 위해
산을 넘고 골짜기를 건너
달려갈 필요가 없다.

청록파 3인방 중 한 사람인 박목월은 당대에 이름을 떨친 시인이지만 경제적으로 풍요롭게 살지는 못한 모양이다. 다섯 남매를 키우는 소박하면서도 서민적인 모습의 아버지였다. 동네에 서커스가 오자 개구멍으로 몰래 아들을 들여보내고는 들키지 않도록 자기는 서커스가 끝날 때까지 개구멍을 막고 서 있었다는 일화가 전해진다. 또 아들의 마음을 사기 위해 온 동네를 뒤져 만화책을 한 자루 쓸어 담아오기도 했단다. 그의 시 〈가정〉을 보면 아버지로서의 애환을 엿볼 수 있다.

“내가 왔다/ 아버지가 왔다/ 아니 십구 문 반의 신발이 왔다/ 아니 지상에는/ 아버지라는 어설픈 것이/ 존재한다/ 미소하는/ 내 얼굴을 보아라.”

그는 누구에게나 좋은 사람, 호인이었다. 조용한 성품에다 다정다감했으며 후배들에게도 존댓말을 썼다. 30대 후반에 여대생 제자의 구애를 뿌리치지 못하고 제주도로 함께 도피 여행을 떠나지만 가정을 포기하지 못하는 소시민이었다. 또 박정희 정부 때는 일시적이나마 권력에 아부하는 나약한 지식인이었다.

이런 박목월이기에 그의 시 세계는 고고하거나 거창하지 않다. 시의 소재를 주로 일상생활 속에서 찾았고, 행복도 그곳에서 찾으려 했다. 서두에 소개한 문장은 그의 수필집 《밤에 쓴 인생론》에 나오는 표현이다. 행복은 멀리 있는 것이 아니라 자기 곁에 가까이 있다는 의미겠다.

그렇다. 행복의 무지개를 잡겠다고 산 넘고 골짜기 건너 달려간들 무지개가 그 자리에 가만히 있으란 법 없다. 그런 수고보다 애정을 갖고 자기 주변을 자세히 살펴보는 것이 더 낫겠다. 시인은 또 다른 수필집 《행복의 얼굴》에서 이렇게 썼다.

“행복은 바로 삶 속에 존재한다. 그것은 바로 지금 발견하는 자에게 존재하는 것이다.”

우리에게 무엇이 가장 커다란 행복을
가져다 줄 것인가를 알아내는 것이 중요하다.
그것은 다름 아닌 용서와 자비이다.
어떤 용서든 빠르면 빠를수록 좋다.

PART 15

종교와 양심은 두려움을 물리친다

진정한 행복은 신에 의해서만 가능하다

토마스 아퀴나스

1225~1274

중세의 대표적 기독교 신학자, 스콜라 철학자. 도미니코회 수사 신부이기도 함.
저서로《신학대전》,《진리론》등 다수.

인생의 최종 목적은 행복이다.
그런데 진정한 행복은 우주 존재의 근거이며,
최고의 선(善)인 절대자 신에 의해서만 가능하다.

토마스 아퀴나스는 인간의 행복은 보편적인 선을 통해 이루어진다고 했다. 기독교 신학자답게 선이란 신神, 즉 하느님이라고 보았다. 결국 하느님을 믿고 사후 천국에 들어야 진정한 행복에 이를 수 있다는 생각이다. 현세에서도 하느님을 제대로 믿으면 완전한 행복은 아니라도 거의 행복에 이를 수 있다고 보았다.

그는 대표적 저서《신학대전》에서 당시 통용되던 행복에 이르는 8가지 방법에 대해 조목조목 반박했다. 예를 들어, 재물은 단지 일시적 행복을 가져다 주는 수단일 뿐이며, 쾌락은 육체만 만족시킬 뿐 전인간全人間을 완성시키지 못한다고 했다. 또 권력은 선을 위해서뿐만 아니라 악을 위해서도 사용된다는 점에서 문제가 있다고 지적했다. 행복과 관련해 아리스토텔레스가 특별히 중시했던 지적 탐구에도 궁극적 행복이 없다고 규정했다.

행복이 외부적이고 물질적인 성취에서 비롯되는 것이 아니라, 내면적이고 평안平安한 영혼의 산물이란 말이 맞는다면 아퀴나스의 주장은 충분히 일리 있다고 봐야겠다. 하느님을 믿는 3대 종교유대교, 기독교, 이슬람교 신자가 전 세계 인구의 절반이 훨씬 넘는다는 사실은 우연이 아니다.

만약 아퀴나스가 스님이자 불교학자였다면 진정한 행복은 붓다의 가르침을 따르고 깨달음의 경지에 이르러야 얻을 수 있다고 주장했을지도 모른다. 누구에게나 행복을 추구하는 데 종교적 믿음은 중요한 역할을 하지 않을까 싶다. 초월적 믿음을 통해 어떤 식으로든 마음의 평화를 얻을 수 있기 때문이다. 인생에서 두려움과 불안, 근심 걱정만 떨쳐내도 행복은 손쉽게 얻어낼 수 있다. 그런 경지에 가장 쉽게 이르도록 하는 것이 절대자 신이라는 것이 아퀴나스의 생각이다.

자신이 믿는 신과 하나가 돼라

라마크리슈나

1836~1886

인도의 종교인, 사상가. 인도 3대 성자의 한 사람으로 불림.
제자들이 전 세계에 '라마크리슈나 미션'을 설립해 운영 중임.

당신이 행복하지 않다면
집과 돈과 이름이 무슨 의미가 있겠는가.
그리고 당신이 이미 행복하다면
그것들이 또한 무슨 의미가 있겠는가.

라마크리슈나는 종교와 사상의 조화를 선포한 최초의 영적 지도자다. 브라만으로 태어나 9세 때 종교적 신비를 체험했으며, 힌두교에 머물지 않고 불교, 기독교, 이슬람교를 종합적으로 깊이 탐구했다. 그의 사상적 결론은 모든 종교의 진리가 동일하다는 것이다.

"모든 종교는 하나이며, 사람들은 자기가 믿는 종교를 통해 신과 하나가 되면 행복하다."

라마크리슈나는 신과 하나가 되어 천국에 들어가는 길을 '마음의 자유'에서 찾은 듯하다.

“자기 자신의 생각을 속이지 않는 사람만이 천국에 들어갈 것이다. 정직과 단순한 믿음이야말로 천국에 이르는 길이다. 마음은 모든 것이다. 마음이 자유롭지 못하다면 너는 너 자신을 잃는다. 그러나 마음이 자유롭다면 너 역시 자유롭게 될 것이다. 마음은 흰옷과 같아서 어떤 색깔로도 물들일 수 있다.”

마음이 자유롭다는 것은 집착을 버린다는 뜻이다. 마음이 아프다는 것은 탐욕, 시기 질투, 후회, 분노 따위의 집착을 버리지 못했다는 뜻이다. 현실적으로 가장 버리기 힘든 집착이 바로 재물이다. 재물에 대한 집착을 버림으로써 마음의 자유를 찾는 것이 말처럼 쉽지는 않다. 행복의 길이 험난한 이유다. 재물, 돈에 대한 라마크리슈나의 말을 들어보자.

“물론 돈은 필요하다. 그러나 노력한 만큼의 벌이에 만족하라. 그것이 가장 좋은 자세이다. 자신의 삶과 영혼을 신에게 바친 사람, 산속에서 피난처를 찾는 사람은 돈을 잡으려고 버둥거리지 않는다. 그들의 지출은 수입과 정비례한다. 오른손으로 돈이 들어오면 왼손으로 써버린다. 돈은 결코 정체되지 않는다.”

‘흐름’의 속성을 가진 돈을 애써 붙잡지 말라는 뜻이다. 벌든 쓰든 욕심부리지 않아야 행복하다는 가르침이다.

삶을 관조적으로 볼 수 있도록 노력하라

블레즈 파스칼

1623~1662

프랑스의 철학자, 수학자, 신학자. '파스칼의 정리' 확립.
저서로《팡세》와《시골 친구에게 보내는 편지》가 있음.

인간의 불행을 가져오는 주된 원인은
자신이 방 안에 앉아있으면서도
조용히 마음의 평화와 안식을 누릴 수 없는 것이다.
자신이 불행하다고 생각한다면 더 깊은 불행에 빠지지 않도록
한 발자국 물러서서 삶을 관조적으로 볼 수 있도록 노력해야 한다.

'인간은 생각하는 갈대다'란 말로 유명한 파스칼은 다방면적으로 천재였다. 16세 때 '파스칼의 정리'를 증명해냈다. 이 소문을 들은 당대의 저명한 철학자이자 수학자 데카르트는 "스무 살도 안 돼 그런 증명을 해내다니, 아마 그의 아버지가 했을 것"이라고 의심했다는 일화가 전해진다.

파스칼은 갖가지 연구 업적으로 엄청난 명예를 얻었음에도 건강 문제로 평생 고통스러운 삶을 살았다. 어릴 적부터 몸이 허약해 약을 달고 살았으며, 두통과 치통 때문에 수시로 연구를 중단해야 했

다. 결국 39세에 요절하고 말았다. 그도 철학자이기에 행복 문제에 각별한 관심을 기울였으나 그 자신은 그다지 큰 행복을 느끼지 못한 채 살았을 것이라 여겨진다. 그는 오직 신만이 인간을 행복하게 만들 수 있다고 규정했다. 인간이 신에게서 멀어지면 행복으로부터도 멀어짐을 뜻한다고 했다. 특히 완전한 행복은 죽음 속에서만 발견할 수 있다고도 했다. 그가 신의 존재를 놓고 '베팅 이론'을 개발해 검증코자 한 것도 같은 이유에서다.

다만 파스칼은 "자신이 불행하다고 생각한다면 더 깊은 불행에 빠지지 않도록 삶을 관조적으로 보라"고 조언했다. 얼핏 파스칼 자신에게 들려주는 말처럼 들린다. 누구나 자신이 어려움에 처한 상황을 고요한 마음으로 비춰보는 것은 나쁘지 않을 것이다. 그런 상태가 지속되면 자기도 모르는 사이 마음에 평화가 깃들지도 모른다. 파스칼은 "불행의 원인은 늘 스스로에게 있다"라고 했다. 이것만 제대로 깨달아도 행복의 여신이 머지않아 찾아올 것이다.

두려움을 걷어내고 살아라

마틴 루터 킹

1929~1968

미국의 목사, 신학자. 비폭력 흑인 인권운동을 펼친 공로로 35세 때 노벨 평화상 수상. 39세 때 암살당함.

나는 오늘 밤 너무나 행복합니다.
저에게는 아무런 두려움도 없습니다.
어느 누구도 두렵지 않습니다.
저의 눈은 이미 영광스러운 주님의 역사를
본 적이 있기 때문입니다.

마틴 루터 킹은 미국 흑인 인권운동의 상징이다. '나에게는 꿈이 있습니다I have a dream'라는 명연설로 세계인의 심금을 울렸다. 첫머리에 소개한 문장은 암살되기 전날 밤 멤피스 소재 메이슨 교회에서 연설한 내용 중 일부다. 자신의 죽음을 예견이라도 한 듯하다. 두려움이 없기에 행복하다는 말, 아마 그에게는 진심이었을 것이다.

그도 행복을 갈구했다. 하지만 그의 짧은 생은 가시밭길이었다. 흑인에 대한 차별대우와 경제적 불평등에 맞서 분연히 일어섰으며, 기독교 신앙에 바탕을 둔 그의 사회개혁 운동은 목숨 건 투쟁이었다. 노벨 평화상 수상으로 유명 인사가 된 후로는 끊임없이 암살 위협에 시달려야 했다. 그가 구하는 성공과 행복에는 1등이 아니라 삶의 의미가 중요했다.

"인생은 경주가 아닙니다. 누가 1등으로 들어오느냐로 성공을 따지는 경기가 아닙니다. 당신이 얼마나 의미 있고 행복한 시간을 보냈느냐가 바로 인생의 성공 열쇠입니다."

킹은 메이슨 교회 연설에서, 언젠가 자신에게 죽음이 다가왔을 때 진정으로 듣고 싶은 말을 몇 가지 나열했다.

'남을 돕는 데 인생을 바치려고 노력했다, 누군가를 사랑하려고 노력했다, 전쟁 문제에 올바른 태도를 가지려고 노력했다, 굶주린 사람들을 배불리 먹이려고 노력했다, 헐벗은 사람들에게 입을 것을 주려고 노력했다….'

이토록 귀하고 멋진 생각을 갖고 살았기에 그에게 행복의 의미는 남달랐을 것이다. 돈이나 권력을 좇지 않고도 얼마든지 행복감을 느낄 수 있었으리라 생각된다. 두려움 대신 희망의 확신을 갖고 살았다는 뜻이기도 하다. 그가 한 말이다.

"어둠 속에서만 별을 볼 수 있습니다."

용서하면 즉시 평화를 되찾을 수 있다

달라이 라마

1935~

티베트의 종교적, 정치적 지도자. 공산 중국이 티베트를 점령하자 1959년 인도로 망명.
노벨 평화상 수상.

우리에게 무엇이
가장 커다란 행복을 가져다 줄 것인가를 알아내는 것이 중요하다.
그것은 다름 아닌 용서와 자비이다.

달라이 라마는 용서의 상징적 인물이다. 중국 공산 세력에게 나라를 빼앗기고 종교 탄압을 받고 있음에도 시종일관 용서하는 자세를 견지하고 있다. 마하트마 간디의 비폭력 저항에서 한 발 더 나아간 고도의 정치투쟁 수단일 수도 있겠다. 하지만 그의 용서는 투쟁이라기보다 사랑이라 여겨진다.

"용서는 우리로 하여금 세상의 모든 존재를 향해 나아갈 수 있도록 한다. 우리를 힘들게 하고 상처 준 사람들, 우리가 '적'이라 부르는 모든 사람을 포함해 용서는 그들과 다시 하나 될 수 있게 해 준다."

그는 용서를 통한 행복 찾기를 주문한다. "만일 나를 고통스럽게 만들고 상처 준 사람에게 미움이나 나쁜 감정을 키워나간다면 나 자신의 마음의 평화만 깨어질 뿐이다. 하지만 내가 그를 용서한다면 내 마음은 그 즉시 평화를 되찾을 것이다. 용서해야만 진정으로 행복할 수 있다."

그의 얼굴에는 용서와 자비의 마음이 선명하게 그려져 있다. 호탕한 웃음과 다정한 미소, 구김살 없이 너그러운 표정, 편안하게 깊은 명상에 잠기는 모습…. 달라이 라마 자신이 한없이 행복해 보이기에 그의 음성에 귀 기울이는 사람들 모두가 행복하다.

살다 보면 복수와 용서 사이에서 고민할 때가 더러 생긴다. 거창한 일이 아니더라도 마음에 제법 큰 상처가 난 경우 말이다. 이럴 때 둘 중 하나를 금방 정하지 못한 채 상처를 안고 가는 수가 많다. 용서도, 복수도 말처럼 쉽지 않기 때문이다. 하지만 아무래도 용서가 복수를 이기는 건 분명해 보인다. 진정한 승리란 적이 아닌 자기 자신의 분노와 미움을 이기는 것이기 때문이다. 누구든지 용서하면 곧바로 자기 마음이 편안해진다. 그것이 바로 행복 아닐까. 그러므로 어떤 용서든 빠르면 빠를수록 좋다.

양심을 갖고 살면 365일이 성탄절이다

벤저민 프랭클린

1706~1790

미국의 정치가, 사상가, 과학자, 문필가.
미국 건국의 아버지라 불리며, 시간관리와 자기계발 연구의 선구자.

어떤 쾌락에도 유혹당하지 말고, 어떤 사리사욕에도 넘어가지 말라.
어떤 야망으로도 부패해지지 말고, 어떤 권유에도 흔들리지 말라.
그리고 그대가 악이라고 생각하는 것은 어떠한 일도 하지 말라.
그러면 항상 즐겁게 살아갈 수 있을 것이다.
의로운 양심을 가지고 있으면 성탄절이 일 년 내내 지속될 테니까.

프랭클린은 가난한 인쇄공으로 인생을 시작했으나 끊임없는 자기계발로 위대한 정치가로 성장했다. 수많은 업적을 남겼으나 자기 묘비에는 '인쇄인 프랭클린'이라고 쓸 만큼 진솔하고 겸손한 삶을 살다 갔다. 대표작 《가난한 리처드의 달력》과 자서전을 보면 그는 인간 승리의 본보기이자, 참된 삶의 전형이다. 근면, 검약, 절제, 중용, 평정, 겸손, 정직, 양심 등 사람이 갖춰야 할 바람직한 덕목을 모두 구비했다.

프랭클린은 아마 생전에 무척 행복했을 것이다. 단순히 크게 성공한 데 그치지 않고, 정직하고 양심적인 삶을 살았기 때문이다. 자서전을 보면, 거짓된 행동을 평생 단 한 번도 하지 않았을 것이란 생각이 든다. 스스로 떳떳했기에 당연히 행복했을 것이다. 정직과 양심에 대해 그가 남긴 어록은 그래서 설득력이 있다. 그렇게 말하고 몸소 행동했을 것이다. 서두에 소개한 글은 대표적인 어록이다. 양심을 갖고 살면 1년 365일 성탄절처럼 축복받을 수 있단다. 다른 어록 몇 가지 더 살펴보자.

"정직한 사람은 고통을 겪은 뒤에 기쁨을 누리고, 부정한 사람은 기쁨을 누린 뒤에 고통을 받는다."

"의인은 어떤 상황에서도 불안을 느끼지 않고, 악인은 어떤 상황에서도 평화를 구하지 못한다."

"거짓은 한 다리로 서지만, 진실은 두 다리로 선다."

"고요한 양심은 천둥이 치는 중에도 잠을 이룰 수 있다."

"내가 양심을 해치면 양심은 나에게 복수를 한다."

이런 말을 들으면 정직하고 양심적인 삶을 살아야겠다는 생각이 절로 든다. 남 속이고는 편하게 잠들기 어렵다. 양심적으로 살아야 평화도 행복도 얻을 수 있다.

참고 도서

《가난한 리처드의 달력》 벤저민 프랭클린, 조민호 옮김, 휴먼하우스, 2011
《그리스인 조르바》 니코스 카잔차키스, 이윤기 옮김, 열린책들, 2020
《긍정 심리학》 마틴 셀리그만, 김인자 옮김, 물푸레, 2006
《나는 행복을 포기했다》 김천균, 책들의정원, 2019
《나에게는 꿈이 있습니다》 마틴 루터 킹, 이순희 옮김, 바다출판사, 2018
《나중에 온 이 사람에게도》 존 러스킨, 곽계일 옮김, 아인북스, 2020
《나홀로 읽는 도덕경》 최진석, 시공사, 2021
《니코마코스 윤리학》 아리스토텔레스, 강상진 김재홍 이창우 옮김, 길, 2012
《다시 들려준 이야기》 나다니엘 호손, 윤경미 옮김, 책읽는귀족, 2018
《딸에게 보내는 굿나잇 키스》 이어령, 열림원, 2021
《도덕감정론》 애덤 스미스, 박세일 민경국 옮김, 비봉출판사, 2009
《돈》 에밀 졸라, 유기환 옮김, 문학동네, 2020
《돈의 철학》 임석민, 다산북스, 2020
《레 미제라블》 빅토르 위고, 정기수 옮김, 민음사, 2012
《루바이야트》 오마르 하이얌, 윤준 옮김, 지식을만드는지식, 2020
《리어왕》 윌리엄 셰익스피어, 최종철 옮김, 민음사, 2005
《마법의 명언》 이서희, 리텍콘텐츠, 2021

《마음껏 행복하라》 임창생(린창성), 김진아 옮김, 21세기북스, 2012
《마음의 속도를 늦추어라》 에크낫 이스워런, 박웅희 옮김, 바움, 2004
《맹자》 맹자, 박경환 옮김, 홍익출판사, 2011
《먹고 기도하고 사랑하라》 엘리자베스 길버트, 노진선 옮김, 민음사 2017
《멋진 신세계》 올더스 헉슬리, 안정효 옮김, 소담출판사, 2015
《명상록》 마르쿠스 아우렐리우스, 천병희 옮김, 숲, 2005
《모나리자 미소의 법칙》 에드 디너/ 로버트 디너, 오혜경 옮김, 21세기북스, 2009
《목적이 이끄는 삶》 릭 워렌, 고성삼 옮김, 디모데, 2003
《몽테뉴의 수상록》 몽테뉴, 정영훈 옮김, 메이트북스, 2021
《무라카미 하루키 수필집 3》 무라카미 하루키, 김난주 옮김, 백암, 2002
《미움받을 용기》 기시미 이치로/ 고가 후미타케, 전경아 옮김, 인플루엔셜, 2014
《별 알퐁스 도데 단편선》 알퐁스 도데, 김윤진 옮김, 비룡소, 2013
《불안》 알랭 드 보통, 정영목 옮김, 은행나무, 2011
《브라운 신부의 순진》 길버트 체스터턴, 이상원 옮김, 열린책들, 2019
《살아갈 날들을 위한 공부》 레프 톨스토이, 이상원 옮김, 조화로운삶, 2014
《생각이 바뀌는 순간》 캐서린 샌더슨, 최은아 옮김, 한국경제신문, 2019
《생활의 발견》 린위탕, 박병진 옮김, 육문사, 2020
《세로토닌하라》 이시형, 중앙북스, 2010
《세 자매》 안톤 체호프, 황동근 옮김, 예니출판사, 2013
《소유냐 존재냐》 에리히 프롬, 차경아 옮김, 까치, 2020
《소크라테스의 변명》 플라톤, 박병덕 옮김, 육문사, 2010,
《시지프 신화》 알베르 카뮈, 김화영 옮김, 민음사, 2016
《심리학자들의 명언 700》 김태현, 리텍콘텐츠, 2021
《싯타르타》 헤르만 헤세, 권혁준 옮김, 문학동네, 2018
《알랭 행복론》 알랭, 박별 옮김, 뜻이있는사람들, 2018
《알렉산더 포프 시선》 알렉산더 포프, 김옥수 옮김, 지식을만드는지식, 2014
《어린 왕자》 앙투안 드 생텍쥐페리, 민희식 옮김, 문학의문학, 2018

《에밀》 장 자크 루소, 정영하 옮김, 연암사, 2017
《에티카》 바뤼흐 스피노자, 강영계 옮김, 서광사, 2007
《에피쿠로스의 정원》 아나톨 프랑스, 이민주 옮김, B612, 2021
《연금술사》 파울로 코엘료, 최정수 옮김, 문학동네, 2004
《영혼의 자서전》 니코스 카잔차키스, 안정효 옮김, 열린책들, 2020
《예언자》 칼릴 지브란, 오강남 옮김, 현암사, 2019
《오만과 편견》 제인 오스틴, 신현철 옮김, 현대문화, 2006
《완벽의 추구》 탈 벤 샤하르, 노혜숙 옮김, 위즈덤하우스, 2010
《왜 나는 너를 사랑하는가》 알랭 드 보통, 정영목 옮김, 청미래, 2022
《용서》 달라이라마/ 빅터 챈, 류시화 옮김, 오래된미래, 2005
《월든》 헨리 데이비드 소로, 강승영 옮김, 도서출판 이레, 2010
《위트의 리더 윈스턴 처칠》 도미니크 엔라이트, 임정재 옮김, 한스콘텐츠, 2007
《인간관계론》 데일 카네기, 임상훈 옮김, 현대지성, 2019
《인생론》 루키우스 세네카, 정영훈 엮음, 정윤희 옮김, 메이트북스, 2021
《인생은 뜨겁게》 버트런드 러셀, 송은경 옮김, 사회평론, 2019
《인생의 문장들》 데쿠치 하루아키, 장민주 옮김, 더퀘스트, 2021
《자기신뢰의 힘》 랄프 왈도 에머슨, 박윤정 옮김, 타커스, 2020
《자라지 않는 아이》 펄 벅, 홍한별 옮김, 양철북, 2003
《짜라투스트라는 이렇게 말했다》 프리드리히 니체, 사순옥 옮김, 홍신출판사, 2019
《작은 것이 아름답다》 에른스트 슈마허, 이상호 옮김, 문예출판사, 2002
《적과 흑》 스탕달, 이동렬 옮김, 민음사, 2004
《존 스튜어트 밀 자서전》 존 스튜어트 밀, 박홍규 옮김, 문예출판사, 2019
《좋은 삶을 위한 안내서》 윌리엄 어빈, 이재석 옮김, 마음친구, 2022
《죽음의 수용소에서》 빅터 프랭클, 이시형 옮김, 청아출판사, 2020
《지금 이 순간이 나의 집입니다》 틱낫한, 이현주 옮김, 불광출판사, 2019
《지성에서 영성으로》 이어령, 열림원, 2010
《지옥에서 보낸 한철》 아르튀르 랭보, 김현 옮김, 민음사, 2016

《지적 행복론》 리처드 이스털린, 안세민 옮김, 월북, 2022
《참을 수 없는 존재의 가벼움》 밀란 쿤데라, 이재룡 옮김, 민음사, 2018
《철학자들의 명언 500》 김태현, 리텍콘텐츠, 2020
《카네기 행복론》 데일 카네기, 최염순 옮김, 씨앗을뿌리는사람, 2009
《카라마조프가의 형제들》 표도르 도스토옙스키, 김희숙 옮김, 문학동네, 2018
《카르페 디엠》 호라티우스, 김남우 옮김, 민음사, 2016
《파우스트》 요한 볼프강 폰 괴테, 전영애 옮김, 도서출판 길, 2019
《팡세》 블레즈 파스칼, 권응호 옮김, 홍신문화사, 1992
《프랭클린 자서전》 벤저민 프랭클린, 이계영 옮김, 김영사, 2009
《프레임》 최인철, 21세기북스, 2021
《행복》 리즈 호가드, 이경아 옮김, 예담, 2006
《행복》 법륜, 나무의마음, 2016
《행복》 스펜서 존슨, 안진환 옮김, 비즈니스북스, 2008
《행복도 연습이 필요하다》 소냐 류보머스키, 오혜경 옮김, 지식노마드, 2007
《행복론》 알랭, 북타임 편집부 옮김, 지식여행, 2009
《행복에 걸려 비틀거리다》 대니얼 길버트, 서은국 최인철 김미정 옮김, 김영사, 2006
《행복에 대한 거의 모든 것들》 스튜어트 매크리디, 김석희 옮김, 휴머니스트, 2010
《행복 예습》 김형석, 알피스페이스, 2019
《행복 요리법》 마티유 리카르, 백선희 옮김, 현대문학, 2004
《행복은 철학이다》 에비나 외버렝겟, 손화수 옮김, 꽃삽, 2009
《행복의 기원》 서은국, 21세기북스, 2014
《행복의 역사》 미셸포쉐, 조재룡 옮김, 이숲, 2020
《행복의 연금술》 제임스 알렌, 김은희 옮김, 동서문화사, 2004
《행복의 정복》 버트런드 러셀, 이순희 옮김, 사회평론, 2017
《행복의 조건》 조지 베일런트, 이덕남 옮김, 프런티어, 2010
《행복의 품격》 고영건, 김진영 공저 한국경제신문, 2019
《행복이란 무엇인가》 탈 벤 샤하르, 왕옌밍 엮음, 김정자 옮김, 느낌이있는책, 2014

《행복 중독자》 올리버 버크먼, 김민주 송희령 옮김, 생각연구소, 2012
《행복 철학》 이충진, 이학사, 2020
《행복한 이기주의자》 웨인 다이어, 오현정 옮김, 21세기북스, 2019
《행복해질 용기》 기시미 이치로, 이용택 옮김, 더좋은책, 2015
《허그》 닉 부이치치, 최종훈 옮김, 두란노, 2011
《헤로도토스 역사》 헤로도토스, 박현태 옮김, 동서문화사, 2022
《혼자 있는 시간의 힘》 사이토 다카시, 장은주 옮김, 위즈덤하우스, 2015
《홍당무》 쥘 르나르, 김주경 옮김, 시공주니어, 2014
《히피》 파울로 코엘료, 장소미 옮김, 문학동네, 2018